元聖女候補は、守護騎士に溺愛されて囚われる

ら

eロマンス ロイヤル

characters

ブレイク＝ジョンソン

二十四歳。ジョンソン侯爵家の次男で、フェリシティ王女直属騎士団と、エルシーの守護騎士を兼任。その美貌と肩書に群がる女性は多数だが、本人はまったく相手にしていない。周りからは堅物と思われ、冷徹に見えるが、実は情熱的。

エルシー

十八歳。聖女候補として神殿に召し上げられるが、聖女には選ばれず、ブレイクに降嫁される。「ある秘密」を隠すため、長い前髪で顔を隠しながら過ごす。悲惨な過去を持つが、どのような状況でも前を向く聡明さを持つ。

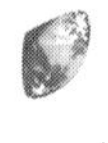

アイザック＝サマセット

二十六歳。サマセット公爵家の三男で、フェリシティ王女直属騎士団の団長。フェリシティ王女とは幼馴染。とある秘密があるようなのだが……。

グレイ

艶やかな灰色の毛並みと黒い瞳を持つ小さな子犬（?）。エルシーが住む神殿に紛れ込んできて、辛い聖女生活を癒してくれた。

フェリシティ＝グランド＝ファーガソン

十七歳。グランド王国の第三王女で、エルシーの背格好によく似ている。自らの立場を弁え、他人への思いやりを忘れない、余裕のある女性。

エリザベッタ＝マクミール

十九歳。金髪碧眼で、高慢な性格の公爵令嬢。聖女候補の一人だが、平民のエルシーが気に入らないらしく、他の令嬢を扇動しエルシーを虐めてくるが……。

contents

Excessive Dotingby the Guardian Knight

◆プロローグ◆

「ご心配は不要です、必ず離縁いたします」

痩せぎすの身体を震わせ、また胸の痛みをこらえながら、エルシーはなけなしの勇気をかきあつめて、目の前に立つ騎士に告げた。

淡い金色の伸びきった前髪で自分の表情が隠れているのをいいことに、彼がどんな表情を浮かべたのか、見ないふりをすることを自分に許した。

第一章　元聖女候補は守護騎士に降嫁される

エルシーは聖女候補だった。


聖女とは、グランド王国の《守護神》によって選ばれ、国民から尊ばれる存在と言われている。

聖女は《守護神》に捧げられ、神殿の一室で暮らす特権を与えられるというが、しかしいつ選出されるかは気まぐれな《守護神》次第とされ、その選別方法も神殿に代々言い伝えられているとされているのみである。

故に今生きている者たちは聖女を実際には知らないが、しかし神殿ではいつ《守護神》が聖女を欲しても対応できるように準備がされているという。

《守護神》の姿を見たことがあるものも、今や誰も存在していないが、神殿の奥深くに祀られた祠に住んでいるのは間違いないとされている。

その証として、《守護神》は神託を通じて、常に意思を示すのである。

時の王が国の重大な岐路に立ったときは、必ずと言っていいほど大司祭が神託を受けるのである。

そしてその神託が間違った例しはなく、グランド王国を現在の繁栄へと導いてきた。

王国としては、その《守護神》が望むのであれば何を差し置いても捧げようとするのは、当然のことであった。

　捧げられた聖女自身は、一生涯を神殿の中で暮らすこととなるが、その神殿は贅を凝らした豪奢なものであり、多くの召使いに囲まれて何不自由なく過ごせる。さらに国で王族に連なるほどの高貴な位を得ることになるため、聖女になることは国一番の名誉とされているのである。もちろん選ばれた聖女の生家にもたっぷりとした報奨金と、特別な位を王国から与えられることが決まっている。

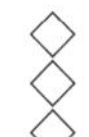

　先日、エルシーとともに神殿で聖女候補として暮らしていた貴族令嬢が正式に聖女に選ばれた。

　聖女候補というのは文字通り《守護神》が神託を通じて、聖女になる可能性を持つと示した少女たちだ。神託が出た時点で神殿に召集され、いつ聖女として選ばれても問題ないように特別な教育を受けながら、共同生活を送ってきた。

　エルシーはようやく聖女候補としての暮らしが終わると思っていたのだが、突然、大司祭と面会することとなった。神殿の最上階である三階の奥まった場所にある大司祭の執務室に案内され、エルシーは身体を縮めていた。

　初めて足を踏み入れた執務室は、広々としていて白を基調とした家具で統一され、一見豪華な設えではなかったが、家具はどれをとってもすべて高級そうだった。花などは飾られていないが、代わりに水を張ったガラス瓶がおいてあり、色とりどりの小さな魚が何匹も泳いでいる。

目の前にある大きな執務机の向こうに腰かけている年老いた大司祭は不機嫌そうなしかめ面を隠そうともしなかった。怯えたように立ちすくんでいるエルシーに座るようにも勧めなかった彼が、厄介ごとを早く片付けようとしているのは明らかだった。

その大司祭から、

「そなたが降嫁される先が決まった」

と、予想外のことを突然告げられて、エルシーは伸びきった前髪の隙間から大司祭の様子をそろそろと窺った。

「こ、降嫁される……とはいったいどのような意味でしょうか……」

この国で降嫁といえば、王族に名を連ねる貴族が王族以外の血筋の貴族に嫁ぐことを意味する。

だがエルシーは《守護神》によって聖女候補に選ばれはしたものの、今回聖女に選ばれたのはエルシーではない。そしてエルシーの出自は平民である。

「そなたが平民の出であるということは承知しておる。しかしどのようなものであろうと聖女候補になった時点で『王宮預かり』となり、庶民に戻ることは許されない。故にそなたの嫁入りも『降嫁制度』に則ったものとなる。他の三名は嫁ぎ先をそれぞれの実家から打診されているが、そなたに関しては我々が決めるしかない」

それはそうだろう、他の貴族出身の聖女候補のように、エルシーの両親が降嫁に値するような嫁ぎ先を見つけることができるわけがない。

大司教はそのままの表情で、事務的な内容を淡々と告げた。しかし、本来なら聞き洩らしてはならないはずの大司祭の言葉を、ぼうっとしたままのエルシーはほとんど何も聞いていなかった。

最後に大司祭は少し大きな声で、降嫁された後、二年間婚姻状態を保ったまま子供が出来なければ、その後離縁して庶民に戻ることは許されている、と続けた。

これは王族の婚姻の習わしに従っているということであった。そしてすべては聖女候補の慣例である、と言われてしまえばエルシーは口をつぐむしかなかった。


「失礼します」

ドアをノックする音がして入ってきた、がっしりとした体格の、際立って整った容貌を持つ若い男を見て、エルシーは啞然とした。迷いのない足取りで彼が大司教の前に立ち、挨拶をすると、ダークグレイの髪がさらりと揺れた。

黒曜石のようなくっきりとした瞳に、すっと通った高い鼻筋、そして意志の強さを示すかのように引き締められた口元は、腕のある芸術家が丹精込めて作り上げた彫刻のようだ。

手足の長いスタイルの良さも合わせて、彼は一目見たら忘れられないほど端整で強烈な印象を与える。

そして彼女は彼のことを知っていた——ここ数年、エルシーの警護にあたってくれていた騎士だったからだ。

「ブレイク＝ジョンソン殿だ。今までは聖女候補を警備する役目をしていたが、元々はフェリシティ＝ファーガソン王女殿下付きの騎士で、それからジョンソン侯爵家のご次男でもある。さあ、挨拶をしなさい」

突然のブレイクの登場に、エルシーは完全に混乱した。

（どうして、ジョンソン様がここに？）

エルシーは震え続ける身体を叱咤して、彼に向かってなんとか礼をした。

ブレイクはいつものように、無表情のまま鋭い眼差しでエルシーを眺めたが、とりたてて何の反応も示さなかった。

そして大司祭はエルシーの顔も見ずに、何気ない様子で続けた。


「ジョンソン殿が、そなたの夫になる」


その後流れるように形式だけで「今までのお務めに感謝する」と告げられ、エルシーは呆然としているままに後のことは知らぬとばかりに部屋を追い出された。

もちろん隣には夫となることになった騎士がいる。

「エルシー」

ブレイクの低くて、ハスキーな声が彼女の名前を呼ぶ。

彼に名を呼ばれるのはこれが初めてのことで、エルシーは身体をぴくりと揺らすと、ブレイクを見上げたが、伸ばしきった前髪のせいで視線は合わない。

「このまま家に連れて帰るが異論はないな？」

もちろんエルシーには行くあてなどない。

戸惑いは隠せないが、前髪のおかげでブレイクには自分の表情は見えないはずだ。躊躇いながらゆっくりと頷くと、ブレイクが踵を返す。

「帰宅次第、結婚する。大司祭の許可は貰っているし、神父は家に呼んである。ついて来い」

（――え？　だ、だってジョンソン様には……）

　背が高く歩幅も大きいブレイクはあっという間に遠ざかっていくが、エルシーはどうしても足が竦んで動けない。彼女がついてきていないと気づいたブレイクが振り返り、こちらに向かってくると物も言わずエルシーの腕を摑んでふたたび歩き出した。

　今度は彼女のスピードに合わせてくれているのがわかったが、こうされると、どうしたってブレイクについていくしかなく、頭の中は疑問と、彼に対して申し訳ない気持ちでいっぱいになっていた。

（きっと神殿から私を押し付けられたんだわ……。でも、ジョンソン様には……好きな方がいらっしゃる、のでは？）

　神殿の中は広く、初めて来た者は迷うだろうが、ブレイクは確固たる足取りで歩いていく。

　やがて彼がある角で曲がると、大きな中央階段があらわれ、彼はものも言わずに降りていく。突然のことに、心に余裕がないエルシーは混乱したまま、転ばないように足元に気をつけながら、彼に必死についていくだけで、周りを見る余裕もない。ようやく外に出ると、神殿の前にはエルシーが乗ったことがないような豪華な馬車が止まっていて、ブレイクに押し込まれるがままエルシーは中に入った。

　ふかふかの茶色いクッションが置かれた座席は本来ならばゆったり過ごせるのだろうが、目の前に無表情で大柄な騎士が腕を組んで座っている以上、彼女にとっては居心地が悪いことこの上ない。

　馬の蹄と轍の音を聞きながら、膝の上に置いた手をぎゅっと握りしめ、エルシーは俯き、居心地のよくない時間が過ぎ去(さ)るのをひたすら待った。

馬車に乗っている間、ブレイクは一言も話さなかったが、エルシーはそのことは当然だと思っていた。

聖女候補だったとはいえ、地味で平民出身の自分を嫁にせよと神殿から押し付けられたブレイクが、エルシーに対してあれこれ話す必要があるとは考えられなかったし、とにかくこの状況を招いてしまったことがひたすら申し訳ない気持ちだった。

王女付きの騎士で、侯爵子息でもあり、何より非常に優れた容姿をあわせ持つブレイクには縁談などよりどりみどりだったはずだ。そんな中エルシーを引き受けるとは、王宮付きの騎士とはここまで国家への忠誠心が篤(あつ)いのだろうか。

しかし、エルシーはあれこれ考える間もなく、最もしっくりくる説明を思いついてしまったのである。

(きっと、王女さまへの恋心を隠すためね……)

目の前のブレイク＝ジョンソンには、彼が警護しているフェリシティ＝グランド＝ファーガソン王女との恋の噂(うわさ)がひっきりなしに流れているのである。王女との恋の隠れ蓑(みの)として、自分の婚姻話が使われたと考えるのが最も自然であると結論付けた。いずれにしても彼にとって不本意な婚姻であることは間違いないだろう。

とにかく、エルシーは屋敷につき次第彼に、自分は何も求めないし仮面夫婦となることを望んでいて、先ほど大司祭から告げられた契約期間である二年が過ぎたら、すぐに離縁に応じるということを伝えて、ブレイクを安心させてあげようと決めたのだった。

しかし、エルシーには彼を安心させるような暇はなかった。
広い庭を持つ、趣味の良い茶色い屋根の屋敷に到着すると、ブレイクはエルシーを追い立てるように、大広間らしきところに作られた臨時の祭壇の前に立たせて、神父に簡易の結婚式を執り行わせたのである。
ブレイクは黒の騎士服を着ていたが、花嫁たるエルシーが着ていたのは、使用人と同じくらい質素で、何回も繕ったためにボロボロになりつつある薄いベージュ色のワンピースだった。
参列者も誰もおらず、指輪の交換もせず、言われるがままに神父の文言を繰り返し、書類に名前をサインして、エルシーは人妻となったのであった。

式の間、ブレイクと視線が合うことはなかったし、もちろん誓いのキスもなかった。

間に合わせの結婚の宣誓が終わり、いたたまれなかったのか神父が婚姻の書類を抱えてそそくさと帰ると、ブレイクはやっと一息ついたようだった。身の置き所がなくその場に立ち尽くしていたエルシーに向かって彼は声をかける。

「とりあえず飯を食おう――私室に運ばせる」

（私室に……？　私に、部屋を頂けるの？）

そこでエルシーは、自分が神殿の私室で食事を摂っていたと、日夜警護していたブレイクが知っていることに思い至った。

(もしかして、神殿と同じになるよう気を遣ってくださったの?)

伸びきったぶ厚い前髪の隙間からブレイクの顔を窺ったが、彼の表情には何も浮かんでおらず、考えていることを読み取るのは不可能だった。

とりあえず、自分の反応を待っているのだろう大柄な男に向かってエルシーは礼を言う。

「あ、ありがとうございます。ジョンソン様」

「……ブレイクだ。俺はもうお前の夫なのだから、家名で呼ぶのはおかしいだろう」


夫。


まったく実感のなかった言葉がブレイクの口から飛び出すと、途端にエルシーは怯えた。

ここ数年、彼の顔はほぼ毎日のように見ていたし、会話をしたことがなかったわけではないが、それはエルシーが聖女候補だったからである。

聖女候補ではなくなった今、他人同然どころか侯爵と平民という身分の差がある彼を下の名前で呼ぶのは気が引けた。しかし本人に求められている以上、無視するのも失礼にあたる。

「ブレイク様、お気遣いは無用です。先ほど神殿で昼食を頂きましたし――」

彼女がそう言うや否や、ブレイクがぎろりと鋭い視線でエルシーを睨んだので、いくら前髪で顔が隠れているとはいえ、彼女はその眼差しの強さにひゅっと息を飲む。

「あの硬いパンとろくでもない冷たいスープのことか？　そんなものしか食べていないから、お前は――」

さすがにブレイクはそれ以上言葉にしなかったが、エルシーは自分の痩せこけた身体を見下ろして静かに続けた。

「わかっています。みすぼらしい身体つき、ですよね……」

しかしそれはブレイクの言うような、神殿の食事のせいではなかった。

エルシーにはある秘密があり、生まれた瞬間から両親に疎まれ続けていた。かわいがってくれた祖母が彼女が五歳のときに亡くなってからは食事も満足に与えられず、いつでもお腹が空いている状態だった。三歳年上の姉が親に隠れてエルシーのことを気遣ってくれなかったら、とっくに死んでいたかもしれない。

その点、神殿ではどれだけ粗食で冷えきったものだったとしても、三食きちんと貰えたので、エルシーにとっては十分ありがたかった。ブレイクの目にどんな風に映っていたかは知らないが、彼女は神殿での食事に対して不満はなかったのだ。

「誰もそこまでは言っていないだろう。でもこれからはもっと食べるようにしろ。嫁にきちんと飯を食わせないような夫と思われるのはかなわん」

ブレイクはそう言うと、ついてこい、と顎をしゃくった。神殿のときのように足が竦みそうになったが、エルシーはなんとか自分の心を叱咤して彼の背中を追いかけた。

「今夜からここが私室になる」

通された二階の隅にある部屋は、信じられないくらい広かった。

部屋の壁色は柔らかい印象を与えるクリーム色で、マホガニーのローテーブルや革張りのソファなど目に優しい色合いだ。他には長椅子と、小さめではあるが食事に使えそうなやはり木目の美しいのテーブルセットもある。

どれもこれも立派な造りで、一目で上質なものだと知れた。窓辺に繊細な白いレースのカーテンがかかり、アルコーブが設えられている。アルコーブのベンチ部分にはベージュ色の長クッション、その上には橙色の丸いクッションが二つ置かれていて見るからに座り心地が良さそうだ。おそらく浴室につながると思われる扉もあった。

そして部屋の中で最も目に付く大きな暖炉の前には、ふかふかの毛足の長い、白い絨毯が敷かれ、観葉植物もそこここにあって、単調になりがちな部屋の色のバランスが考えられているのが感じられる。全体的にとても趣味が良い。そして明らかに一人用ではないとわかる大きなサイズの天蓋カーテンが付いたベッドが部屋の中ほどに置いてあった。

「こ、ここは……、ブレイク様の私室ですか？」

思わず尋ねると、隣に立っていた騎士が即座に否定した。

「まさか。俺たちの私室だ」

(俺……たちの？)

ということは、二人でここで寝起きをするということか。

(私たちはお飾りの夫婦になるのではないの？)

そもそも貴族の夫婦は、それぞれ個室を持って生活するものである、と神殿で聖女候補としての教育を受けたときに習ったのだが——。

エルシーの混乱した胸中を察したかのようにブレイクが口を開いた。

「俺はよくいる貴族のように部屋をわけたいとは思わない。今夜から俺たちは一緒の部屋で暮らす」

当然のように告げられた言葉に、待って、とエルシーは心の中で悲鳴をあげた。


貴方は王女様の恋人なのではないの?

私のことは嫌々引き受けたのでしょう?

そこまでしないと、王女様への恋がカムフラージュできないの?


あまりの衝撃に、はくはくと浅い呼吸を繰り返していると、ブレイクがふと振り返ってドアに向かい、扉を開けた。そこには食事を載せたカートを押してきた男の従者の姿があった。

「お食事をお持ちいたしました」

「ああ。このテーブルに準備してくれ」

部屋に入ってきた従者が、手際よくブレイクの指示通り二人用のダイニングテーブルに食事を並べてくれる。呆然としたまま、従者に促され、エルシーは椅子にすとんと座った。目の前には当然のような顔でブレイクが腰かける。

「ここで見ているから、ちゃんと食えよ」

そう言うとブレイクは自分の前に置かれた料理を食べ始める。

もし自分が食べきれなかったら目の前の男は怒るのだろうか。エルシーはそう思ってカトラリーを手にとった。すべてが自分の想像の範囲外で、とても現実とは思えない。とりあえず考えるのは後にしよう。

ふかふかのパン、湯気を立てているポタージュスープ、ミートローフにつけあわせの野菜。

どれもこれもまだ温かく、祖母が亡くなってからこれまでほとんど温かい食べ物を口にしたことがなかったエルシーにとって、それだけでご馳走（ちそう）であったが、いかんせん普段ほとんど食べない彼女は胃が小さくて、サーブされた量の半分も食べきることができなかった。

しかしブレイクはエルシーに全部食べろとは強要せず、なんと彼女の食べ残した分を引き寄せるとそのまますべて平らげた。食べ残すなどという贅沢（ぜいたく）は許されない庶民の世界ではままあることではあるが、貴族社会では忌み嫌（いきら）われる不作法（ぶさほう）さだ。

食事が終わると、先ほどの従者がやってきて食器を片付けてくれた。

エルシーは身を竦ませながらも、感謝の意を彼に告げる。まだ年若い男の従者は、驚いたかのように目をぱちくりとさせたが、すぐにエルシーに向かって礼をした。

彼が出ていったすぐ後に、今度は大柄な男の召使いたちが大きな樽（たる）を持ってきて、浴室に繋（つな）がっていると思われる扉を開けて中に入っていく。

ざばざばと水音が響（ひび）いたのでおそらく風呂の準備をしてくれているのだろうが、ここにきてエルシーは身体が震えて止まらなくなった。

（私は……一体ここで何をしているの？）

「どうした」

ふと目の前の椅子に座っているブレイクが静かに問いかけてきたので、彼女は顔をあげた。

「どうして震えている」

いつものように前髪の隙間から彼の顔を窺ったが、相変わらず無表情のままで何を考えているかは一切わからない。

エルシーは浅い呼吸を数回してから、思いきって言葉にした。厄介者だった自分を神殿から引き受けてくれたブレイクは気分を害してしまうかもしれないけれど、彼女はどうしようもないくらい追いつめられていた。何しろ、一体自分の身に、現在進行形で『今』何が起こりつつあるのか、まったく把握できていないのだ。

「予想外のことばかりで、理解が追いついていません」

震える声でしかしはっきりと言い切った後、おそるおそる目の前の椅子に座っている見目麗しい騎士を見た。

彼女の言葉を聞き、ブレイクは鋭利な黒い瞳を煌めかせて、エルシーを眺め続けていた。しばらくしてエルシーにとっては意外すぎる一言を呟いた。

「それはそうだろうな」

それから、ふ、と口元を若干緩めた。

「お前ならそう言うだろうと思っていたよ」

(――あ)

その表情の変化を視界に収めた途端、エルシーの脳裏に、彼とのささやかな思い出が駆け巡った。

神殿での苦しい毎日の中、彼が彼女に向けてくれた、無骨ながらも感じられた確かな優しさ。普段は無表情な彼が時折彼女に見せてくれた笑みの記憶を、エルシーは心の中に大切にしまい込んでいた。

大いに狼狽し、戸惑いながらも彼女がこうして彼に従い屋敷に来たのは、ブレイクが決して彼女を傷つけることはないだろうという信頼があったからだ——それから、自分が彼に抱く仄かな想いも後押しをしていた。

（でも貴方には……王女様がいらっしゃる……）

エルシーはすぐにブレイクから目を逸らしたが、伸びきった前髪が彼女の複雑な思いを浮かべた瞳を隠してくれた。彼は何事かを考えていたようだったが、従者たちが部屋を出ていくと、すぐに椅子から立ち上がった。

「湯が冷める。とりあえず風呂に入ってこい。話はそれからだ——俺は部屋を出るから急がなくていい」

ちゃぽん、と音を立てて温かいお湯に肩まで浸かると、信じられないくらいに気持ちが良かった。凝り固まっていた筋肉がゆっくりとほぐれていくのがわかる。実家にいるときは浴室などなかったし、浴室が設えられていた神殿でも、誰かに自分のために湯を準備するように頼むのは気がひけた。だから、身体を拭くのが精一杯で、それも簡単に水で済ませていた。

エルシーは従者が置いていってくれたハーブの香りがする石鹸で丹念に身体と髪をごしごしと洗った。痩せぎすな身体や、地味な顔立ちは変えられないが、少なくとも清潔にはなれるだろう。

　こんなに良い香りがする石鹸を使ったことがなく、自分のような者が使っていいものかどうか躊躇ったが、この石鹸は封を切ったばかりに見え、明らかにエルシーのために準備されていた。

　そして中途半端に遠慮することによって、不潔な匂いが漂い、ブレイクに嫌な思いをさせるのは違うと思ったから、ありがたく使わせてもらうことにした。


　良い香りがする泡が流れていく間に、彼女の肌はみるみる本来の透明感を取り戻し、くすんでいた金髪は淡く輝き始める。

　洗い終えると、ふたたび肩までお湯に浸かった。動く度に水紋が出来るのを見るとはなしに見る。

　どう考えてもブレイクは親切だと思う。食事を与えてくれて、お風呂に入れという。私室だってこれだけ豪華な部屋を一緒に使おうと言うのだ。どうして彼がこんなに良くしてくれるのか、エルシーにはまったく思い当たる節がなかった。

　自分との婚姻は王女との恋のカムフラージュであるとエルシーは疑っていなかった。

　彼が親切にしてくれる理由は王女への忠誠心を見せるためであり、王女との関係の隠れ蓑であろう。しかし王宮預かりの聖女候補を妻に迎えた以上、仮初の間柄でも大切にしなければならないのかもしれない。でもそれは例えば夜会など対外的な場で見せるべき姿であり、自宅では必要ないと思うのだが――。

（ブレイク様は厳しいけれど、公平な方。だから王女様にも気に入られて……）

彼女がぼんやりと神殿での日々に思いを馳せていたとき、浴室の扉の向こうで誰かの足音がして、はっと我に返った。

「エルシー、溺れていないか」

低くて掠れた声はブレイクその人のもの。驚いて何も返事ができないでいると、倒れていると思ったのかドアノブががちゃりと音を立てたので、慌てて返事をする。

「は、はい、溺れておりません」

「ならばいい。返事をしなかったら、沈んでいると判断して浴室に突入するぞ」

足音はドアの前から去っていったが、ブレイクが部屋で待っていると思うとなんだかゆっくりお風呂に浸かっている気分ではなくなった。

お湯に浸かれるという喜びに時間を失念していたが、確かに相当長い時間が経っていたようだ。最初に彼からお風呂から出るときは湯船の栓を抜くように言われていたのでそのようにしてから、置かれているふかふかのタオルで身体と髪を拭いて手早く乾かした。厚みのあるしっかりした下着と、おそらく室内着なのだろうが今まで着たこともないくらいの上等な生地で仕立てられた水色のワンピースを身に着ける。

ワンピースはかぶるタイプのデザインで、問題なく自分で着ることができた。貴族女性が好むコルセットはエルシーはどうしても着慣れないのだが、痩せぎすなので彼女にはコルセットはあってもなくても同じだった。

長い前髪を整えていつもどおり顔を隠すと、心を落ち着かせるために軽く息を吸い込んでから目の前の扉を開ける。ブレイクはソファに座り本を広げていたようだがすぐに閉じた。

「こちらに来て、座れ」

そろそろと歩いて、彼の目の前に腰かけると、ブレイクがすっと目を眇めた。

「聞きたいことがあるんだろう？　言ってみろ」

「――ッ」

いざ聞いても良いと言われると、何を尋ねたら良いのかとパニックになりかけたがなんとか口を開く。

「ブレイク様は、私を……貰い受けることはいつお決めになったのですか？」

彼は腕を組むとソファにもたれかかった。

「――少し前だな」

「私のことはご存じでいらっしゃいましたか？」

「どういう意味だ？　お前のことをこの数年警護していたのは俺だが」

「それでも……名前を呼ばれたこともありませんでしたし……」

「名前を呼ばなかったのは必要がなかったからだ」

ずきりと胸が痛む。お前の名前など呼ぶ価値がなかった、と言われたのも同然だった。

(やはり仕方なく私を……)

膝の上に置いた手にぎゅっと力を込めて、エルシーは口元に笑みらしきものを浮かべた。

「私は先ほど大司祭様に告げられるまで、聖女候補が降嫁されることになっていると知りませんでした。ブレイク様にこうやってご迷惑をおかけすることになっていることも……。食事やお風呂など頂けて本当に心から感謝していますが、ご心配は不要です、必ず離縁いたします。離縁が可能になる二年後には、きちんとこの屋敷を去ります。ですからできたらそれまでここに置いていただけたら――」


最後まで言葉を続けることができなかった。

いつの間にかソファを立ち上がっていたブレイクが彼女の目の前に立っていて、ぎらぎら光る漆黒の瞳で見下ろしていたからだ。

「――『去る』だって？」

彼の鬼気迫る気配に、臆しそうになったがなんとか言葉を続けた。今ほど前髪で顔のほとんどが隠れていることをありがたいと思ったことはなかった。

「ブレイク様を巻き込んでしまったことは……本当に申し訳ないと思っています。私は自分の立場を重々承知していますし、ブレイク様のご迷惑になるようなことはしたくありません。去るのが難しければ、このお屋敷で、使用人として働かせていただければ――」

今度も全部を言うことはできなかった。ぐっと彼に腕を摑まれると、ベッドの上へ半ば放り投げられるように押し倒されたからだ。

彼のみっしりとつまった筋肉の硬さと彼女より体温の高い身体を、薄い夜着越しに感じてエルシーは慌てた。

「な、なにをっ……？」

「『去る』など俺が許すとでも？　――今夜は結婚初夜だ、お前を抱くのは夫の義務であり権利だ」

（私を……抱く……？）

即座に身体が強張ったのは、彼女に密着しているブレイクにはダイレクトに伝わっているはずだが、逃がさないとばかりに彼はますます力を込めてエルシーをベッドに押しつけた。

エルシーは三年前に聖女候補として神殿に召し上げられるまでは庶民の世界で暮らしていたため、箱入り育ちの貴族令嬢よりは多少世慣れていると自分では思っている。性知識に関しても三歳上の姉には恋人がいて、ベッドでどんなことをするのかを時々話してくれたからある程度は知っていた。

けれど、親密な男女がする身体を繋げ合う行為をブレイクが望んで彼女としたがるとは到底信じられなかった。

「お前の気持ちが整うまで待っていてやりたいが、時間がない。お前が俺の妻になったという確かな事実が必要なんだ」

(確かな事実？)

彼の骨ばった手が、エルシーの腰に触れたので、彼女はびくんと震えた。前髪の隙間から見上げたブレイクの端整な顔は、相変わらず無表情で彼が何を考えているかは窺い知れない。

これだけ親切にしてもらったのに、偉そうに自分から「去る」などと言ったことを彼女は後悔していた。彼が去れ、と言ったときに自分は黙って姿を消せばいいだけの話だった。彼が気分を害したのも当然だと思えた。

(降嫁されたからには、嫌でも一度は抱かないといけないのかしら……確かにお医者さまに身体を見られたら処女かどうかはすぐわかってしまうし)

必要に迫られてブレイクが自分を抱こうとしている、という方が彼女にとってよほど理解しやすかった。エルシーは自分にはなんの価値もないと思っている。こんな痩せっぽっちで肉付きも良くない身体を彼が抱いたところで楽しいと思わないだろうから、一度きりの経験になるに違いない。

貞節に関しては、そもそも自分は二年後には離縁されて庶民に戻る身なのだから、婚姻に処女性が重んじられる貴族の娘のように純潔を守る必要もない。平民に戻った後、自分がどこかの男と所帯を持てるとも思えなかった。

それに少なくともエルシーはブレイクに憧れていた。

憧れの騎士に、人生で一度、抱いて貰えるならそれでいいではないか、と彼女はそっと瞳を閉じた。ブレイクがこの行為を必要だと思うのなら、それでいい。

「犬に嚙まれたと思って――そのまま目を瞑っていろ。俺も初めてで、あまり上手くできないかもしれないが、できる限り乱暴にはしないと約束する」

その言葉に瞳を開けた。エルシーは呆然と、自分を離すまいと押さえ込んでいるブレイクを見上げる。

(初めて？　まさかそんなことは……王女様に操を立てていらっしゃったのかしら)

これだけ魅力的なブレイクなのだから、自分の聞き間違いだと思うことにした。そこまで考えるとようやく覚悟ができた。

彼は彼女が当然抵抗するだろうと身構えているようだが……エルシーはふっと全身の力を抜いた。

ブレイクの言葉を脳内で反芻する。

『お前が俺の妻になったという確かな事実が必要なんだ』

「エルシー」

ざらついた声が耳に響いた。彼の分厚く骨ばった手が腰から移動して彼女の頬にあてられた。いつの間にか彼は身体を少しずらしており、今やベッドに押さえつけられているわけではなくなったがエルシーには逃げる気などない。

「はい、ブレイク様」

「今からお前を抱く」

「――はい」

心を決めたエルシーが頷くのを、ブレイクの黒い瞳は何か物言いたげな眼差しで見つめていた。

エルシーの貧相な身体に彼が欲情するとは思えなかったが、エルシーの服を脱がせた瞬間からブレイクは豹変した。

熱心に彼女の身体を弄り、どこもかしこも――舐めた。

舐めていないところがないと思うまで、舐め、しゃぶられた。

ささやかすぎる彼女の胸のふくらみをタコのあるごつごつした彼の手がすくいあげ揉みしだき、乳首に吸いつかれると快感らしきものが浮かんできて、太腿を思わずすり合わせた。

いつだって泰然としていたブレイクがこんなことをするとは想像がつかなくて、あまりの卑猥さと恥ずかしさにエルシーは身悶えていた。

彼の舌が秘所をじゅるっと音を立てて舐めあげた瞬間、今まで自慰すらしたことがなかった彼女は、身体の奥底からわき起こった、ついぞ体験したことのない鮮烈な快感に翻弄された。

「……はっ、あ、あぁっ……」

エルシーは自分の喘ぎ声でブレイクが萎えてしまわないか心配だったが、彼女のかすかに漏れた嬌声に反応したかのようにブレイクはますますむしゃぶりついてきた。未経験の身体は初めての快感を与えられ続け、声を殺すのを我慢できなくなるばかりだった。

ブレイクはまだ服を脱いですらいない。エルシーはそんな彼の前に全裸で横たわり、彼の舌に秘所を嬲られ快感を一方的に与えられているというのが現実とは思えなくて顔をくしゃりと歪めたが、前髪に隠れて彼には見えなかったはずだ。

「んっ……はっ、ああっ」

秘所への口淫は信じられないくらい長い間続いたが、やがて彼は指を蜜壺につきたて、中を侵される感触を彼女に教えた。そして楽に数本入るようになり自由に動かせるようになると、彼は身体を起こした。

既に軽く何度も達していたエルシーはその気配を感じ、涙目でブレイクを見た。彼は先ほどから一言も喋っていないが、その唇は彼女の愛液で濡れ光っていた。それをぺろりと舐めると、騎士がズボンの前を開く。途端ぶるんと既に大きく勃ちあがった彼の熱棒が飛び出してきて、直視できなくて慌てて視線を逸らした。

「エルシー……いい匂いがする」

エルシーに覆いかぶさるようにしてブレイクが首筋に額をあてると、初めて口を開いた。ブレイクは香水をつけないようだが、男らしい清潔な香りがした。

「せ、石鹸を使わせていただきましたから……あっ……」

そのまま彼が首筋に顔をこすりつけてくるのでそれすらもぞくぞくと感じてしまい、無意識に快感を逃がそうと身体がずり上がる。

「違う、これはお前の匂いだ」

彼がぺろりと彼女の首筋を舐めあげると同時に秘裂に屹立がこすりつけられ、いよいよかと身を竦めた。

彼の指がなだめるように彼女の秘所をさすったあとその手で腰をゆっくり持ち上げ、つぷりと熱杭の先端が彼女の潤んだ膣内に押し込まれると、思わず声をあげた。

「あっ――」

先端だけでも、あまりの鮮烈な感触と苦痛に呼吸が一瞬止まった。それからブレイクが腰を押し進めると、まるで身体が真っ二つに切り裂かれるような痛みに、思わず目の前の逞しい身体にしがみついた。

「そのまま俺に摑まっていろ」

掠れたブレイクの低い声が耳元で響いたと同時に、ばちゅんと奥まで彼の剛直が一気に差し入れられる。

「いっ……」

悲鳴はなんとかこらえた。

しかし、破瓜の痛みは想像以上に凄まじく、じんじんと鈍く痛む下腹部のことしか考えられなくなる。彼が中にいるかどうかすらわからないほどに、痛みしか感じられない。

一瞬で体温が下がり冷や汗が流れ、ぶるぶる手が震えて、シーツを握りしめる。痛みを我慢するあまり、強く噛み締めた唇が切れたらしく、血の味がした。

ブレイクはさすがに呼吸が荒くなりつつあるが、両手を彼女の頭の横についたまま、彼女の中が緩むのをじっと待ってくれているようだった。

(ああ……こんな痛みも皆、恋人のためだったら喜んで……乗り越えるんだわ)

あまりの痛さに朦朧としながら、彼女はそんなことを思った。

それに引き換え自分は、他の女性に操を立てている男に処女を散らされる運命だったのか、と思うと、先ほどは納得したはずだったのに、涙が溢れてきた。

そんな弱い気持ちになる自分が嫌だった。どうにもできずに、ぼろぼろと涙が溢れ続けるが前髪のお陰で彼からは見えないはずだ。

「――泣いてるのか」

しかしどうしてかブレイクは勘付き、彼女の唇に人差し指をあてたので、思わず中をきゅっと締め付けてしまう。そうすると自分の隘路の中に横たわる彼の大きさをまざまざと感じることになった。

「唇から血が出てるな……苦しいだろう、俺のはお前の狭い穴に対して、大きすぎるのかもしれない……」

彼はそう言うなり彼女の唇をぺろりと舐めた。そういえば一度もキスをしていないと彼女は気づいた。

恋人ではないから当然……そう思った矢先、ブレイクの熱い唇が彼女の唇を奪った。

ブレイクが彼女の口腔（こうこう）を犯（おか）し、舌を絡（から）めあう深いキスを終えてようやく唇を離したとき、くったりとした彼女の身体からは力が抜けていた。

彼はその変化にすぐに気づいて、探るように腰を少しずつ動かし始めた。その動きは優しかったが、確実に彼女の奥に射精するための腰使いだった。

「今日はこのまま中で出す。……そうしないといけない。まだ痛いだろうがどうか辛抱してくれ」

「うっ……あっ、んん……」

エルシーに、彼の言葉の意味を理解する余裕はなかった。ぎゅうっと彼のシャツを摑んだまま、彼女は喘ぎ続けた。ブレイクの舌が彼女の舌をふたたび食（は）みにきて、夢中でキスに応えると、痛みの奥から少しずつ歓（よろこ）びのようなものが湧（わ）き上がってくるのが感じられた。

「あっ、ん、はぁっ……」

「そんなにっ……しめつける……なっ」

普段よりも掠れた彼の声が彼女の耳に届くと、きゅうっと奥の方が勝手に締まる。それに反応するように彼の腰使いが段々大胆になり、ずちゅずちゅと音を立てながら抽送（ちゅうそう）し始めると、中を擦（こす）られる度に快感がちらちらと舞い戻ってきた。

「はっ、ああ、んっ、くっ……あ……」

彼の背中に腕を回してぐっと抱きつくと、ブレイクが彼女の首筋にがぶっと甘噛みをした。その刺激で突然奥底から信じられないくらいの歓びが湧き上がってきた。

「あっ、あっ、あ――!!」

絶頂に達した彼女の湿った蜜壺が彼の剛直を強く締めつけるとブレイクも放埒(ほうらつ)の時を迎える。

「エルシー……エルシー……出すぞっ」

ぶるっと震えた彼が精を爆発させ、中が熱い白濁(はくだく)で満たされたのが感じられた。ぽたぽたと結合部から液体が溢れているのがわかる。ブレイクが荒い息を吐きながら、力を抜いて彼女の上に覆いかぶさってくる。彼からは先ほどよりももっと色濃い男らしい香りがした。

エルシーは薄れゆく意識の中で、彼の言葉を耳にしたような気がして――なんとか彼に視線を向けるとブレイクの頭上に何かが見えた。

(ブレイク様の……あれは……な……に……?)

夢うつつのまま、思わずそれに触れようと震える手を伸ばしかけた。

しかし、そこで心身ともに疲れ果てた彼女の意識は途切れた。

第二章　元聖女候補は、平民出身の忌み子です

その神託が発現したとき、誰もが驚き、神の真意を疑った、という。

《山の麓の街に住む　薬屋のエルシーも聖女候補である》

そんなところに聖女候補になりうる娘がいたかと、神殿に仕える者たちが首をかしげながら王国の外れにある山の麓の街に行くと、確かに薬屋が一軒あり、娘の名前はエルシーといった。

その身体は痩せぎすで、くすんだ金髪は不潔ではないものの、前髪は顔を隠すように伸ばされ、そのせいで表情はおろか顔立ちすらよくつかめない陰気な少女であった。

半信半疑で街を訪れた神殿の使者たちも彼女をどう扱えばいいのか困り果てたが、エルシーの両親は、エルシーにそのような神託が出たと聞くと、放り出すように娘を使いの者に押し付けた。

『どうせ《不幸の証》を持ってるお前なんか要らない子だったから丁度いい』

使者の耳に届かないように、母はエルシーの弟を抱き上げたまま吐き捨てるように言った。隣で父もやっと厄介払いができるとばかりに、娘に人差し指を突きつけた。

『二度と帰ってくるな。もうお前の家はここではなく神殿だ』

両親は、エルシーが生まれてすぐに彼女を祖母に押し付け、ほとんど娘のことを顧みなかった。それでも祖母は可愛がってエルシーを育ててくれたが、彼女が五歳のときに老衰で亡くなった。エルシーが朝、祖母を起こしに部屋を訪れると、ベッドで横たわったまま冷たくなっていたのだ。祖母が亡くなると、両親は仕方なくエルシーを手元に戻し共に暮らし始めたが、彼女の存在を黙殺し、ほとんど放置していた。

三歳年上の姉、ロッティは快活な少女で、両親に疎まれている妹に何くれとなく気を配ってくれた。エルシーに食事を与えないようにする両親の目をかいくぐって、残りのパンや干し肉、時にはフルーツなどをこっそり運んできてくれたし、祖母を想って眠れない夜を過ごしているときにベッドに潜り込んできて抱きしめてくれた。姉がいてくれなければ、エルシーはどういう形であれ死んでいただろう、と思っている。

使者がエルシーを連れ去るとき、そのロッティだけは、エルシーとの別れを惜しんでくれたはずだが、近所にある薬屋で働いており家にいなかった。

姉にさようならを言えなかったのがエルシーの唯一の心残りである。

一方、神託通りにエルシーという娘が存在したので、使者たちは仕方なくその場で連れ帰ることにしたが、他の聖女候補はみな貴族の息女として立派な後ろ盾がある中、平民出身の娘は異例すぎた。

『神託を疑うわけにはいかないが、どうせこの娘が本当に聖女ということはあるまい』

大司祭ですらそう言って、彼女には一人の使用人もつけず、空いている部屋に押し込み放置した。

平民出身で家名もないので、『薬屋のエルシー』と呼ばれるようになった。

本来ならば神殿に入ったら整えられるはずの髪も手を入れられず、分厚い前髪はそのままであったし、衣類は神殿の下働きである侍女たちのお下がりを与えられた。

しかしエルシーは黙ってすべてを受け入れて、自分に求められていることと許されていることをすぐに察知した。


そんな彼女を待っていたのは――ほかの聖女候補たちによる壮絶な虐めの日々だった。

「あーら、ごめんなさい、まさかこちらにいらっしゃるとは思わなかったので」

「前髪が長すぎて、見えなかったのではなくて？」

「ほんと薄気味悪いものねぇ、薬屋のエルシーは」

くすくすと遠慮のない笑い声があたりに響き、エルシーはぐっしょりと紅茶で濡れた自分のワンピースを見下ろした。淹れたてではなかったのだけが幸いだったが、不幸なことに今日は儀式の関係で、白い服を着ていたから汚れが目立つ。これくらいの嫌がらせは既に慣れたものだが、急いでしみ抜きをしなければ、と彼女は自分を虐める少女たちに聞こえないようにため息をついた。


聖女候補は、五名。

聖女候補に選ばれると神殿で共同生活をしながら聖女になるための教育を受けるのが、習わしとされていた。

神託が告げた、エルシー以外の四名の聖女候補は侯爵家、伯爵家など名だたる貴族の出身であり、若く、見た目も麗しく、そして純潔であった。

神殿で施される聖女候補への教育は多岐に渡り、神殿と王宮が派遣した家庭教師やマナー講師などから、あらゆる教養を押しこめられ、躾けられる日々を送ることとなった。

神殿の裏奥にある聖女候補たちの部屋は、狭くて質素だった。むきだしの土壁がそのままで、横たわるとぎしぎし軋むベッドと、シンプルな本棚、机と椅子が与えられたすべてだった。エルシーの部屋は一番狭かったはずだが、他の聖女候補たちも大差なかったに違いない。

そんな中でどうしてもフラストレーションがたまっていくのは、年頃のそれまで何の苦労もなく蝶よ花よと育てられた貴族令嬢たちにとっては当然だったのかもしれない。

そしてその鬱憤はすべて、『異質な存在』であるエルシーに向けられた。

四人のうちの三人は常に結託してエルシーを激しく虐め続けた。三人のうち、特に一番エルシーにあたりがきつかったのは、エリザベッタ＝マクミール侯爵令嬢であった。

エリザベッタは、金色の豊かな髪を常にくるくるに巻き、大きな蒼い瞳を持つ、どこか高貴な猫を思わせるような蠱惑的な顔立ちの娘であったが、とにかく気性が荒く、エルシーを目の敵にしていた。

エリザベッタが先導して、エルシーの部屋に生ゴミをつっこみ、『間違えてしまいましたわ、狭くて汚い部屋だから、ゴミ箱と思いましたの』と聞こえよがしの大声で嗤う。

わざとぶつかっては紅茶や水などをエルシーの頭にひっくり返す。
真面目に勉強しているエルシーのノートや教科書などを隠したり、破いたりする。

いじめがどんどん苛烈なものになっていったのは、令嬢たちがエルシーに、聖女教育の勉強では一度も勝てなかったのも大きな理由だろう。

エルシーは、聖女教育が始まるとすぐに教師に一目置かれる存在になった。神殿に召し上げられた当初こそ、それまでまともに学んだことがなかったために遅れを取っていたものの、非常に明晰な頭脳を持っており、すぐに令嬢たちに追いつき、即座に抜き去ったのだ。

聖女教育を受ける中で賢さを見せつける一方で、どれだけ何をされようともエルシーは一切反応せず、相手にもしていないため三人の行動はますますエスカレートするばかりであった。

しかし神官や側仕え、警護の騎士たちは厄介ごとであるという認識はありつつも、見て見ぬふりをしていた。どちらにせよ、この聖女候補たちの共同生活は一時的で《守護神》が聖女を選ぶまでの短い期間だけだ、と彼らは思っていたからである。

ただ一人、エルシーを警護していた騎士を除いて。

エルシーは聖女候補たちに与えられた部屋の中で一番日当たりの悪い、狭い部屋に住んでいた。
使用人はつけられなかったので、エルシーは身の回りのことをすべて自分でこなしていたが、それは以前からそうなので苦にならない。

とはいえ神殿に召し上げられてしばらくは、突然の環境の変化に慣れるのに必死であった。それが少し落ち着くと、自分たちの周囲にいる騎士たちの存在に気づいた。

どうやら聖女候補には警護担当の騎士が就くようだとエルシーは知った。騎士たちは聖女候補の部屋のドアが並ぶ共有廊下に立っており、担当している聖女候補が移動するときは必ずついてくることになっていた。


そのうちでエルシーの担当となった騎士がブレイク＝ジョンソンだった。

最初から名前を知っていたわけではない。

他の騎士が「ブレイク様」や「ジョンソン殿」と呼ぶので彼の名前がブレイク＝ジョンソンというのだなと知っただけだった。

《守護神》に捧げられる聖女の候補者たちを警備するということもあって、騎士といっても教養と気品がある近衛騎士を中心に集められていたようだった。しかし、その中でもブレイクの無表情だが端整な顔と圧倒的な存在感は他の騎士とは比べ物にならないほど際立っていた。


初めて彼に話しかけられた日のことをエルシーはよく覚えている。

神殿に召し上げられて少し経ち、エリザベッタたちに目をつけられて嫌がらせを受け始めてすぐの頃。

その日は神殿の台所から皿に載せた昼食を持って、通路を歩いていた。他の聖女候補たちは側仕えにさせている仕事であるが、エルシーは自分でするしかない。もうすぐ自分の部屋の扉が見えるところまで来て、突然後ろから突き飛ばされたのだ。おかげで皿の中身が全部床に散乱してしまった。

（もったいない……！）

跪いたエルシーは、落ちてホコリや砂がついたパンや肉をはたいてから、皿に戻した。

「くくっ——床に膝をつけるばかりか、汚らしい食べ物を皿に戻すなんて。下賤な貴女にはお似合いだわ」

エリザベッタはくすくす笑いながら立ち去った。エルシーはため息をついて立ち上がった。この数ヶ月ずっとこんな感じだったのですっかり慣れてしまってなんとも思いもしないが、今までは陰でこっそりされていたのに、通路で突き飛ばされたのは初めてのことだった。

聖女候補たちの部屋が並んでいる部屋の前にある通路は、屋根はあるものの、外との区切りになる壁がない。とても丈夫な造りで、白く光るような石で出来ている通路であるが、半分外だからどうしてもホコリっぽいのだ。最初は国にとって大事な聖女候補のための部屋なのに随分不用心だなと思ったが、大きな神殿の奥まったところに位置し、神殿自体を囲む石壁があるから大丈夫なのだと教師に聞いた。

さらには《守護神》の御心のままに代々聖女候補はこの部屋で過ごしたということで、王宮としては間違いがないようにしなくてはならないので、騎士たちを派遣して警護するようになったという経緯があるらしい。

今日はたまたま誰も通路に誰の姿もないので、人目につかないと考えてエリザベッタはここで手を出してきたのだろうか。

しかし、いったい何が楽しいのか、正直理解に苦しむ。

彼女にとっては汚らしいかもしれないが、両親からろくに食べ物を与えられなかったエルシーにとってはそうではなく、ホコリと砂を払えばまだまだ食べられる。しかも神殿の通路は毎日のように下働きによって掃き清められているから、そこまで不潔だとも思わない。


「それをどうする？」

突然後ろから話しかけられて、驚いて振り向くと、先ほどまでは誰もいなかったはずなのに、ブレイクが立っていた。

警護の騎士たちは聖女候補たちと話すことを基本的に禁じられているようだったが、ブレイクはその制約を破ってエルシーに話しかけてきた。

「どうするって……食べます。食料を無駄にはできませんから」

「へえ……」

ブレイクはそう言うと、無表情なまま彼女の顔をじっと眺めた。眺めたところで、彼女の顔のほとんどは前髪で隠れていて、何もわかりはしないだろうに。さあっと二人の間を風が吹いた。

「ああいうこと、よくあるのか？」

いつから見ていたのかは知らないが、エルシーは答えに窮した。平民出身である自分が何を言ったところで、誰も信じてはくれないだろう、と彼女は思った。そのうえ彼がどういう対応をとるかわからず、話が大事になるのも彼女は嫌だった。

「何を仰っているのかわかりません」

そう言うと、軽くお辞儀をして彼女はその場を立ち去った。

それからブレイクが彼女に積極的に話しかけることはなかったが、エルシーは以前より少し嫌がらせが減ったことに気づいた。

直接顔を合わせたときに水や紅茶をかけられたり、嫌味を言われることはあったものの、部屋に忍び込まれて持ち物を荒らされたりすることがなくなった。

（もしかしたら、あの人が……？）

確証はなかったが、きっとそうではないかと彼女は考えていた。

ブレイクがエルシーの側にいないまとまった期間があると、その途端に部屋が荒らされていたからだ。


二回目にブレイクと話したのは、エルシーへのいじめに加担しない唯一の令嬢であるテア＝ミッチェル侯爵令嬢がエリザベッタに言いがかりをつけられている日のことだった。初めて彼と言葉を交わした日から半年が経っていた。

テア＝ミッチェル侯爵令嬢は、他の令嬢たちと違い、最初からエルシーに好意的であった。いかにも育ちが良く上品でおっとりとした性格で、エルシーに必ず挨拶をしてくれた。聖女候補はどの娘も華やかな顔立ちをしていたが、テアは栗色の髪をいつも綺麗に結い上げ、穏やかな眼差しの碧色の瞳は柔らかく輝き、親しみやすい印象の美しさだった。

エルシーがその日の聖女教育を終え、教科書とノートを抱えたまま神殿内の学習室から自室へ戻るため通路を歩いていると、エリザベッタの甲高い声が響いた。通路を曲がってすぐのところで、彼女とテアが言い合っていたのだ。少し離れた場所にそれぞれの護衛騎士と側仕えたちが所在なさそうに立っている。

「こんなこともご存じないなんて、ミッチェル家の程度が知れるってものよね」

その言葉に、普段はエリザベッタの言いがかりを相手にしない穏やかなテアが言い返した。

「そんなこと言わないでくださる？　ここではお家柄なんて関係ないと思いますわ」

テアの凛とした声が響くと同時に、カッとしたエリザベッタがさっと手を動かしたので、エルシーは思わず持っていたものを投げ捨てて、駆け出した。エリザベッタの手に、彼女のすぐ側に飾られていた陶器の小さな一輪挿しが見えたからだ。そして騎士や側仕えたちが、命の危険がないこの程度の喧嘩に割って入ることはないのをエルシーはよく知っていた。

ばしゃん！

すんでのところでテアを押しやり、エルシーが水を全部被った――と思ったのだが実はそうではなかった。

エルシーがエリザベッタの前に飛び出すや否や横から腕をひっぱられ、一輪挿しは活けられていた花ごと、床に打ちつけられ粉々に砕け散った。

間一髪のエルシーを救ったのは、彼女の後ろから追ってきたブレイクだった。

それから彼はいつもの無表情な顔でじろっとエリザベッタを睨んだ。

彼のひと睨みはエリザベッタを竦み上がらせるのに十分だった。彼女は後ずさり、何も言わずに慌てて踵を返して使用人と共に自室へ逃げ帰った。エルシーは息を吐くと、自分が突き飛ばしたテアを見やった。

「ミッチェル様、ご無礼をしました。お怪我はありませんか？」

テアは蒼白なままであったが、すぐに頷いた。

「ええ。――エルシー様、助けてくださってありがとうございます」

「とんでもない。では、私は失礼いたします」

エルシーは気を遣って、礼をするとすぐに立ち去ろうとした。エリザベッタが後片付けをするわけがないのでエルシーがするつもりだった。部屋を何度も荒らされていたエルシーは、掃除道具がどこにしまわれているのかを把握していた。

「ま、待って、エルシー様！」

数歩行きかけたところで呼びかけられたので、彼女は振り向いた。

「お礼に今度私の部屋にお茶に来てくださいな。是非」

テアの微笑みは優しかったし彼女が自分を害するとは思わなかったが、エルシーは社交辞令だと受け取った。

「ありがとうございます、ミッチェル様。私と一緒にいるところは見られない方が良いと思いますから……お茶はまたいつか」

再度礼をして、今度こそ足早に立ち去った。

「どうして行ってやらない？」

先ほど床に落とした教科書を回収し、通路の角を曲がったところで後ろからブレイクに話しかけられた。

「勇気を振り絞ったろうに、がっかりしていたぞミッチェル嬢」

「――まさかそんなことは」

エルシーは言葉少なに答えると、掃除道具の入っている小部屋の扉をあけて目当てのものを取り出して教科書と一緒に小脇に抱えようとしたが、

「俺が持つから貸せ。お前の手は荷物でふさがっている。モップに絡まって転ばれたらことだからな」

ブレイクはエルシーから掃除道具を奪い取ると、先に立って歩き出した。

そこでようやくエルシーは我に返って、彼に礼を言った。

「騎士様。お礼を申し上げていませんでした。私なんかを庇ってくださってありがとうございます」

（それから、嫌がらせを止めてくださっていることも）

ブレイクは無表情なままじっと彼女を見下ろしていたが、しばしの間の後、彼がふっと口元を緩めたので、それまで冷たい印象を与えていた彼の印象が一気に華やいだ。エルシーは分厚い前髪の奥で目を瞬いた。

（なんて美しい人なんだろう……男性に美しいと思うのはおかしいのかしら）

どきんとエルシーの胸がひとつ高鳴ったが、彼女は素知らぬふりをしたのだった。

翌朝早く、いつものように厨房に朝食を貰いに行こうと通路を足早に歩いていると、後ろから声をかけられた。

「おい！」

振り向くと、そこにはテア＝ミッチェル侯爵令嬢付きの騎士が立っていた。

「昨日は、その、助かった。感謝する」

予想外にお礼を言われたことに驚いてまじまじと彼を見た。

ブレイクに比べると幾分細身ではあるが十分筋肉質で、茶色の短髪に同じような茶色の瞳を持っている彼の頬には、そばかすが散っていた。きっとまだ若いのだろう、どことなく幼い顔立ちをしていた。エルシーは気にしないでほしいと伝えるべく、口元に微笑みを浮かべ、軽く会釈をすると、そのままその場を後にした。


別の日の夕方、エリザベッタと取り巻きの二人の令嬢が、エルシーの部屋のすぐ近くの通路で、側仕えの一人がのろまだといって散々笑いものにした挙げ句、持っていたはさみで使用人の少女が着ている洋服をびりびりに引き裂いてしまった。

あまりのショックから年若い使用人が泣き始めると、ひとしきり高笑いをして、それでやっと気が済んだらしくそのまま立ち去った。


自室でその騒動を聞いていたエルシーは、エリザベッタたちがいなくなるや否や、ワンピースを摑んで外に飛び出し、座り込んでさめざめと泣いている少女の背中にかけた。

もっと早く助けたかったが、エリザベッタたちに嫌われている自分が関わると、この少女が余計に虐められる材料を与えるだろうとぎりぎりまで我慢していたのだ。今渡した自分のワンピースは侍女のお下がりにすぎないが、それでも破られた無残な服を着ているよりは良いだろう。

「エ、エルシー様、ありがとうございます……」

「いいのよ。さあ、涙を拭いて、もう行って」

エルシーはワンピースと一緒に持ってきた布で彼女の顔を拭いてやり、この前の祝日に特別に支給されて楽しみに取っておいた砂糖菓子を彼女に渡した。

少女は驚いて菓子は受け取れないと言ったが、いいからといって握らせた。この使用人の少女が砂糖菓子のような嗜好品を、あのエリザベッタから貰っているとは到底考えられなかったし、自分はもしかしたらまたいつか同じような砂糖菓子を貰える機会があるかもしれないからまったく気にならなかった。それより彼女の今日という日を、涙で終わらせたくなかった。

少女がお礼を何度も言いながら去っていった後、エルシーはさて自分の替えのワンピースをどうするかと考えた。この一年で神殿の使用人たちとは随分親しくなっていたので、侍女頭に頼めばまた一枚くらいは融通してもらえるだろう。

ふと、ちくり、と項に強い眼差しを感じて、振り返るとブレイクが廊下の壁にもたれかかりながら自分を眺めていた。相変わらず彼は無表情で何を考えているのかはわからなかったが、エルシーの振る舞いを咎めることもなかったから気にしないことにする。

エルシーは彼に軽く礼をすると自室へ戻っていった。

そしてある昼下がり、首輪をつけていない大きな犬が通路に迷い込んできていたのをエリザベッタたちが見つけ、騒ぎ立てた。

聖女候補たちの部屋は、出入り口こそ半分庭園につながっているものの、そもそもが神殿のかなり奥まった場所であるし、その外は神殿をぐるりと囲っている頑丈な石壁がすぐ脇にそびえたっているので、こんな大きな犬が入り込んだことはこれまで一度もなかった。

初めてのことにエリザベッタたちは大声で騒ぎ、手元にあるものを投げつけようとまでしていた。犬は突然の大声と明らかな悪意に驚き、ぐるると牙を剝いて威嚇し始め、それを受けてますます彼女たちは金切り声をあげた。

護衛の騎士がいれば追い払ってくれたかもしれないが、彼らの姿は見当たらなかった。騎士たちは、エリザベッタたちのこういった愚かな振る舞いにすっかり辟易していて、できる限り持ち場から離れているようだった。

たまたま通りかかったエルシーはどうしてあんなに騒ぐのだろうと不思議に思った。

怖いのであれば近くの部屋に逃げ込めばいい。だが最初、廊下に迷い込んでいる犬に人間に対する敵意は見られなかった。彼女の育った街では野良犬がたくさんいて、動物好きのエルシーは彼らにまず嫌われたことがなかったから余計に理解できなかった。

(きっとただ騒ぎを大きくしたいだけね)

ここ一年ほどでエリザベッタたちの性格を嫌というほどわかったエルシーは、そう理解した。つまらない日常に飽き飽きしている彼女たちは些細なことでも大騒ぎするのだ。

それでも彼女たちがむやみに刺激することで、野犬がエリザベッタたちに万が一嚙みついたら、可哀想にあの犬は処分されてしまうだろう。

エルシーは野犬に近づくとその前に跪き、拳を作るとゆっくりと犬の鼻先に差し出した。自分に慣れた犬でない限り、ゆっくりした動作で接するのは基本だ。

「怖くないよ」

エルシーが優しく囁くと、威嚇していた犬は唸るのを止めた。

「私がこの犬をひきつけている間に、どうぞお部屋にお戻りください」

エリザベッタたちにエルシーが静かに告げると、怖い怖いと騒いでいた手前彼女たちは何も言えなくなり、フンと鼻を鳴らし足早に廊下を後にした。

廊下に静寂が戻ると、犬はすっかりおとなしくなり、伏せをした。どうやら躾けはちゃんとされている犬のようだ。そう思ってじっくり眺めると、茶色の毛並みは艶めいていて綺麗だし、手入れが行き届いている。野犬ではなく、飼い犬ではないかと彼女は考えた。

「触らせてくれる?」

開いた手を差し出しても犬が避ける様子がなかったので、そのままそっと彼の背中を撫でた。触っていて心地よい、あまりの毛並みの良さに、思わず微笑みが漏れた。

犬も鼻を鳴らして、彼女が触るのを喜んでくれる。しばらく夢中になって両手で撫で回していると、またどこからか強い視線を感じて、見上げると廊下の先にブレイクが立っていた。エルシーは我に返り、自分の顔が見えていないか思わず前髪をいじった。

「犬が、迷い込んだらしくて」

彼女がそう呟くと、彼は頷いた。

「そいつは庭師の飼い犬だ。俺が連れて行こう」

ブレイクがエルシーの前に伏せをしている犬を抱き上げたので、彼女はそれを潮に立ち上がり自室に戻った。


その翌日の聖女教育の際に、教師のヘンリーから昨日の犬は飼い犬だったものの、そもそも犬や猫はたくさん神殿の庭に住み着いていると聞かされた。

《守護神》は人間と動物が共生することを望んでいるという神託が残されており、王国の神殿が有する庭では犬や猫が追い払われることはないのだという。聖女候補が住む、神殿の奥まった場所にまで犬が迷い込んできたことも十分あり得るだろう、と取り立てて不思議がっている様子はなかった。


優秀で真面目な生徒であるエルシーを教えることに、今ではやり甲斐すら感じているヘンリーは、そもそもこの国は『獣人』がいるとされていますよ、と続けた。

動物と人間を先祖に持つ獣人は、かつてこの国では珍しい存在ではなかったと公的な歴史書にも記述が残っている。しかし、様々な策謀で人間が獣人を低い地位に押しやった結果、その数は減少し、残る獣人たちも今は人間の姿を模して使用人階級にまぎれているとされていた。

それでも《守護神》はもともと人間のみならず、獣人の神でもあったと信じられているらしく、それもあって神殿では犬猫を受け入れているのだ、と言われたのでエルシーはそういうものかと納得した。

一度犬が迷い込んできた後は、どうやらどこかに犬や猫にはわかる抜け道が出来たのか、そこまで頻繁(ひんぱん)ではないものの、時折犬や猫の姿を見かけるようになった。エルシーはその都度、食べ物を持っていればわけ与え、触らせてくれる動物に関しては優しく撫でていた。

そうして、ある夜から彼女の部屋に、灰色の毛並みを持つ子犬が入りこんでくるようになった。最初の夜は、少しだけ開いたドアから、子犬が勝手にエルシーの部屋に入ってきた。灰色の毛に黒い瞳を持つ子犬で、孤独な生活を強(し)いられているエルシーにとってはとても嬉(うれ)しい来訪者だった。試しに拳をみせると人懐(ひとなつ)っこく寄ってきて、ふんふんと匂いを嗅(か)いだ後、ぺろりと彼女の拳をざらついた舌で舐めた。

エルシーが手を伸ばして身体を触る素振りをしても嫌がらなかったので、背中を撫でると嬉しそうにぐるると声をあげた。この子犬は、庭師の犬とは比べ物にならないくらい毛並みが艶やかで、撫でているとうっとりしてしまう。しばらくすると、気まぐれな子犬はふいっと部屋の外に出ていってしまった。

しかし、驚いたことに、子犬は次の夜もエルシーの部屋にやってきた。

長い時間はいないものの、彼女が撫でると満足そうにする仕草(しぐさ)が、可愛くてたまらなかった。もちろん、毎夜やってくるわけではなかったが、やがてエルシーは子犬のために夜はドアを少しだけ開けておくようになった。


エルシーは子犬にその毛色にちなんで「グレイ」と名前をつけた。

グレイ、と呼ぶと、尻尾をパタパタと振って応えてくれるまでに懐いてくれると、本当に可愛くてたまらなくて、夜になるのが待ち遠しかった。

最初は同じ空間で過ごすだけで満足していた。そのうちエルシーは訪れるグレイのために、ミルクやパンなど喜びそうなものを残して待つようになった。パンのかけらを差し出して、自分の手の平から食べてくれたときはあまりの可愛さに心の中で身悶えした。

そうやって過ごすうちに、やがてグレイはエルシーが抱き上げることに慣れた。抱きかかえられるようになると、可愛さは一段と増し、グレイの背中を撫でるとそれだけで日々の辛さを忘れた。

エルシーは、毛糸のかたまりのようなもふもふする可愛い子犬を抱えながら、時々ぽつりと自分の思いを口にするようになった。グレイが何か返事をしてくれるわけではないけれど、自分よりも温かい生き物を抱いているとつい安心して本音が溢れる。

生まれてからこの方、誰にも口にしたことのない自分の想いをいつしかグレイにはすべて吐き出していた。

——故郷に置いてきた姉のこと、亡くなってしまった祖母にまた会いたいこと、本当はこの神殿から逃げ出したいけれど、逃げたら両親に咎がいくかもしれないから我慢していること。

グレイは黒い瞳でじっとエルシーを見つめて、時々ぺろぺろと彼女の頬や、鼻や、手を舐めた。

その仕草はまるで慰めてくれているかのようで、エルシーの心はそれだけで癒やされたのだった。

その日は、王国にとって特別な建国記念日の祝日だった。

王都のメイン通りで王族のパレードがあるらしく、神殿の使用人たちも朝から浮き立っていた。

もちろん聖女教育もお休みで、昼間に限り聖女候補も特別に自宅に帰宅することが許されているが、エルシーには無縁の話だった。

朝早く目が覚めたエルシーが神殿の厨房に行き、朝食を貰って帰ると、通路にブレイクが立っていた。朝陽を浴びた彼は、いつもよりもどこか少しだけ緊張しているように見えた。

ぺこりとお辞儀をして彼の前を黙って通ろうとすると、珍しく声をかけられた。

「ほら、手を出せ」

反射的に、広げた右手を出すと、そこに焼き菓子がころんとひとつ、載せられた。

「建国記念日だからな。これくらい食っても罰は当たらないだろう」

ぱちぱち、と分厚い前髪の奥で目を瞬いていると、ブレイクは踵を返して歩き始めた。

「あ、ありがとうございます、騎士様」

彼女がその背中に声をかけると、至極珍しいことに肩越しにひらっと手を振ってくれた。

部屋に戻って、香ばしい焼き菓子をちり紙の上にそっと載せた。

この前、廊下で泣いていた使用人の娘にあげた砂糖菓子よりもずっと上等そうなお菓子だ。日持ちがするかわからないので、今日中に食べた方がいいだろうが、食べるのがもったいないくらいに美しかった。

　エルシーはしばらくそのお菓子を眺めていた。


　昼過ぎ、どこもかしこもひっそりと静まり返っていた。エリザベッタもテアも、他の令嬢たちももちろん実家へと戻り、つかの間の家族との時間を楽しんでいるはずだ。

時間を持て余したエルシーは神殿の図書室に行って本でも借りてこようと思いたち、部屋を出た。

神殿の奥まったところにあるこのエリアは、今日も通常通り静かだ。

　警護の騎士も休みになるのかと思っていたが、彼らは今日も共有の通路にいた。

しかしそれぞれの聖女候補の部屋の前ではなく数人がまとまって立っており、気が抜けているのか思い思いの会話をしていた。

　すれ違うときそちらにちらりと視線を走らせたが、どこにもブレイクの姿は見当たらなかった。

「ジョンソン殿がまた王女に呼び出されたんだって？」

「ああ、そうらしいな。この前も呼ばれたところだったのにな。まぁ、今日のパレードもジョンソン殿の警護じゃないと行かないって王女様のご指名だったらしい」

「ジョンソン殿は特別だしな――王女様がご執心って噂だろ？」

「いや、俺は王女の幼馴染のアイザック騎士団長殿との三角関係って聞いたが」

「ありえそうだな。いやぁ、騎士団長殿を相手に、王女様を取り合うだなんて凄い話だな」

「そうだな、さすがジョンソン殿だな」

頭を鈍器で殴られたような衝撃で、突然呼吸ができなくなってエルシーは自分でも驚くほどよろめいた。

「お、おい、薬屋の！　具合でも悪いのかよ、大丈夫か？」

騎士の一人がエルシーに気づいて、慌てて声をかけてくれた。

騎士たちもエリザベッタたちとは違い、エルシーには親切にしてくれることが多かった。もちろん、騎士が聖女候補に表立って話しかけてはならない制約の範囲内ではあるが。

しゃがみこんだエルシーが見上げると、それはいつぞや話しかけてきたテア＝ミッチェル嬢付きの騎士だった。彼の生真面目な顔には心配そうな表情が浮かんでいるので、よほど具合が悪そうに見えるのかもしれない。

「大丈夫です。すみません、突然立ちくらみがしました」

彼が支えようと慌てて出した手をやんわりと断ると、すっかり本を読むような気分ではなくなったエルシーはそのまま部屋に戻った。呆然としたままベッドの端に腰かけると、動悸がおさまるまで待つ。


（私って、こんなに浅ましかったのね）

ブレイクが自分に目を配ってくれていたり、助けの手を伸ばしてくれたり、今朝のように焼き菓子をくれたりするのは職務の一環にすぎないとわかっていたのに。何を期待していたのだろう。

エルシーは自分の思い上がりを心の底から恥じた。

(私は……《不幸の証》がある女なのに、どうしてそれを忘れていたんだろう)

自分のように、両親にすら必要とされていない女に好かれていたなんて知ったらブレイクは気味悪く思うに違いない。

エルシーは儀式でフェリシティ王女を見かけたことがあるが、遠目からでも、美しい金髪を持った気品ある可憐な美少女だった。

ブレイクのような逞しく鍛え上げられた身体を持つ端整な顔立ちの騎士が隣に立ったら、誰だって二人はお似合いだと思うだろう。ブレイクが度々まとまった期間、警護を抜けるのはフェリシティ王女の元へ馳せ参じていたからということもわかった。ブレイクは聖女候補の護衛の中でも責任ある立場に見えるが、その職務より優先されるのだ、それだけ王女とブレイクの間は強固な繋がりがあるということだろう。

(彼に本当に申し訳ない。これからは絶対に勘違いしてはいけないわ)


そのまま長い間、ベッドの端に座りこんでいた。いつしか、実家から戻ったのであろうエリザベッタたちの声が聞こえてくるようになった。もう夜になったのだ、と気づき、ようやくのろのろと身体を起こした。明日は朝から聖女教育がある。晩御飯くらい食べなければ明日の朝動けないかもしれない、とドアを開けると、通路に並んだ騎士たちの中にブレイクの顔はやはりなかった。

いつものように自室で晩御飯を済ませると、しばらくしてかりかり、とドアをひっかくような音がした。反射的に扉を開けると、するっと見知った灰色の毛糸玉が飛び込んできた。

「グレイ!」

今日ほどグレイの来訪が嬉しかった夜はない。

エルシーが彼を抱き上げると、いつものようにペロペロと頬を舐めてくれる――と、心が緩んで思わず涙が溢れた。

（私、ブレイク様をお慕いしていたんだわ）

犬は人間の感情に敏感に反応して寄り添ってくれると言われているが、グレイも例外ではなかった。くぅーんと濡れた鼻を押しつけてきたので、頭を撫でた。

「驚いちゃったかな、ごめんね。こんな華やかな日に……一人でいると私なんて要らない存在かなって思って、本当に寂しくって」

エルシーはそう呟くと、机の上に置き去りにされた焼き菓子に目を留めた。みるみるうちにエルシーの瞳に新しい涙が浮かび、ぽろぽろと流れ出していく。

「グレイには家族がいる……？　いないのなら、私と同じだね……。私、家族に捨てられたから」

漣立っていた心は、グレイのふかふかした毛を撫でている間に少しずつ落ち着いた。それから、その夜初めて、グレイはエルシーとベッドで一緒に過ごしたのだった。

目が覚めると、グレイは既にベッドから抜け出していて姿を消していたが、朝方までいてくれたようで、ぬくもりが残っている窪みがまだ彼女の足元にあった。グレイが寄り添っていてくれたお陰で、よく眠れたし、自分がこの世の中で一人きりではないということが感じられて、気持ちが驚くくらい回復した気がする。

（誰かと寝るってこんなに元気になるものなのね）

相手が犬でも……とちょっとだけ愉快な気持ちになって、エルシーは心からの笑みを浮かべた。

いつものように朝ご飯を貰いに、厨房に向かうべく通路に出た。

「おい、薬屋の……エルシー」

何故かドアの前にはテア＝ミッチェル嬢付きの騎士が立っていて、エルシーを待ち構えていた。

「お前、昨日大丈夫だったか？　あれから一度も出てこなかったろうが」

エルシーはぽかんとして彼を見上げた。

「いえ……夕食の時間には厨房へ行くために出ました。もしご心配おかけしたのでしたら申し訳ありませんでした」

そう答えると、騎士は途端に顔を真っ赤にしてうろたえ始めた。

「いや、別にいいんだ。仕事の合間に見てただけだから見落としたみたいだな。気にすんな」

昨日エルシーが目の前で倒れこんだから、気にしてくれていたようだ。テア＝ミッチェル嬢と同じように、この騎士もいい人なのだろう。エルシーは思わず笑みを漏らした。今日はすごく気分が良いからか、笑顔がいつもより自然に溢れてきた。

「ありがとうございます」

どうしてか騎士はハッとしたかのように彼女の顔を――おそらく前髪でほとんど隠れてしまって何も表情はわからないと思うのだが――見つめた。

「おい！　俺の名前は、エドガー＝マクドネルだからな、薬屋のエルシー。俺んちはほとんど庶民だから、お前んちと変わらない」

「はぁ……」

（ほとんど庶民ってなんだろう？）

「だから次からエドガーって呼べよ？　わかったな！」

偉そうな口ぶりだったが、彼の性格が明るいのが伝わってきて、嫌な気持ちにはならなかった。

とはいえ、聖女候補と護衛の騎士は必要以上の会話を禁じられているから、彼に自分から話しかけることはないだろうが。エルシーはとりあえずわかった、と言うように頷いてみせる。

「承知しました、エドガー様」

そう答えると、エドガーは爽やかに笑って、ちゃんと飯を食えよ！　と言って持ち場へと戻っていった。

（真意は良くわからないけれど、元気な人だな）

厨房へ行こうと足を踏み出したとき、ちりっと項に強い視線を感じて振り向くと、そこにはいつものように壁に背を預けたブレイクが彼女を見ていた。彼は無表情だったし、それは普段と変わりないはずなのに、何故だろうか、彼の機嫌があまりよくないように感じられた。

（エドガー様が、私に話しかけたからかしら？　でもそれなら、その場で注意されるはず……）

警護の騎士はみだりに聖女候補に話しかけてはいけない、という規律を破ったと見なされたのだろうか。だがエドガーは、体調を気遣ってくれただけだし、たいした話はしていない。エルシーはすぐに気のせいだと思い直した。昨日彼は最愛の王女と逢（あ）えたのだから、機嫌が悪いはずはない。

（とにかく私にはもう……関係ない）

エルシーはぺこりとお辞儀をすると、彼の視線を振り払って厨房に向かった。

その後エドガーは時々周囲の目を盗むようにエルシーに話しかけてくるようになった。この頃になると、神殿の庭園での散歩が許可されていたので、もともと厨房などに一人で出向いているエルシーはこれ幸いと、空き時間を庭園で過ごすようになった。

かつてヘンリーが教えてくれたように、庭園には犬猫がいっぱいいて、動物に好かれる質のエルシーは彼らに大人気だった。今日も座り込んで犬猫たちと戯れていると、どこからかエドガーが現れて、断りもせずに彼女の隣にしゃがみこんだ。

そして自分は平民出身だが、ある伯爵家の落し胤なのだと笑った。平民育ちということもあって、エドガーの話し方はエルシーには懐かしく思えるくらい、フランクだった。

生まれたときから親戚の家に押しつけられて、将来など見込めないから、鍛錬をして騎士になったのだと彼は話してくれた。近衛騎士として取り立てられたのは昨年に入ってからで、エドガーにとって初めての大きな仕事が、聖女候補の護衛なのだと言った。

聖女候補の護衛のために特別任務としての編成が組まれたので、エドガーは出世のチャンスになればと思って自ら志願したのだという。

彼によると、この国の近衛騎士になるためには何段階もの実技と教養のテストがあるらしく、それらは有力貴族との癒着を防ぐためにかなりしっかりした試験制度が整っているとのことだ。要は、優秀な人材であれば、家柄など関係なく、誰にでも門戸を開いている、という。

とはいえ、とてつもない倍率のテストに合格してやっと近衛騎士団に入ることができても、王族の警護に取り立てられるのは、更にその中でも本当に一握りの優秀な騎士だけなのだ。

「だから、無事に聖女候補の警護になれて本当にラッキーだったんだ。それで、もし働きが認められたら、次は王族の警護にランクアップできたらいいなって思ってたんだけど、ここに来てみたらブレイク様がいたから驚いたんだよな、俺――だってブレイク様はもともと王女の警護をしてたわけじゃん。絶対そっちのが割(わり)がいいと思うんだよな」

彼によると、聖女候補を警護すると特別手当が出るのだが、エドガーのような新人近衛騎士にとってはありがたい報酬額でも、王女の警護を担当しているブレイクの給料からすると雀(すずめ)の涙だとのことだった。

「ブレイク様はほんと特別なんだよな。しかも、警護してるのがエルシーだから最初は驚いたんだぜ」

「私みたいな庶民を警護させてしまって申し訳ないようなお方なんですね……」

腹をみせて横たわっている黒毛の犬を撫でてやりながら、エルシーは呟いた。

「私みたいな庶民とか言うなよ！　お前は凄い。俺、最初はお前は弱っちくてすぐに弱音を吐いて逃げ出すんだろうなって思ってたけど、あの令嬢たちにも負けないし、正義感はめちゃくちゃあるし、だから俺は――」

「マクドネル」

どこからか冷たさを感じさせる低くて掠(かす)れた声が響いて、エドガーの言葉を遮(さえぎ)った。

「ジョンソン殿」

「お前、こんなところで油を売っていていいのか？　今からミッチェル嬢は外出の予定だったと思うが」

ブレイクの声は落ち着いたトーンだったから叱られているような感じはしなかった。淡々(たんたん)と事実を指摘されたエドガーは、それを聞いて慌てて立ち上がった。

「いけね！　ジョンソン殿、教えてくださってありがとうございます——またな、エルシー！」

騎士らしからぬ足音を立てながらエドガーが去ると、ひんやりとした空気がその場を覆った。エルシーは黙ってしゃがんだまま、目の前の犬を撫でることに集中しているふりをした。そうしていれば、ブレイクはいつものようにきっと何も言わないで去っていくだろうと思ったからだ。


「マクドネルと親しくなったのか」

少し咎めるような口調で声をかけられたので、エルシーはハッとして、慌てて顔をあげた。護衛騎士と聖女候補が必要以上に親しくなってはいけないという規律を思い出したからだ。

エドガーの言葉が正しければ、ブレイクは騎士団での地位はとてつもなく高いというのだから、ブレイクからエドガーへの心証が悪くなってはいけないとエルシーは考えた。

「いいえ。エドガー様とは、たまたまお会いしただけです」

「エドガー様、ね」

ブレイクが口の中で何かを呟いているようだったが、エルシーの耳には届かなかった。

しばらく沈黙が続いたが、ブレイクが再度話しかけてきたので、珍しい事態に彼女は心の中で驚きを隠せなかった。

「動物が好きなんだな」

それは質問ではなく、断定だったので、彼女は頷くにとどめておいた。

「庭園に来て動物と触れ合いたいのはわかった。だが今度から庭園に来るときは俺に必ず声をかけてくれ——俺がいないときは来てはならない」

「え……？」

「この庭園はな、どことは言えないが、隠れ道がある。お前が一人で歩いているのは危険だ」

エルシーは彼を見上げた。相変わらず無表情だが——

（私を心配してくださってる？）

しかし瞬時に彼女はその思いを心の中で打ち消した。

（愚かな私の心はまだ期待しているのかしら……。心配してくださるのは私が聖女候補だからだわ）

ブレイクはエルシーの隣に立ったまま、彼女の返事を黙って待っている。エルシーはふうっと息を小さく吐いて、立ち上がると視線は地面に落としたまま彼に答えた。

「わかりました。今後は一人では庭園には参りません。教えてくださってありがとうございます、騎士様」


それ以降エルシーは、庭園に行きたいときにはブレイクに声をかけた。

彼の前を通り過ぎるときに、一言「これから庭園に参ります」と呟く。ブレイクは距離を持ってエルシーについてきて、彼女が犬猫に囲まれているのを黙って眺めていた。不必要な警護をさせてしまい、ブレイクに迷惑をかけて申し訳ないと思いつつも、庭園で動物たちを触る時間は彼女にとって何にも代えがたい癒やしだった。

犬猫を触った日の夜には、グレイが他の動物の匂いがするのが気になるのか執拗にエルシーの手を舐めるのが、子犬になんだか嫉妬されているようで可愛かった。

そして日中にブレイクとの関わりが少しできると同時に、思っている以上に彼が警護についていない時間があることに気づいた。彼がいないときは他の騎士たちが持ち回りでエルシーを担当しているようだ。

ブレイクがいないとなると気軽に話しかけてくるエドガーによると、やはりかなりの頻度で王女によって城内に呼び戻されているとのことで、その度にエルシーは自分の心を戒めるのだった。

ある満月の夜、自室の窓から綺麗な月の様子を眺めていた。

零れ落ちそうなくらい大きな月を眺めていると、ふとブレイクはどんな顔で外に立っているのだろうかと気になって、そっと部屋の扉を開けて外をのぞいてみた。幾人かの騎士がいつものように立っていたが、ブレイクの姿は見当たらず内心落胆して部屋に戻る。次の満月の夜も確認したがやはりブレイクの姿はない。

(こんな素敵な満月の夜は……王女様と過ごされるのかしら)

何しろ思慕を寄せているだけの自分でも、ブレイクの様子が気になったくらいの見事な満月の夜である。たおやかな美貌の王女と、凛々しいブレイクが寄り添い、二人で窓から満月を見上げている様子を想像して、エルシーは鋭い胸の痛みを感じたのだった。

そうしてエルシーは十八歳の誕生日を迎えた。

神殿に召し上げられて、あっという間に二年半が経過しようとしていたのだ。

エルシーに《聖女教育》を施してくれていた教師たちは、神殿に上がって一年経過した時点で、エルシーへ教えなければならないことは一通り修了した、と彼女の優秀さに舌を巻いた。そして彼女が止まらない向上心を持つ、学習意欲が高い生徒であることを彼らはよくわかっていたから、今では他の候補より一歩進んだ高等な内容を教えてくれている。

エルシーはこの二年半で、聖女に選ばれなかったとしてもどこかの貴族の侍女として十分に働けるだけの教養を得ていた。

そしてその頃になると神殿の使用人たちともすっかり打ち解けており、エリザベッタの側仕えに親切にしたあの件以来、他の令嬢たちの側仕えたちからも心を許してもらえるようになっていた。さらには警護の騎士たちからも、他の令嬢がいないときには気安くしてもらっていた。

ブレイクへの淡い思いは胸の奥深くにしまい、昼間彼の姿を視界の端におさめるだけでエルシーは十分満足していた。夜はグレイが毎日のように部屋を訪れて、朝までベッドで一緒に寝てくれる。エルシーは実家にいるときよりもよほど幸せだと、感謝しながら日々の生活を送っていた。

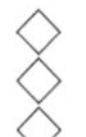

聖女は一体誰になるのか――は、半年に一度、特別な儀式で大司祭たちが《守護神》にうかがいを立てている、ということだった。しかし、エルシーがこの神殿に来てから二年が過ぎ、既に儀式は四回行われたが、一度も《守護神》からの反応はなかったのだという。口さがない人々の間では、

この五人の中では《守護神》がお気に召すような聖女がいなかったのではないかと囁かれ始めていた。

そんなある日、エリザベッタがついに癇癪を爆発させた。

この頃になるとエリザベッタはますます横暴になり、それまで結託していたはずの他の令嬢たちにも度々当たり散らし、彼女たちも陰では愛想をつかしていたほどである。

大金持ちの貴族の娘としてそれまでわがまま放題に生きてきた彼女に、清貧を求められる神殿での聖女候補としての暮らしは、本当に我慢ならなかったのである。

「いい加減、外に出たいですわ――もう《守護神》は私たちを選ぶ気なんかないはずよ。いつまでもこんな代わりばえのしないところに閉じ込められて、ただ婚期を逃すだけだわ」

次の《守護神》の聖女選択の儀式があと数日というところに迫って、エリザベッタが通路で他の令嬢に大声で話しかけているのを自室にいたエルシーは耳にした。エリザベッタはエルシーより一つ歳が上で、十九歳になったところだから、婚期の問題は気になるところなのかもしれない。

話しかけられた令嬢は、さすがに堂々と《守護神》を批判することはできなかったのだろう、曖昧に返事をしていたが、エリザベッタは構わず大声で話し続ける。

「もう、我慢ならない！　私たちみたいな若い令嬢をこんなところに二年半も閉じ込めて何が《守護神》よ！　どれだけ《聖女》が名誉あるものだってもうたくさん！　私は――帰る！」

外が騒然としたのがエルシーにもわかった。バタバタッと何人かの足音がして、ぎゃあぎゃあ喚いているエリザベッタの声が遠くなり、やがて途切れたから、彼女は自室に押し込められたのに違いない。

さすがに堂々と、この国の中枢である《守護神》を批判したエリザベッタに何らかの処分があるのかと思ったが——何もなかった。

何故なら、その数日後、遂に《聖女》に選ばれたのが——エリザベッタ＝マクミール侯爵令嬢だったからである。

神託にエリザベッタの名前が出た瞬間から、エリザベッタは聖女候補から《聖女》となり、周りの人々がすべてひれ伏すようになった。

彼女はますます横暴に振る舞うようになったが——エルシーには最早関係のないことだった。

神殿を出る前日の夜。
私物はそこまで増えていないのだが、教師たちと勉強した内容が記された大事なノートは全部持っていくつもりだ。外に持ち出しを許可された教科書や参考書などもできる限り荷物に詰めたいから、選別しなければ。そう思ったエルシーが片付けていると、通りかかったエリザベッタがわざわざ部屋に入ってきた。
彼女は《聖女》となった瞬間から、それまでの聖女候補の装いではなく実家から送られてきた豪華な服に手を通すことを許され、食事もエルシーたちとは違うものが供されているらしい。

「薬屋！　貴女の不愉快な顔をこれ以上見なくていいなんて、せいせいするわ」

「はい」

「その、なんでもわかってるっていう感じ、大嫌いだわ。貴女がどんだけ賢いか知らないけど、結局《聖女》に選ばれなかったの、私より下の人間なのよ！」

「そうですね」

エルシーの口元にお愛想の笑みが浮かぶと、目の前のエリザベッタは、途端にカチンときたようだ。

「何笑ってるのよ、薄気味悪い！　その前髪——最後に切り落としてやる！」

彼女がそう言って、エルシーの伸びきった前髪を摑んで、あらわになったエルシーの顔を見て、ハッとしたように瞬(まばた)いた後、すぐに何かに気づいて、ひっと息を飲んだ。

「あ、貴女！　なんなのそれ!?」

「……《不幸の証》ですよ、マクミール様」

エルシーは力の抜けたエリザベッタの手を静かに払った。エルシーの言葉が終わらないうちに、エリザベッタは後ずさった。

「そんなのを隠していたなんて、お前なんかが《聖女》になれるわけないじゃないのよ！」

そのとき、こつんとドアを誰かが叩(たた)いた。

「《聖女》様、大司祭がお呼びですよ」

振り向くとそこにはブレイクが立っていた。その後ろにはエリザベッタ付きの騎士の姿も見える。

「フン！」

エリザベッタは忌々しげにエルシーを睨みつけると、身を翻して部屋を出ていった。こういうことは今までも何度もあって、おそらく部屋の外に漏れていたエリザベッタの声を聞いて、ブレイクが動いてくれたのだろう。

（またブレイク様が助けてくださったのね……私なら大丈夫でしたのに）

ブレイクには本当に親切にしてもらった。

明日からは彼に会えなくなるのが寂しかったが、エルシーはブレイクにぺこりと礼をするだけで、ふたたび荷物の整理に戻った。

その夜、グレイがやってくると、エルシーは彼を抱きしめ、別れを告げた。

いつものようにエルシーの気持ちの変化に敏感な犬はぺろっと彼女の頬を舐めてくれて、腕の中で丸まった。相変わらずの素晴らしい毛並みを撫でてやりながら、エルシーは涙を零す。

「お前を連れていけたらいいのに」

エルシーは涙声で囁いた。


翌朝。

いつものようにグレイは既に部屋から去っていて、エルシーは彼が眠っていた窪みに手を這わせた。今夜からはこの部屋を訪れても自分はいないが、そうなったらそうなったでグレイはまた神殿の誰かの部屋にもぐり込めるだろうか。犬が辛い思いをしないことをエルシーは願った。

手早く準備をすると、朝食を貰うため廊下に出た。

「エルシー」

後ろから思いつめたような声をかけられて、彼女は振り向いた。そこにはエドガーがいつになく真剣な、緊張したような面持ちで立っていた。

「エドガー様、おはようございます」

「今日、お前も出ていくんだろ？」

それが何を意味しているのかエルシーはわからない振りはしなかった。

「はい」

「お前、どこに行くんだ？　行くあて、あるのか？」

エルシーは頷いた。

エルシーに良くしてくれている侍女頭が、ある貴族宅での侍女として雇ってもらえるように頼んでくれるという話を持ってきてくれていた。面接次第ではあるが、うまくいけば住み込みで仕事ができるだろうと聞かされていたので、エルシーは心から感謝してその申し出を受けようと思っていたところだと告げた。

「そうなのか――なあ、俺はずっと王都にいるわけじゃない」

突然話を変えられて、彼女は一瞬話題についていき損ねた。

「はい」

「数年して金を貯めたら故郷に戻って、道場でも開こうかと思っている。それで、その、お前がもしよかったら一緒に――」

「マクドネル、それ以上は規律に反する」

はっとしたエドガーが振り向くと、そこには今日も無表情なブレイクが壁にもたれかかってこちらを見ていた。

「は、はい、申し訳ありません」

すっかり萎縮(いしゅく)した様子のエドガーは、顔を真っ赤にしてその場を後にした。

去り際にエルシーにこっそりと「もし本当に辛いことがあったら王宮の近衛騎士の詰め所に来いよ、俺の名前出したらいいから」と囁いていった。

ブレイクは、慌てて立ち去るエドガーの背中を眺めていたが、つとエルシーに視線を戻した。

「昼過ぎに、大司祭が部屋に来るように言っていた」

「かしこまりました」

今日はエリザベッタ以外の令嬢たちも一斉(いっせい)に神殿を去る。令嬢たちの側仕えたちから、去る際に大司祭から個別にそれぞれ話があるのではと聞いていたところだった。エルシーは了承して、ブレイクに礼をすると踵を返した。


そして、大司祭に最後の挨拶をしにいって。

それから。
それから――。

第三章 守護騎士の秘密と、元聖女候補の秘密

辺り(あた)は静寂と薄暗さに支配されていた。

ぼんやりとした視界が開けてくるにつれて、自分がどこにいるのかわからなくて戸惑った。

視線の先には、白の紗幕(しゃまく)がかかっていてこの二年半を過ごした神殿ではないことはすぐに知れた。

そして逞(たくま)しくて力強い何かが彼女を後ろからがっちりと羽交(はが)い締(じ)めにしていて動けない。自分の身に一体何が起こったのだろうと狼狽(ろうばい)した。

(そうだ、私――)

彼女が身じろぐと、目を覚ましたのだろう、首元に彼の吐息(といき)がかかった。騎士の鍛(きた)え上げられた身体(からだ)は彼女より体温がよほど高いようで、押しつけられた胸板(むないた)や回された腕の当たっているところが焼きごてをあてられているかのように、熱く感じられた。

「起きたか」

後ろから低く掠(かす)れた声がして、エルシーは瞬時にブレイクとの間に何があったのかをすべて思い出し、身体を強張(こわば)らせた。そんな彼女に構わず、寝ぼけているのかブレイクが彼女の項(うなじ)に顔を押しつけて、スンと匂いを嗅(か)いでいる。

「ああ。お前は本当に良い匂いがする」

そういえば彼は先ほども匂いの話をしていた気がする——そして、何の最中にその話をされたかに思い至ると、エルシーの顔は途端に熱を帯びた。

前髪で隠れているとはいえ耳朶も朱色に染まっているに違いなく、ブレイクに背を向けていて良かった。あまりにもいたたまれなくて、とりあえず何かを話さなければ、とエルシーは話題をひねり出す。

「まだ夜……でしょうか」

ブレイクに尋ねると自分の声が掠れていて、それが自分があられもなく嬌声をあげていたからだと思い至り、また顔が熱くなる。問われたブレイクは彼女の項から顔をあげて、どうやら壁時計で時刻を確認しているようだ。辺りはまだ薄暗く、エルシーは暗くて文字盤は判別できないが、彼はずいぶんと夜目がきくらしい。

「もうすぐ夜明けだ。……水でも飲むか？」

ブレイクに尋ねられて、とにかく彼から離れたい一心でこくこくと頷く。ようやく彼が腕の力を緩めて、彼女を解放してくれた。ブレイクは立ち上がると、ベッドサイドのランプにまず明かりを灯した。

突然辺りが明るくなったのでエルシーは伸びきった前髪の奥で目を瞬かせ、ちらりと彼の後ろ姿を見たら、下はズボンを穿いているものの、上半身は裸だったので慌てて視線を逸す。

（いつもの騎士様だ……、やっぱり昨夜の、頭の上に見えたものは私の見間違いなのかしら）

ブレイクは慣れた手つきでベッドサイドテーブルに置き去りにされていた水差しからコップに水をいれて持ってきてくれた。

ちらりと見えた自分の姿が裸のままだったので、慌ててシーツを巻きつけてベッドに座った。体勢を変えるときにつきんと下腹部に痛みが走って、恥ずかしさのあまり俯くしかなかった。放埓の瞬間、彼に中に出されたように思ったが、座っても何かが溢れる感じはない。

自分は意識を失ってしまったが身体が綺麗に拭き清められているのはブレイクがしてくれたのか、召使いがしてくれたのか、あまり深く考えたくはない。破瓜の血で汚れてしまったであろうベッドのシーツも清潔なものに替えられているようだ。

「汲みたてではないが」

「気にしません。……ありがとうございます」

気恥ずかしくて未だに親し気に振る舞うようなことはできず、とてもじゃないがブレイクの顔が見られない。しかし一口水を含むと、存外喉が渇いていることに気づいて一気に飲み干してしまった。渇ききった喉に水がゆっくりと染み渡る。

「おかわりは？」

「いいえ、もう十分です」

コップを差し出すときに、ようやく勇気が出たエルシーはおそるおそるブレイクを見上げた。

初夜の直前までの、張りつめていたような感じが彼から消え去り、ゆったりとしているように感じられた。

とにかく何かに追い立てられるようだったブレイクが、今はすっかり落ち着いていた。

（この違いは、なんだろう？）

「なんだ？」

「いえ……すみません、まだちょっとこれが現実だと思えていなくて。騎士様は――」

「昨日言っただろう、ブレイクだ」

「……ブレイク様は……その、結婚相手が私でも本当に良かったんでしょうか」

コップを受け取ったブレイクは無表情ではあるものの、さすがに面食らったのがわかる顔つきをした。

「今更か？　覚えているよな、神父の前で誓いをあげたのは。俺たちはもう正式な夫婦だ」

「覚えています、覚えていますけど……」

ぎゅっとシーツを掴んで、視線をそこへ落とした。

「それに初夜も済んだと思うが」

「わ、わかっています……けれど」

コップをベッドサイドテーブルに置きにいったブレイクが、戻ってきてベッドの上であぐらをかいた。上等なマットレスなのだろう、ほとんど音もしなくて、わずかに軋むのみだ。彼はエルシーの震えている手に気づいたのか、思いの外優しい口調で彼女に話しかけた。

「何が心配だ？　俺は婚姻の誓いを破ることはない。他に女は作らない、家には毎日帰ってくる。酒は飲まないし、賭博もしない。手に職もあるし、稼いだ金も家にいれる。妻であるお前にみじめな暮らしを決してさせない夫になることを約束する」

「ブレイク、さま」

「それでは足りないか」

（仕事は……王女様の警護よね……そうか、お仕事で王女様の側にいられるから）

彼の言葉は一見彼女に尽くす夫のように聞こえる。それでも、ブレイクは彼女の問いかけに本当の意味では答えてくれなかった――彼が望んでエルシーを妻にしたかどうかを。

仕方ないだろう、結婚相手がどうしてもエルシーでなければならない理由はないのだから――王女様以外ならば誰でも同じに違いない。


エルシーは諦めたように力なく目を瞑った。

今までと同じく、きっとブレイクは彼女に細やかに目を配ってくれるだろう。そのことに関して彼女は疑っていなかった。ただ、彼の心を手に入れることを望んではいけないのだ。

それは、間違っても自分がブレイクを恋い慕っているということを彼に悟られてはならぬことを意味している。

そもそも一目彼を視界にいれられたら満足しなければならない立場の自分がブレイクの側にいて――それも妻という近しい立場で――たとえ彼の身体を手に入れることはできても心を望むことはできない、それはエルシーにとって間違いなく煉獄の苦しみになることは簡単に想像できる。

彼はおそらくまた自分を抱くことはあるかもしれないと思う――意外なことに、昨日の行為の最中もエルシーの痩せぎすな身体や拙い反応に取り立てて落胆している様子はなかったし、彼にも性欲はあるだろうから時々は発散したくなるだろう。

浮気はしないとわざわざ明言するということは、エルシーをこれからも抱く、ということを宣言したのに等しい。そして彼のことが好きなエルシーは、ブレイクに望まれたら喜んで身体を開いてしまうに違いない。抱かれている間は、誰よりも彼の近くにいることを感じられて、天国にいるような幸せな気持ちになるだろう。

しかし身体を離した瞬間から、ブレイクは遠い人になり、地獄が始まる。

離縁できるようになるまで、二年間。

二年間、彼の側にいて、エルシーは天国と地獄を味わい続けることになるだろう。


(それに、ブレイク様はまだ知らないから、私の……《不幸の証》のことを)

今までこのことを知っているのは家族しかいなかったが、両親にはこのせいで疎まれた。ちらりと見られたエリザベッタの反応は決して過剰ではない。ブレイクに正直に告げるのは心底恐ろしいが、このことを知ったら、彼は目を覚ましてエルシーを遠ざけるだろう。

そうなれば少なくとも——地獄だけで済む。

幸せを望むことより、虐げられることに慣れているエルシーにはその方がよほど自然に思えた。

「他に何か懸念材料があるか」

ブレイクの問いかけに、勇気を振り絞って返事をした。

「ブレイク様……。私、《不幸の証》を持って生まれたんです」

「ふむ」

彼は興味を惹かれたようにエルシーを見下ろす。昨日、エリザベッタとの会話を聞いていたであろうブレイクはしかし彼女にそのことを問いただしたりはしなかった。

エルシーは震える手で自分の前髪を左右に除けて、自分から決して見せたことのない素顔を遂にブレイクに晒した。

しばらくブレイクは身じろぎもせずに、エルシーの顔をまっすぐに見つめていた。

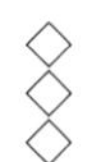

エルシーは、右は蒼、左は菫色の瞳を持って生まれた。

オッドアイ。

王国ではこの特徴は、不幸を呼び寄せるとして忌み嫌われている。迷信ではあるが、それでも信心深い庶民の間では未だに根強く信じられているのである。地域によっては、猫や犬でもオッドアイで生まれると、すぐに処分される、という話すらある。

エルシーはオッドアイを持って生まれたせいで、殺されこそしなかったが、両親から見捨てられた。

両親はもちろん、姉もそれから後で生まれた弟もみな綺麗な蒼色の瞳を持っていたから。エルシーだけが変わり種だったのだ。

『お前がこの忌々しい瞳を持って生まれたから、お父さんと相談して始末しようかと思ったんだよ。それでも産婆に止められて仕方なく諦めたんだ』

面と向かって、母にそう言われたこともある。

それでも祖母や姉は、エルシーの瞳が綺麗だと言ってくれた。エルシーの顔立ちによく似合っているよと、一生懸命言ってくれたものだが、彼女はとてもじゃないが信じられなくて、前髪を伸ばし誰にも見られないようずっと俯いて過ごしていた。

両親にとっては、自分は産み落としてすぐに殺してもいいと思ったほどの憎しみの対象なのだ、ということを彼女は片時も忘れたことがなかった。

だから彼女はいつでも与えられるものだけで満足しようと息を殺して生きていた。

両親は、エルシーが神殿に召し上げられて、心の底から喜んでいたようだった。誰に後ろ指をさされることもなく、呪われた娘を正式に厄介払いできることになり、とてつもなく喜んでいた。

昨日、エリザベッタが息を飲んだのも、エルシーの瞳を目にしたからだ。

お前なんかが《聖女》になれるわけないじゃないの、と叫んだ彼女の言葉は正しい。自分は魔の性質を持って生まれたのだから。

(ブレイク様もきっと同じことを仰るはず……)
エルシーは罰が下されるときを待つときのような行き場のない心持ちで、目の前にいるブレイクを見つめていた。

「なんということだ、凄まじく綺麗ではないか」

予想だにしない言葉をブレイクが囁いたので、エルシーは衝撃で目を瞠った。そろそろと前髪を下ろそうとすると、彼が手を伸ばして彼女の頬に優しく手をあてる。

「許されるならもう少し愛でたい。どちらの瞳も宝石のようではないか——お前の素顔について考えない日はなかったが、これほどまでに美しいとは」

　ブレイクの言葉は、既に十分混乱していたエルシーの耳には届かなかった。目の前の見目麗しい騎士は、欠落品であるエルシーの瞳が美しいと言うのか。

　エルシーの心が震え始める——わずかでも希望を持つことが怖い。

（やめて……これ以上好きにさせないで……お願い）

　エリザベッタのように、お前の瞳は不幸の印だ、醜いではないか、騙したな、と罵倒してくれればそれで良かったのに。

　罵倒せずとも、金輪際俺に近寄るな、と冷たく言ってくれたらそれで良かったのに。しかしブレイクは魅せられたように彼女の顔を眺め続けている。

「そうか……この瞳のせいでお前はずっと顔を隠していたんだな——こんなに美しいのに」

　彼があまりにも優しい手つきで彼女の頬を撫でているから、思わず顔をすりよせたくなるが、心を律して彼から少しだけ離れる。

「ブレイク様もご存じでしょう、この瞳こそが《不幸の証》であると」

　しかし彼は形のいい眉を軽くあげただけだった。

「ばかばかしい。根拠も何もないただの迷信だろう。少なくともこんなに美しい瞳を俺は今まで見たことがない」

「でもこのような特徴を持つ人間は、侯爵家のご次男というお立場の方の妻にはふさわしくないと思います」

「何故だ？　俺は絶対に爵位も財産も継がないというのにか？　——では、マクドネルのような平民に近い男の嫁の方がお前にはふさわしいと？」

（どうしてエドガー様のことを？　ああ……私と彼が親しいと思われているのかしら）

突然エドガーの名前を出されて、エルシーは困惑した。

そしてエドガーが別れ際に、もし何かあったら近衛騎士団に来るようにと囁いたときにブレイクもその場にいたことを思い出した。

エルシーは確かに人懐っこいエドガーに、好意に近しいものを感じていたがそれはあくまでも友情の範囲内である。彼は明るい性格だから、一緒にいてまったく苦にならない人だが、彼の嫁になりたいと思ったことは一度もない。

そもそもエドガーに限らず、エルシーは誰かの特別に自分のような《不幸の証》を持つ人間がなれるとは思っていなかった。仄かな思いを抱いていたブレイクに対してさえ、彼に気持ちを返してもらいたい、という大それた願いは一切持っていなかった。

彼女はその思いをどうやって、どこまでブレイクに伝えるのかと思案した。

いつもは前髪で隠せている感情が、今ははっきりと顔に出ていたのだろう、ブレイクは少し眉間に力を込めた。

彼はぐっとエルシーを自分の方へ引き寄せ、後ろから彼女を抱きしめた。自分の素顔が彼にもう見られなくなりほっと安堵のため息をついた。

しかしこうやって半裸の彼に、むき出しの背中をぴったりとくっつけるとどうしたって先ほど彼と肌を合わせたことを思い出さずにはいられない。

「マクドネルのことはもういい」

「……はい」

「それに自分が《不幸の証》を持つ人間だなんて、二度と思うな」

　エルシーは彼の腕の中で瞬いた。

「でも……それは……」

「言いたいやつには言わせておけ。そもそもお前は聖女候補だったのだから、お前を降嫁してもらえた俺こそが幸運なのだ。他の人と違っても誰にも何も言わせない――それに夫である俺が誰よりも綺麗だと思っているのだからそれでいいではないか」

　彼は慰めてくれている、とエルシーはぼんやりと考える。

　今までずっと虐げられてきたエルシーには、ブレイクのような人が、お前は綺麗だ、お前はそのままでいい、と伝えてくれる言葉は俄には信じがたかった。

　しかし、ぎゅっと熱い身体に抱き寄せられると、不思議なことだが今までこの瞳のせいで経験してきたすべての辛い出来事が取るに足らないことのように、まるで昇華し始めているようなそんな心持ちになった。

（ブレイク様がこんなに公平な方で……私に優しいなんて……）

　そして今までの言動から、彼は言葉を飾りはしないし、ストレートな物言いではあるが、決して嘘はつかないことは感じられていた。そもそも神殿でも彼はエルシーを害することは一切しなかった。

彼の言葉を信じたい、と思う自分がいた。

そもそもブレイクをこれ以上好きにならないなんて、土台無理な話だったのだ、とエルシーは彼に堕ちていくことを自分に、許した。


（二年間……お側にいさせてください。貴方が望まれたらいつでも出ていきますから――それまでは妻として、貴方の隣にいたい）

心の中で彼に告げると、エルシーは身体の力を抜いた。心を決めると、彼の屋敷に来て初めて、エルシーは緊張を解くことができた。

自分の身体に巻きついているブレイクの腕にそうっと手を乗せると、彼が震えたのがわかった。

「エルシー」

「はい」

「俺たちはこの数年知り合いだったが、まともに話したことはなかったな？」

「はい」

それは当然だ。ブレイクほど地位の高い騎士が、規律を破るようなことをするとは思えなかった。特に彼が公平で、視野の広い男だということがわかってきたから余計にそう思う。

「これから知り合う時間を持たせてくれないか――順番が逆なのはわかっているが、こうするしかお前を手に入れる方法がなかった」

エルシーは彼の言葉を、驚きをもって聞いていた。

先ほどブレイクに尋ねた質問の答えが、今、彼の口からするりと飛び出した。

彼女は勇気を振り絞って彼に確認する。

「ブレイク様は……私を手に入れたかったの……ですか？」

「ああ」

即答だった。

（嘘!?）

彼の腕の中で振り向くと、いつもながらの無表情な顔であったが、涼やかな印象を与える目元がほんのり赤らんでいるような気もする。

「俺は……昨夜お前に無体を働いた。いくらそうしなくてはならなかったといっても許されることではないが……もしお前が許してくれるなら、チャンスをくれ。そしてお前に俺のことを……少しでも好きになってもらいたい」

「――ッ」

ブレイクの発言は、今までエルシーが思っていたことすべてをひっくり返すほどの衝撃があった。これではまるで彼が、彼だけが、エルシーのことを好いているような――。

「それに今はまだ言えないが、俺もお前に話さないといけないことがある。お前がそのことを知ったときに、俺から去りたいと思ったら素直に言ってほしい。俺にとっては辛い選択になるが、受け入れるようにする」

（私が……私がブレイク様から去りたい？）

エルシーは昨夜自分がそのような言葉をブレイクに伝えたことを思い返した。

「ブレイク様……私が貴方から去りたいと言ったのはそういう意味では……」

「そうなのか？　今すぐに去りたいわけではないと？」

「はい」

　エルシーが肯定すると、ブレイクの腕にぐっと力が込められた。

（王女様のことを……お慕いされているのではないのかしら……？）

　彼の反応に少しだけ励まされて、エルシーはブレイクの真意を確かめたい、と開こうとした口を……力なくまた閉じる。

（私のことはお嫌いではないにしても、王女様のことを一番にお慕いしている、と言われたら……）

　先ほどはどうあっても彼の側にいたい、と思ったが、やはりはっきりと他人への思慕を言葉にされてしまえば、エルシーの心は砕けてしまうだろう。

　エルシーはどうしてもその問いをブレイクに尋ねることはできなかった。


　次にエルシーが目を覚ましたときには、もうお昼前と言ってもいい時間で、ベッドからブレイクは姿を消していた。

　あれからブレイクは夜明けまでもう一眠りしようと言ったが、彼女を後ろから抱きしめて、そのまま放さなかった。彼はしばらく彼女の項に顔を埋めていたが、ようやく顔をあげた。

「……このままでは眠り辛いよな……」

　彼が渋々、という感じで手を放そうとしたので、エルシーは出会って初めてのことだが、ブレイクが可愛らしいという気持ちが心の奥底から湧いてきた。

騎士たちがブレイクのことで噂をしているのは王女との恋についてだけではなかった——いつでも沈着冷静で、鋭い刃のような人なのだと、しかし同僚に対して約束を違えないし、それゆえ彼らから信頼も篤い。それに女遊びをするような低俗な人間では全くなく、だからこそ王女との恋に信憑性が高いのだということを。

ブレイクへの信頼と男としての憧憬が秘められているのが騎士たちの言葉の端々から感じられた。

エルシーはブレイクのような男に大事にしてもらえる王女様が羨ましいと思ったものだった。

(そんな立派な……彼を可愛いと思ってはいけないわね……)

エルシーは思わず微笑みそうになった口元を引き締めた。しかし放さなければならないと言いながらブレイクの腕の力は一向に緩む気配がなかったので、おそるおそる尋ねる。

「このまま一緒に寝ますか?」

ブレイクの気持ちが自分に少しでも向いているのであれば、エルシーだって離れたくはない。

ぐっと力が込められた彼の腕の強さが、答えだった。

エルシーが姿勢を変え、二人で向き合った。

腕枕をしてくれたブレイクにくっついたら、疲れもあってかすぐに眠りに落ちた。隣にある身体の暖かさが彼女を深い眠りに誘ってくれ、夢も一切見なかったし、明け方に彼がベッドを抜け出したのにも気づかなかった。

全裸の身体にシーツを巻きつけてベッドから降りる。昨日初めて男性を受け入れた身体は下腹部を中心に少し痛んだが、動けないほどではなかった。こればかりは丈夫な自分の身体に感謝するしかない。

浴室の奥に扉があってそこには簡易ではあるが洗面台がある。その横にある汲み置きの水で顔を洗うとすっきりした。

不浄を嫌う神殿でも同じような造りになっていたが、個人宅で手洗いを備えてあるのはさすがとしか言いようがない。始末は汲み置きの水を使うものの、こうすることで家の中が清潔に保てる。

エドガーが、ブレイクは王女の警備でものすごい額の給料を得ているはずだと言っていたのを思い出した。あの若さでこれだけ立派な屋敷を持つことができるのだから、エドガーの推測ではなく真実なのだろう。

部屋に戻るとブレイクがベッドの端に腰かけていた。

「起きたか――服を持ってきた」

「ありがとうございます！」

昨夜着ていた服はぐしゃぐしゃになってベッドサイドに放置されていたはずだが見当たらないから、ブレイクが片付けてくれたのに違いない。

新しく手渡された服は、上等な生地で出来た実用的なデザインのライトブルーのデイドレスだった。前開きのボタンで、メイドの手を借りなくても着られそうだ。それに機能的な下着もちゃんと揃えてある。どちらも見るからに新品で清潔だったから、ブレイクが前もって準備しておいてくれたのだろう。

生まれてこの方、新品の洋服を着る機会がなかった――実家では姉のお下がりだったし、神殿では侍女たちに譲ってもらった着古した服を自分で繕い直したものだった――から、この綺麗なワンピースの袖に手を通していいのだと思うと、自然と心が浮き立った。

ブレイクから服を受け取ると、思わず口元に小さな笑みが浮かぶ。彼が彼女の口元を見て、いつもは冷たく冴えている瞳を和らげた。

「俺は外にいるから、ゆっくり着替えるがいい――着替えたら、食事にしよう」


着替え終わるタイミングを見計らったようにノックの音が響いて、ブレイクの後から昨夜と同じように使用人たちが昼食を持って部屋に入ってきた。

「お前が望むなら、ダイニングルームで食べてもいいが……」

「いいえ！　このお部屋で頂きたいです」

聖女教育の一環で習ったため、貴族のテーブルマナーも恥をかかない程度には頭に入っている。

入っているけれど、私室で食べるということは昨夜のようにブレイクは二人きりで食べようと誘ってくれているわけで、そちらの方が気が楽である。この規模のお屋敷なのだからダイニングルームと呼ばれている場所も豪華で広いことは簡単に予想がつく。使用人やメイドたちに傅かれて食事をする姿を想像するだけで、緊張のあまり身体が震えそうだ。


昼食は、野菜がいっぱい入ったミネストローネと、かりかりに焼き上げてあるベーコンとボイルされたソーセージ、ロールパンにサラダ、フルーツだった。ブレイクが指示してくれたのか、昨夜より量は少なめに盛られていたこともあって、エルシーはほぼ完食することができた。先に食べ終わって見守っていたブレイクは満足そうに微かに頷き、どうしても最後の数切れだけ食べ切れなかったリンゴはまたしてもブレイクのお腹の中に消えた。

(昨日も残った分を食べてくださったのは……私に好意を持っていてくださったから？)

　昨日は困惑するしかなかった彼の行動も、彼が自分に好意を持っているというフィルターにかけると、違う意味で捉えることができる。

「今日はどうしようか。ああ、でも、まずは屋敷の中を案内しよう」

「嬉しいですけれど、ブレイク様のお手を煩わせるようなことは……。ブレイク様、お仕事は？」

　エルシーが彼に尋ねると、ブレイクは綺麗な黒の瞳を瞬かせた。

「まさか、俺は昨日結婚したばかりだ。仕事なんてするわけないだろう——二週間、休みだ」

　前髪で隠されていても、エルシーが申し訳ないという表情なのにブレイクが気づいたのか、丁寧に説明を加える。

「そもそもこの数年、俺は特別業務についていたし、それが昨日終わったところで、休暇を貰うことは何もおかしなことではない。その上結婚式という慶事があったのだから、ハネムーンとして二週間休みを貰うというのは当然の権利だ。だからその間はお前と過ごす」

　特別業務というのは聖女候補の警護であるのは明らかだったが、結婚式というのは……あの慌ただしい式のことか。

「理解したな？」

「はい」

「では、屋敷の中を案内する——おいで」

ブレイクが彼女に向かって手を差し伸べたので、エルシーはその手を取って立ち上がった。ブレイクは屋敷をエルシーに余すところなく案内してくれた。

想像はしていたものの、あまりにも大きい立派な屋敷で、これから自分がここに住むのかと思うとエルシーはただただ圧倒された。屋敷は全体的にモダンな印象を与える造りで、それに加え、私室同様に花や木の鉢がいたるところに飾られていて、色の調和が素晴らしい。

隅々まできちんと手が入っていることを証明するかのように、どこもかしこも整頓され、掃除も行き届き、ブレイクに仕える使用人たちの優秀さが垣間見えた。

「エルシー、執事のアルバートだ。俺がいない間に、困ったことがあったら彼に何でも聞いたらいい」

最後にブレイクは使用人や屋敷内の雑事を統括している執事に彼女を紹介した。エルシーは丁寧に彼に挨拶をした。

「よろしくお願いします、アルバートさん」

「はい、この度はおめでとうございます。エルシー様をお迎えできまして、屋敷に仕える使用人一同喜ばしく思っております」

壮年と思われる年頃のアルバートは、ブレイクからエルシーについて詳しく話を聞いていたのだろう、伸びきった前髪を下ろした彼女のことを見ても驚いた様子はおくびにも出さずに、まるで今までずっと仕えていたかのようにエルシーに接してくれた。

ブレイクはアルバートの言葉が終わるかどうかのタイミングでエルシーに話しかけた。

「そういえば、屋敷の中はお前の好きに変えてもらって構わない」

思ってもいない内容だったので、彼女は狼狽した。

「す、好きに？」

「もちろん。ここはお前と暮らすために買った屋敷だから要はお前のものだ。とはいえ、家具も何もないとなると困るから俺が適当に選んだので、好みではないところもあるだろう。だから気になるところはすべて変えてもらって構わない。アルバートに言えばすぐに手配してくれる」

エルシーは瞠目した。

（この大きな屋敷を――私と結婚するために、買った、とこの人は言ってるの？）

まさか、聞き間違いに違いない、と彼女はそう思うことにした。

難しい言い回しはなんにもなく、間違う余地はなかったけれど、彼女の常識がブレイクの言葉を拒否した。彼女の常識では、結婚する相手のためだけにこんな大きな屋敷を買ってしまうなんて――でも、ブレイクは彼女にわかり合おう、と告げたのだ。彼の常識も知っていく必要がある。

「い、いえ……とても趣味が良いと思います。特に私室は居心地が良さそうで……」

「気に入ったか？」

ブレイクがいつもの彼らしからぬ、明らかにワントーン高い声で尋ねてきた。もし彼に尻尾があるなら、ぶんぶん振り回しているだろう。初夜を迎えるまでのブレイクしか知らなかったら、エルシーは彼の反応に驚いてしまっていただろうが、今は彼がエルシーとわかり合いたいと思っていてくれることを知っているので、素直に返事をする。

「はい、インテリアの良し悪しは私にはわかりませんが……色味に温かみが感じられてすごく好きです。特にアルコーブが素敵ですね」

「そうか。それは良かった」

　ブレイクがいかにも満足そうに頷くと、執事が驚いたかのように主人の顔を見ている。

「エルシー、今日は俺と街に出よう。お前のものを買わなくてはならないからな――アルバート、半刻後に外出するから、表玄関に馬車の準備をしておいてくれ」

「か、畏まりました」

　常にないほどに弾んだブレイクの声に執事は戸惑った様子をみせたが、有能な彼はすぐに課された仕事をするべく立ち去った。

　ブレイクの屋敷は王都の中心街からやや外れたところに立っていた。
　周りには同じような大きな屋敷ばかりが立ち並び、明らかに貴族たちの屋敷が連なる地域なのだと知れた。彼に言われるがまま馬車に乗り込んで、王都の中心を目指す。ブレイクによると、ブティックや露店、食料品店などが立ち並び、とても活気がある場所だということだ。
　王都出身ではないエルシーにとって、神殿に召し上げられた日と、降嫁される日にブレイクの家に向かう馬車の車窓から見た景色が王都を眺めていたすべてだったし、どちらのときも緊張のあまりろくに外を眺めることができなかった。
　それもあって、今日のような明るい日差しの中での車窓の外に広がる、見たこともない景色に時間が経つのを忘れてしまった。

もうちょっとしっかりとこの目で眺めたい。そーっと前髪を手でずらして視界を遮るものをなくすと、向かいの席に座っているブレイクがふっと笑った。

「俺はもうお前の顔を知っているのだから、俺の前では前髪を上げてもいいではないか」

そう言われると、確かにそうだな、という気がした。それで彼女は遠慮なく前髪を前分けにして両の耳にかけて顔を晒すと、それからも熱心に車窓から見える街の景色を眺めて、この時間を楽しんだ。夢中になりすぎて、目の前に座っているブレイクが、喜びを素直に映し出すエルシーの顔を心ゆくまで堪能していることには気づきもしなかった。


ブレイクが連れて行ってくれた王都の中心は間違いなく大都会だった。

馬車から降りると、エルシーは前髪を上げたままぽかんとして辺りを見渡した。ブレイクはそんな彼女を眺めて、眦を緩めていたが、そんな彼の様子に気づく余裕もなかった。

「エルシー、行こう」

ブレイクに促されて我に返ったエルシーは前髪を元に戻した。そして二人はエルシーの歩幅に合わせてゆっくり歩きだした。

何もかもの規模がエルシーの想像以上だった。大きな建物がたくさん並んでいるその前に、露店が立ち並んでいる。野菜、肉、果物、花などを売っている主人たちは店先で威勢よく客引きをしているし、通りかかった客たちも店を覗き込み、店員たちとあれこれ言い合っている。なにかの瓶詰を一生懸命売ろうと声を張り上げている店の主人もいる。どこもかしこも、とてつもない活気であふれていて、エルシーは圧倒された。

「あの大きな建物は何ですか？」

露店の後ろに並ぶ建物について尋ねると、ブレイクが人々の住居だと答えた。

エルシーの住んでいた山の麓の街とは違い、王都の庶民たちは集合住宅に住んでいるものがほとんどなのだそうだ。

それから、エルシーの目を捉えたのは、彼女の地元では見たこともないくらいのたくさんの人種——しかも少数ではあるが異種人もいるように見受けられた——色々な肌や髪の色の人々が行き交って、王都はとてつもない活気を帯びていた。

「ブレイク様、私は詳しくないのですが……あの……耳が長い方は……」

「ん？　見たことがないのか？　森の番人ではないか」

「やっぱり！」

本でしか読んだことのなかった異種人を目の当たりにしてエルシーは立ちくらみをしたかのように、頭がぼうっとするのを感じた。

森の番人と呼ばれるその種族は、見た目は一見すると人間と変わらないのだが、耳だけがとがった形を持ち、長い。

ブレイクによると、普段は森の中で自給自足で暮らしているとのことだが、時々こうして街に降りてきて、物々交換をしたりしているのだそうだ。銀色の髪を持つ森の番人の男性は見目麗しく、エルシーが見たことのない形の服を粋に着こなしている。彼は楽しそうに、果物屋の軒先で主人と何事か話し込んでいた。明らかに人間とは異なる種族の彼を眺めながら、聖女教育を自分に施してくれたヘンリーの言葉をエルシーは思い出していた。

「すごい……。ここには本当に色々な方たちが住んでいらっしゃるのね。なんて素晴らしいのでしょう。かつて獣人の方々も多く住んでいらしたというのも頷けます」

「……ッ」

エルシーがそう言うと、ブレイクが一瞬言葉に詰まったかのような反応を見せた。

どうしたのだろうかと思ったすぐ後に、ブレイクがゆっくりと微笑みを浮かべた。彼は今朝方から自分の心を少しずつエルシーに見せてくれるようになった。

「色々な方が住んでいるのが素晴らしい、か……。——そうだ、ここには色々なものがいる。だからこの街では、お前の目の色だって誰も何も思いやしない」

彼の口調にははっきりとした優しさが滲んでいて、エルシーはブレイクを見上げる。

「とはいえ、お前はずっと思い悩んできたんだろうから、すぐに意識を変えるのは無理だろう。それはわかっているから急ぐことはないが、いつかお前がその瞳も受け入れられると良いと願っている——本当に綺麗だから隠しているのはもったいない」

ブレイクの思いやりに満ちた言葉に、森の番人を初めて見かけたときとはまた違う熱を感じて、エルシーの頬が赤くなった。もちろん、伸びきった前髪で隠れているが、彼女は慌てて俯いた。

そのとき、後ろからどん、と結構な衝撃があって彼女はたたらを踏んでしまいそうになったが、横からブレイクの力強い手が瞬時に伸びてきて彼女をがっしりと支えてくれた。

「おっと、ねえちゃん、悪いな！　怪我なかったか？」

エルシーに背後からぶつかってきた男は急いでいるらしく、謝罪しつつもすぐに走り去っていった。

「び、びっくりしました。ありがとうございます、ブレイク様」

エルシーはほうっと息を吐いて、ブレイクから離れようとしたが、それを察した彼の手に力が込められた。

「この街は人が多いから、はぐれないように俺と手を繋いでいこう」

彼は彼女の手を握ると、人で混み合う道を歩き始めた。


それからブレイクはエルシーを色々な店に連れて行ってくれた。

エルシーは小遣いをもらった例しがなく、街で買い物ということをしたことがなかった。それでも時間があるときに街を歩くことはあったから、今いる王都の繁華街の規模がとてつもなく大きいことは十分にわかった。

とにかくなんでも売っていた――思い当たるものはなんでも。人々は露店や店を眺めて冷やかしたり、値切ってみたり、誰もがみんな笑みを浮かべて楽しそうである。

「エルシー、とりあえず今日はお前が普段着るドレスを買おう」

ブレイクがそう言うのに、エルシーは慌てて遠慮をする。

「既に立派なドレスを頂きましたから、私はそれで十分です」

しかしブレイクは譲らなかった。

「駄目だ。俺はドレスのことは何もわからないからとりあえずお前に似合いそうなものを見繕っただけだ。そんな服をずっと着せられるか。お前が好きなのを買え」

彼はそう言うと、目についたドレスショップのドアを開けた。

一時間後、エルシーは三着の趣味がいいシンプルなワンピースを手に入れていた。しかもブレイクは服だけではなく下着なども選べとせっつくので、エルシーは仕方なくそれも買うことにした。

「ブレイク様、三着は多すぎです」

「何を言っている、三着なんて少なすぎる。そのうち俺の実家で夜会があるだろうから、近いうちにオーダーメイドのイブニングドレスを仕立てることにする。そのときにもう何着かお前の身体にぴったりのデイドレスを注文しよう」

(ええ!?)

ブレイクは無表情だが、完全に楽しんでいる気がする。

そして、彼の堂々たる体軀(たいく)と美貌(びぼう)は道をゆく女性たちの目を否応(いやおう)なしに惹きつけていて、彼と手を繋いでいるエルシーに遠慮のない視線を注いでいく。

彼女たちに自分がどう思われているのかは聞かずとも知れたが、当のブレイクは女性たちに見向きもせず、エルシーのことだけを見つめていた。

「夕方になってきたからもうすぐ帰宅しないといけないが……最後はここだ」

ブレイクが足を止めたのは、一目で高級だとわかる宝石店の前であった。

反射的にエルシーは後ずさろうとしたが、がっちりと手を摑(つか)まれているために逃亡は失敗に終わった。

「結婚指輪を買う──式をあげるときに指輪がなくて、悪かった」

彼が静かにそう呟(つぶや)いたので、エルシーは簡素(かんそ)な式の様子を思い出した。

神父が『指輪の交換を』と言いかけたときに、ブレイクは『しない』と短く答え、困惑しきった神父が狼狽したことを。

エルシーは指輪がないことを不思議にも不満にも思っていなかった。その時点では結婚自体が間に合わせの、一時期だけの契約だと思っていたからである。

「俺がとりあえず準備しておいても良かったが、お前が気に入るものを手に入れたかった。俺が先に買ってしまったら、後から本物をと言ったところでお前は絶対に首を縦に振らないだろうから」

意外といってはは失礼かもしれないが、彼はエルシーのことをよくわかっている。

「ブレイク様」

「お前のその遠慮深さは長所だが、結婚指輪は一生に一つだけのものだから、お前が本当に好きなものを買ってほしい」

エルシーは、伸びきった前髪の奥で、目をぱちくりとさせ、そして身体から力が抜けた。

結婚指輪は一生に一つ。

ブレイクがごく当たり前のようにそう言ったからだ。

宝石店のような場所に足を踏み入れたのはもちろん人生で初めてのことで、エルシーは目移りしてしまった。

ブレイクが、結婚指輪を探しに来た、と言うと、さすが高級ジュエリー店で働く男の店員はそつのない対応をしてくれた。分厚い前髪が顔のほとんどを覆った、見た目が不気味であろうエルシーに向かって、にっこりと微笑むと、奥様はどのようなデザインがお好きでいらっしゃいますか？と尋ねた。好みも何も装飾品自体つけたことがないエルシーが答えられないでいると、店員は気を利かせて、何点かの指輪をショーケースから出してくれた。

　店員によると結婚指輪というのは普通は金のシンプルな一連リングをするのが慣例であるが、王都の若者を中心に最近はもう少し遊び心のあるデザインも流行っているという。そして、シンプルな一連リングと共に、いくつかお洒落な指輪を出してきてくれた。凝ったデザインはとても素敵だが、エルシーは自分がつけるとなると躊躇ってしまう。

「いわゆる結婚指輪に、お互いの瞳の色の宝石などを嵌めこんだリングも人気でございます。それから、どちらかの方の瞳の色に合わせた同じデザインをご注文される方々もいらっしゃいます」

　彼がそう言いながら新たに出してきてくれたリングは金の輪っかに小さな翠の宝石が嵌め込まれたもので、エルシーは思わず歓声をあげた。

「わぁ、綺麗ですね……」

「そうだな」

　ブレイクが頷く。

「気に入ったか？」

　とても気に入っていたものの、値段がわからなかったのでなんとも答えられず、エルシーはまごついた。するとブレイクはすぐにエルシーの逡巡の理由に思い至ったのか、店員に向かってこれを貰おう、と言った。

「宝石の色は何色になさいますか？　旦那様は黒で……」

と、ブレイクの瞳の色を見ながら店員が言うのを遮って、ブレイクが「蒼と菫色だ」とこともなげに言った。

「……ブレイク様？」

エルシーがブレイクを見上げると、彼はぐっと彼女の腰を自分に引き寄せた。

「二つ宝石を並べて嵌めこめるだろうか？　彼女と俺の分を、同じデザインで作ってもらいたい」

「もちろん、可能でございます。出来上がりまでに少々お時間を頂きますけれど」

「それは構わない。それから、今日貰って帰れる指輪を彼女に選んでもらおうか。婚約指輪の代わりになるようなものがいい」

「畏まりました」

店員が次の指輪を選ぶ前にお二人のサイズを測りますので準備してまいります、ここでしばらくお待ちください、と二人の前を離れた。


「ブレイク様、蒼と菫色の宝石で良いのですか？」

「ああ、もちろんだ。お前の瞳はどちらも綺麗だからどちらも捨てがたい……お前が苦痛に思わなければいいのだが」

「まったく苦痛では……ありませんが……」

彼の声はとても落ち着いていて、優しく響いた。

彼が嫌ではないなら……ブレイクがエルシーの瞳の色を選んでくれるのなら――。

エルシーは胸がいっぱいになってそれ以上何も言うことができなくなってしまった。

宝石店を後にしたときに、エルシーの左手の薬指に嵌められていたのはオニキスが輝いている指輪だった。

あれから散々結婚指輪以外はいらないと固辞したのに、またしてもブレイクは断固として指輪を買うの一点張りで、ついにエルシーが折れて、買い求めることにした。

それであればブレイクの瞳の黒色が良い。

エルシーが店員に尋ねると、時期がよければブラックオパールやブラックダイヤモンドが入荷していることもあるようだが、今はオニキスしかないとの答えだった。

ブレイクは、黒はなんだか不吉な色だし、ダイヤモンドやエメラルドのような違う宝石がいいのではとエルシーに言ったが、ここでは彼女は折れず、最終的にプラチナの土台にオニキスが嵌められた指輪に落ち着いた。

他の宝石に比べて安価かもしれないが、エルシーの目には綺麗な煌めきに映った。そして何より、ブレイクの瞳の色である。それからずっと彼女に寄り添ってくれていた、子犬の瞳と同じ色。

(グレイ、元気かな……。昨夜、あったかいところで寝られたかな)

宝石店の外に出ると、エルシーはブレイクにお礼を言った。

「ブレイク様、ありがとうございます。こんな素敵な指輪を頂けるなんて思ってもいませんでした」

「俺がお前に贈りたかっただけだから気にするな。——はは」

とても珍しいことにブレイクが相好を崩したので、エルシーは目を疑った。

彼が笑うと、厳しい顔つきが綻んで若々しく見え、本当に美男子ぶりがあがる。

「悪い。店で、婚約指輪はいらない！　と頑張っていたお前を思い出した。お前は芯が強くて、意外に頑固なんだよな。神殿にいるときからそう思っていた。細くて、頼りない感じすらするのに本当は誰よりもしっかりしている、そんなお前だから俺はいいと思っている」

突然の褒め言葉に驚きすぎて、まともな反応をすることができなかったが、ブレイクは特に答えは求めていなかったらしく、そのまま彼女の手を引っ張る。

「さぁ、屋敷に帰ろう。今夜もお前と眠るのが待ち遠しい」


帰ってから、二人の私室で晩御飯を食べ——エルシーの食べきれるちょうどの量で供された——、使用人たちが風呂の準備をしてくれたのでありがたく彼女は入らせてもらった。今夜も素敵な香りの石鹸を使わせてもらって、心ゆくまで堪能してから浴室を出る。

別の部屋の浴室で湯浴みをしてくると出ていったブレイクは既に戻ってきていて、アルコーブに座っていた。

「ここが気に入ってるんだろう？　寝るまで本でも読んだらどうだ」

神殿のエルシーの部屋にあった持ち出してよい本を、すべてブレイクはこの家に運びこんでくれていた。私室の本棚にびっしりと彼女の本が詰め込まれているのに気づいたときには嬉しさのあまりに思わず飛び上がりそうになった。

彼は彼女の好きなもの、喜ぶことをよく知ってくれている。

「お前は本が好きだよな。図書室には入り浸っていたし、神殿の庭園でも動物に囲まれてよく本を読んでいた」

まったくもってその通りだ。エルシーは本棚から、まだ読んでいる途中の学術書を取り出すと、ブレイクの隣に腰かけた。アルコーブは思っていた通り、ふんわりしたクッションが置かれて座り心地がとても良い。

「それで今は何を読んでるんだ？　わかっていると思うが、この家の図書室にある本は全部自由に持ち出して構わない。神殿ほど蔵書はないが――、そうだ、明日は本屋に行こう。それから王立図書館にも連れて行ってやる」

「本当ですか!?」

思わずエルシーはパッとブレイクを見上げ、嬉しそうな声を上げてしまった。そしていつになく子供のようにはしゃいでしまった自分に気づいて分厚い前髪の奥で赤面した。

「ははっ」

ブレイクが本当に楽しそうに笑って彼女を引き寄せた。エルシーは素直に彼に従いながらも、ますます顔を真っ赤に染めていた。穴があったら入りたいとはこのことだ。

「耳朶（みみたぶ）が赤い。可愛いな、お前は」

彼が低い掠れた声でそう囁き、ぐっと彼女を一度強く抱きしめてすぐに解放してくれた。

「今夜は早めに寝よう。何しろ明日は本屋と王立図書館に行かなければならないからな」

その夜エルシーはブレイクに寄り添ってベッドに入り、前の夜とは違って心から安心してぐっすり眠ったのだった。

それからの日々は飛ぶように過ぎ、エルシーはブレイクと過ごす毎日に慣れていった。
ブレイクは外出となるとエルシーを綺麗に着飾らせては愛(め)でて楽しむ。もちろん、約束通り本屋にも王立図書館にも連れて行ってくれた。いくらでも本を買って良いと言われるとさすがに戸惑ったが、読んでみたかった大衆小説を何冊か選び、あまりの面白さにその夜はブレイクの存在を忘れて遅くまで読みふけってしまった。この頃は彼と二人きりでいるときには前髪をあげていることがほとんどで、彼は隣でエルシーの横顔を眺めるだけで満足していた。

王立図書館は、それ自体が重要文化財に指定されているほどの美しい三階建ての建物で、一体何万冊の蔵書があるのだろうか。床から天井まで整然と並べられた本の量は圧巻すぎて、入り口から一歩中に入った途端、口をぽかんと開けて魅(み)入ってしまった。

当然一日では到底回りきれない。ブレイクは、自分が仕事に戻ったら、側仕(そばづか)えさえ連れてくればいつでも王立図書館に来たら良いのだ、と言った。

屋敷の中で一人鬱々(うつうつ)としている必要はないと彼は付け加え、そんな彼の思いやりはもちろんのこと、何より本が大好きなエルシーには嬉しくて堪(たま)らない提案だった。

ブレイクは彼女を観劇にも連れ出し、ブレイクの見立て通りエルシーはすっかり舞台に夢中になった。時には王都中心にある庭園にも散歩に行って、貴族の間で有名だというティールームでは美味しい焼き菓子を、紅茶と共に頂いた。良くしてもらうことに慣れていないエルシーがどれだけ固辞しても最終的にはブレイクが自分の思い通りにしてしまうので、彼女は本当に自分が嫌なこと以外は遠慮をするのを止めた。

不思議なことに、彼女が本当に嫌だなと思うことに関しては、ブレイクはスッと意見を曲げてくれるから、彼と過ごすのが嫌になる瞬間は一瞬たりとてなかった。

どの場所に行っても、聖女候補として得た教養やマナーのお陰でとりあえず恥ずかしくない程度にはなんでもこなせる自分に安堵した。心から楽しんでいたとしても、自分が隣にいることでブレイクに恥をかかせてはいけないとエルシーは考えていた。

二度目に観劇に行った夜、突然とある貴族令嬢がブレイクに話しかけた。

ブレイクはいつもの無表情な顔で挨拶をしている。彼がこの令嬢に特別な感情がないのは一目瞭然だったが、同時にこの少女がブレイクに思慕を寄せていることも明らかであった。

まだ年若い貴族令嬢はどうやらフェリシティ王女の知己であり、ということは公爵家か、もしくは有力な侯爵家か……とにかく家柄の良い少女なのだろう、エリザベッタをどことなく思わせる高慢な仕草で、つんと顎をあげて彼の隣のエルシーを見下げるように眺めた。

「この御方は？　妹様ですか？」

じろりと蔑むような視線は、完全にエルシーが妹ではないことを知っていて、お前など認めない、とあてこすっている。分厚い前髪の奥で、エルシーは怯んだ。ブレイクはいつもの無表情な顔で、さらりと答える。

「まさか。妻ですよ」

「――ご結婚、されたのですか?」

恋人かもしれない、とは思っていたが、妻という答えは想像していなかったのだろう。

あまりの衝撃で、その令嬢の両手がだらりと下がった。

「ええ。私の妻です。では、失礼」

ブレイクが自分とは違う異性に接しているのを見たのは、聖女候補であった令嬢たちを別にすると初めてのことだったので、エルシーは内心で驚いていた。聖女候補との間に距離があるのは規律があるので当然だと思っていたものの、どうやらどんな令嬢たちにも同じくらいそっけなく接しているようだ。

「エルシー、行こう」

その令嬢に挨拶を終えると、すぐにブレイクがエルシーを促して歩き始めた。

「な、何よ……! あんな前髪の長い薄気味悪い方が妻だなんて何かの間違いに違いないわ。ジョンソン様がお可哀想だわ! 絶対に私の方が釣り合うのにっ」

その令嬢が彼女の側仕えに話しかけている声が聞こえてきて、まったくもって彼女の言う通りだとエルシーの胸はずきりと痛んだ。

こんなに立派なブレイクの隣にいるのが、薄気味悪い自分だなんて。エルシーはそのとき初めて、自分の今の状況を客観的に理解した。

ブレイクの腕を掴んでいた自分の手から少し力が抜けてしまいそうになった。

するとブレイクが立ち止まって、令嬢を振り返った。

「私の最愛の妻を愚弄するのは止めて頂きたい。私に対する侮辱と受け取ります」

冷え冷えとした切り裂くような声でそう言われて、令嬢はヒッと身をすくめて口を噤む。

「失礼。良い夜を」

まったくそう思っていないだろう口ぶりでブレイクが挨拶をして、ふたたびエルシーを促す。彼がそうやって自分を庇ってくれたことを喜んでしまう自分の浅ましさを恥じながら——エルシーはひとつの決心をしていた。


「前髪を、切る？」

「はい」

エルシーは帰りの馬車の中で、隣に座るブレイクに自分の決心を告げた。

「ただ両の瞳を出すにはまだ勇気が出なくて……でも片目でしたら」

「無理をする必要はない。俺はなんと言われようが気にしない」

しかし既に心を決めていた彼女はかぶりを振った。

ブレイクは彼女に本当に良くしてくれている。初夜こそ強引に彼女の純潔を奪ったが、翌朝には謝罪してくれたし、その後彼は本当に宝物を扱うように接してくれている。

そもそも純潔を奪うときも彼は『気持ちが整うまで待っていてやりたいが、時間がない』『お前が俺の妻になったという確かな事実が必要なんだ』と言っていたのをエルシーは忘れていなかった。

今になってみると、彼の性格上、本当に必要だったのだろうと思える。翌朝になると、彼は打って変わって落ち着いていたし、あれから無理やり身体を求められることもない。

エルシーはもう傷ついていなかった。むしろその後の彼の行動でますます信頼が深まっている。

何より、彼がしてくれるすべてがエルシーの幸せを考えてのことだともわかっているから、そんなブレイクにエルシーは少しでもお返しがしたかった。

(お返しなんておこがましいけれど)

それでも自分の前髪を切るだけで、ブレイクが恥をかかないで済むのならいくらでも切ろう、と考えた。しかしそれは、彼が本当に自分の瞳を綺麗だと思ってくれていることが言葉と行動の端々から感じられたから、切ろうと思いきれたのだ。

彼は彼女の真意を量るようにじっとエルシーを見つめていたが、やがてふっと口元を緩めた。

「そうか。俺はお前が決めたのであれば、それでいい。だが……俺のために決心してくれたんだろう?」

彼が逞しい腕を彼女に伸ばして抱き寄せると、耳元で、ありがとう、と呟いた。

エルシーはこっくりと頷いたが、彼が彼女の気持ちを理解してくれ、お礼を言ってくれたことでより一層胸の奥が温かくなるのを感じていた。

翌日、美容師が屋敷に呼ばれた。
「こんなに美しい髪は久しぶりに見ましたわ。まるで絹の糸みたいですこと」

美容師は、エルシーのこしがあって艶やかな細い金色の髪を手に取ると、感嘆のため息をついた。

「まさかそんなことは……。恥ずかしいです、まともな手入れの仕方なんて知りませんし」

前髪も後ろの髪もハサミで自分で切っていたくらいなので、手入れなどほとんどしたことがない。他の聖女候補たちは花の油などを使って髪の保湿につとめているらしい、と側仕えたちが言っているのを聞いて、そういうものかと驚いたものだった。

「まぁ、それでこの輝きを保っていらっしゃったの？　世の中のご令嬢たちが羨むでしょうねぇ」

美容師は優しくそう言いながらテキパキとエルシーの後ろ髪を切っていく。

前髪もエルシーの希望を取り入れながら、左の菫色の瞳が見えるように調整しながら進めていく。右の蒼い瞳の方が、色合いとしては一般的だが、エルシーは敢えてこちらの瞳を表に出すことを選んだ。オッドアイの瞳が好きだと言ってくれているブレイクのために、せめて人とは違う色合いの瞳を選ぶ勇気を出したかった。

徐々に前髪が短くなって彼女の顔が顕わになってくると、美容師が思わず、という感じで呟いた。

「なんて綺麗なお顔立ちでいらっしゃるの……！」

ぱちぱち、とエルシーは瞬く。

(綺麗なお顔立ち？　誰が？)

美容師は手際よく完成させ、出来上がりました、と鏡を持ってきてくれた。エルシーはそっと覗き込んで驚いた。

「これが……私ですか？」

ずっとボサボサで、まとまりの悪かった髪の毛がさっぱりしていて、すっきりして垢抜けた感じになっていた。後ろの髪はカットしてくれた後、美容師がこれが最近流行の髪型ですよ、と言いながらゆるい巻き髪にしてくれたのが、似合っているように見える。

——何より。

エルシーが頼んだ通りに、右の蒼い瞳はぎりぎり見えないくらいの長さにカットされているが、今までのように重苦しい印象は与えず、まるで流行のファッションであるかのように洒落て見えるから驚いた。これは間違いなく美容師の腕がすこぶるいいのに違いない。

「こんなに綺麗に切っていただいて、ありがとうございます！」

エルシーが感激してお礼を言うと、美容師はにっこりと笑った。

美容師が荷物をまとめて部屋の外に出ていくと、待ちかねていたブレイクがすぐに入ってきて、エルシーを一目見た瞬間に足を止めた。

「エルシー！　これからはずっとお前の菫色の瞳を眺めることができるなんて……俺は本当に幸せ者だ」

そう言うなり、数歩で彼女の元にやってくるとぎゅっと彼女を抱きしめた。それから間近にエルシーの顔を見下ろしながら、熱のこもった口調で呟く。

「誰よりも可愛い……！　菫色の瞳は宝石のように輝いているし、唇はもぎたての桃みたいに瑞々(みずみず)しい。他の男どもに、お前がこんなに美しいと知られるのは癪(しゃく)だが」

後半はやや早口だったが、まさか彼がこんなに褒めてくれるとは思っていなかった。

エルシーが顔を朱に染めていると、ブレイクの瞳が輝く。

「お前がこうやって可愛らしく頬を染める姿を髪に邪魔されないのは――いいな」

彼は本当に嬉しいのか、いつになく饒舌だった。

これだけ彼が喜んでくれるならそれだけで、髪を切る勇気を出して良かったとエルシーは心の中で呟いたのだった。


お互い知り合うことを目的とした、充実した二週間が過ぎた。

二人の心の距離は確実に近づいているのをエルシーは感じていた。ここしばらくずっとそうしていたように、寝る前のひと時をアルコーブに並んで座り、思い思いの時間を過ごしていた。

「明日から仕事か。楽しすぎる時間はすぐに過ぎるものだな」

ブレイクの口調には嬉しさは一切うかがえず、むしろ残念そうだった。図書室から借りてきていた本を読んでいたエルシーは顔を上げた。

（お仕事に行けば……王女様にお会いできるのに？）


「――ブレイク様」

様々な逡巡のあと、意を決してエルシーは彼に問いかけた。

「もし……よろしければ教えてください。ブレイク様は……フェリシティ王女様のことを特別に想っていらっしゃるのではないのですか？」

しん、と二人の間に沈黙が落ちた。エルシーの目の前でブレイクは完全に呆気にとられたような

顔をしていた。エルシーは彼のその顔を眺めながら、後悔のような気持ちが浮かんでくるのを止められなかった。

(何を当たり前のことを聞いて……と驚かれているのかしら……)

どこかへ消え入りたくなり、エルシーは思わず視線を落とし、謝罪の言葉を口にした。

「さしでがましいことを伺いました……」

しかしそのとき、ブレイクがエルシーの腕を摑んだ。

今やブレイクは真剣そのものの表情で、エルシーをまっすぐに見下ろしていた。

「誰が……誰を?」

「ブレイク様が、フェリシティ王女様を……」

答えるエルシーの声は、少しだけ震えていた。

ブレイクの意志の強そうな黒い瞳は、揺るがずに彼女だけを捉えていた。

「有り得ない。確かに王女のことは敬愛しているがそれ以上でもそれ以下でもない。他の女性のことを好ましく思っていたら俺がお前を貰い受けるわけがない」

彼は一言で切り捨て、彼女は息をのんだ。

エルシーがもし彼の瞳をのぞきこんでいなかったら、もしかしたら信じられなかったかもしれないが、彼女は彼の黒い瞳が真摯に輝いているのを見ていた。彼女の心がゆっくりと喜びの色で染められていく。

エルシーが返答に迷うことはなかった。

「信じます」

エルシーが頷くと、ブレイクはたまらないというような顔をしてみせた。この二週間で以前よりもずっと彼が心を見せ続けてくれているから、少しずつエルシーにもブレイクの表情が読み取れるようになっていた。

「信じると言ってくれて、ありがとう、エルシー」


翌朝、ブレイクはまったく気が進まない様子で登城していった。

エルシーが執事のアルバートや他の使用人たちと共に玄関ホールまで彼を見送りに出ると、すぐに戻ってくる、と言って、騎士が姫にするように——実際彼は騎士なわけだが——彼女の右手を取ると甲にキスを落としたので、エルシーはたやすく真っ赤になってしまった。前髪を切ったので、顔色の変化が顕著にわかってしまうことが、今のエルシーの悩みの種だ。

「エルシー、本当に可愛いな」

思わず俯いてしまったエルシーを見つめて、ブレイクは嬉しそうに目元を緩ませた。

しばらく、日々は平穏に過ぎた。
ブレイクは通常業務に戻り、王宮に近衛騎士として通う日々だ。

彼の業務はフェリシティ王女の警護であることは間違いないが、機密事項も含まれたりするのだろうからと、エルシーから詳しく聞くことはなかった。

エルシーは、アルバートにメイド長のジェニファーを紹介してもらい、二人からこの家の切り盛りの仕方を学ぶことに精を出した。ブレイクが信頼を置いている二人はとても優秀で、要領よく業務をこなしており、エルシーの様々な疑問にてきぱきと答えてくれる。

ブレイクがエルシーを貰い受けると決めてからこの屋敷を買ったというのは事実のようで、召使いのほとんどは新しく雇われた者だが、アルバートやジェニファーなど使用人を統括するような役は、ブレイクに幼い頃から仕えてきた信頼できる人間で揃えたのだという。

そしてその新しい使用人たちにとっても、新しく来た奥方であるエルシーはまだ若い身空ながら、素直で勉強熱心だし、使用人たちにわけ隔てなく接する平等さに、あっという間に心を掴まれた。

聖女候補だったとはいえ元庶民で、自分のことは自分でなんでもこなしてしまう風変わりな、しかしとても愛らしい少女のことを周囲の人々は可愛がらずにはいられなかったのである。年若い令嬢にしてはエルシーは口数が多い方ではなかったが、聡明さを示すように無駄な質問をしないのも忙しい使用人たちから評価が高かった。

口の悪い下男などは、自分の主人のことを陰で鉄仮面騎士と呼んでいたが、鉄仮面にヒビが入った、そのヒビをいれたのが細っこい奥方なのだ、と吹聴していた。そしてあの奥方じゃあ骨抜きにされて当然だよな、と続くのが定型文になりつつある。

髪を切ったら垢抜けて、顔がとてつもなく整っていたのも、後押しをしているかもしれない。しかし何より、エルシーが真面目になんでも一生懸命学ぼうと日々奮闘している姿は、聖女候補のときもそうだったが、見る人が見れば応援したくなるのであった。

少しずつ気を許してくれているジェニファーがこっそりエルシーに耳打ちしてくれたところによると、以前のブレイクはほとんど彼の実家であるジョンソン侯爵邸にはいなかったようなのである。働きづめで、王宮の近衛騎士の詰め所で夜を明かすことも珍しくなかったらしいが、エルシーを貰い受けてからというもの、飛ぶように帰宅するのだとジェニファーは若干笑いを堪えながら教えてくれた。

「ブレイク様がこんなにお幸せそうなのは初めて見ました」

今年三十代半ばになるメイド長にとって、年の離れた弟くらいの年齢の主人であるブレイクが幸せそうなのはとても喜ばしいことなのだろう。主人の幸せを運んできてくれたエルシーを眺める眼差しはただただ温かかった。

その晩は珍しくブレイクが帰宅するのが遅かった。

いつも通り玄関ホールで出迎えると、珍しいことに彼はため息をついた。

「遅くなってしまった……。晩御飯はちゃんと先に食べたか？」

「はい、ジェニファーがセッティングしてくれました」

それでいい、とブレイクは頷き、エルシーと同じく出迎えたアルバートに自分の食事を私室に運ぶように言いつけると、エルシーと共に階段を上がって部屋に向かう。

「気の進まない申し入れがあって、再三断ったのだが結局押し切られた。遅くなったのはその話し合いが長引いたせいだ」

ため息交じりにそう言ったブレイクは私室に入ると、まず洗面所に行き、石鹸を使い丁寧に手を洗う。

これは騎士になってからの習慣で、流感など、病気にかかる率が格段に下がるのだと彼は言っていた。それを聞いてからエルシーも彼に倣う(なら)ようにしている。

「なんでしょう？」

「フェリシティ王女が明日お前に会いたいと。頼みたいこともあるそうだ」

「まぁぁ！　ついに連れてきてくださいましたのね、ブレイク！　私ずっとエルシー様にお会いしたいと言っていたのに、ブレイクが全然連れてきてくれないんですもの！」

翌日の夕方。

王女の私室に通されたエルシーは、フェリシティ王女から熱烈な歓迎を受けて、戸惑いを隠せなかった。

「ま、本当になんて可愛らしいお方なんでしょう！　私、ブレイクが結婚したと聞いて驚きましたの。今まで女っ気ひとつないのにあまりにも突然だったでしょう？　でも納得いたしましたわ！」

輝くばかりの金髪と、綺麗な蒼色の瞳を持つほっそりとした王女は人形のように整った顔立ちだった。美しいだけではなく、聡明そうな眼差しが印象的で、仕草からはさすがの品格を感じさせた。

そして、エルシーを心から歓迎してくれているようだ。エルシーは返事に困り、隣に立っているブレイクを見上げた。

「エルシー様にはご迷惑をおかけすることになって本当に申し訳ないけれど、私の頼みを快く引き受けてくださって感謝しかないわ」

「快く引き受けたつもりはありません。半ば脅しのようでした」

ブレイクがあまりにも冷たい口調で言うので、王女に対して不敬罪にあたるのではないかと思って、エルシーは狼狽した。しかし王女は慣れているらしく、気にした様子は一切見せずに、ころころと笑った。

そして立ったままでいるエルシーに、自分が座っているソファの向かい側に腰かけるように勧めた。彼女がブレイクに視線を送ると、彼が頷いてくれたので、そっと腰を下ろした。

「私はブレイクには伝言を頼んだだけであって、意見は聞いていませんの。エルシー様が承諾してくださったのだから、ブレイクには何を言う権利もありませんよ？」

「私は彼女の夫です」

「だから、ブレイクには聞いていませんもの。ね、エルシー様？」

板挟みになって困り果てたエルシーはなんとも答えられない。

ここまでのやり取りをしている彼の顔は、怖いくらい無表情だった。

（これを見たら……ブレイク様がフェリシティ王女様に懸想しているなんて誰も思わないはず）

間違いなく、彼は王女に女性としての興味はない。

そして、フェリシティ王女がブレイクに一介の騎士以上の気持ちを持っている、とも思わないだろう。

何故なら、彼女の視線の先には、常に違う男の姿があるからだ。

「それで、殿下が騎士団長殿のご実家に向かわれるのは今夜でいいんですよね？」

「ええ。アイザックは来なくていいと言うのだけれど」

立ったままのブレイクの後ろで、同じく直立不動のままでいるもう一人の男に向かってフェリシティは話しかける。

長身で逞しい身体つきはブレイクと変わらないが、無表情が標準装備のブレイクに比べると、幾分柔和な顔つきをした男である。それでも目つきは鋭く、厳しそうな印象を与えるのは、立場的に当然だろう。漆黒の髪に、薄い茶色の瞳が印象的だ。


フェリシティからの依頼というのはこうだった。

公爵家の出自だというアイザック騎士団長とフェリシティ王女は昔馴染みで、特にアイザック騎士団長の祖父に王女はとても可愛がってもらったのだという。その祖父が、隠居していた辺境の屋敷で数日前に突然亡くなった。突然すぎたためにお葬式には王女が参列することは敵わなかったが、今夜行われる王都でのお別れ会にお忍びで向かいたい、そしてできることなら久しぶりに会うアイザック騎士団長の家族と一晩一緒に過ごしたいと思ったそうだ。

この国では王女の外出許可は、基本的に二週間前に行うよう定められている。もちろん緊急性の高いものはその限りではないが、しかし、この外出は緊急性を認められる類のものではない。

騎士団長は諦めるよう進言したが、王女は譲らなかった。

お忍び外出自体は他の王族もしていることで、しかも目的地は一箇所、警護さえ王女付きの騎士団長がしてくれれば問題ないはずだ、と言い張った。

アイザック騎士団長も負けじと、お忍び外出をするときには、替え玉を置いておくのがこの王室の慣例だが、急すぎる依頼では替え玉もいないだろうと指摘したときに、王女がブレイクの奥さんに一晩いてもらったらいい、と言い出したのだという。ブレイクの嫁なら秘密を守るだろうから、と。


ブレイクは最初、鼻で笑って断った。

金髪であることは同じであるが、フェリシティの明るい金色に比べて、エルシーの髪色は淡い。瞳の色もぜんぜん違う。背格好こそ似ているし、線の細さも似通っているけれど、だからといって最愛の妻をたとえ一晩だけでも、エルシーが勝手をわかっていない王宮の、王女の私室に置いておく気はさらさらなかった。

ブレイクは再三断ったが、王女がついに、彼女が握るブレイクの弱みを盾に取り、ブレイクを脅し始めた。こうなってくると誰にも王女は止められない。

アイザックもついに匙を投げ、ブレイクも渋々、エルシーにある内密の話をする許可をもらうことを条件に王女の提案を受け入れたのだ。

とはいえ、王女の願い自体は人として理解できることであるのは、確かである。

『エルシーが少しでも嫌がったらこの話はなかったことにします』

最終的にブレイクはそう言い置いて帰宅したが、心優しいエルシーが事情を聞いたら断るわけがないとはわかっていた。

マントをまとい、フードを深く被ったフェリシティ王女はエルシーに感謝しながらアイザックと共に部屋を出ていった。


ブレイクとエルシーが残された王女の私室は、家具が豪華なのはもちろんだが、アクセントとして家具にかけられている繊細なレースなどが女性らしさを感じさせる。

王女は、万が一のためにといって頭から被るベールを置いていったが、今夜はメイドたちも近寄らないようにと人払いもしており、外出する必要もない。この部屋の隣に続く寝室に籠ればいいだけだ。

ブレイクは王女付きの近衛騎士だから、短時間であれば私室にいたり、廊下に立っているのはおかしなことではないが、寝室にまで入るのは、王女の評判を思うと好ましくないだろう。

エルシーがブレイクに、自分は寝室に向かうから、もう帰ってもらっても大丈夫、と言おうとしたときに、ブレイクが決然とした様子で口を開いた。

「今からお前に俺の秘密を話す。……嫌われないといいのだが。王女に替え玉を頼まれたときに、お前に此処で話すことになると覚悟した。背に腹は代えられない」

ブレイクはエルシーの前に立つと、彼女の瞳を真正面から見つめた。

「俺がグレイだ」

第四章 明かされる聖女の真実と、本当の初夜

まったく予想もしなかったブレイクの突然の告白に、エルシーは呆然としてしまったが、グレイと同じ黒い瞳は、唐突な告白を受け入れてもらえるのか自信なさげに揺れていた。

自分でも説明がつかない、まったくもって奇妙なことではあるが、その瞳を眺めたら、荒唐無稽だと思える彼の打ち明け話が胸の中ですとんと納得がいった。

「俺の母親は獣人のミックスで、ジョンソン家でメイドとして働いていた。父親が母親に興味本位で手をつけて生まれたのが俺だ。俺はジョンソン侯爵家の次男だと表向きでは言われているが、獣人のミックスだから長男に何かあったとしても、爵位を継ぐことは絶対にない。この話は、俺の周りでは騎士団長殿だけが知っている」

「獣人……？」

エルシーの脳裏に、聖女教育の中で教師が獣人について教えてくれた内容が蘇った。

――かつてこの王国には獣人がたくさんいたが、今は追いやられて、使用人階級の人間にまぎれて暮らしているのだと。

「そうだ。俺は獣人の力がそこまで強く出ていないから、グレイのサイズにしか獣化できない半端

者なんだ。だが父親はそれが面白いと思ったらしく、母親のことは捨てたが俺のことは引き取って育てたんだ。基本的には捨て置かれているから、近衛騎士団に入った。家族とは疎遠だ。実際結婚式にも誰も参列していなかっただろう？」

「お、お母様とも？」

「ああ。俺が三歳のときに、多額の金を貰って郷里に追い返されたと聞いたが、それから一度も会っていない」

さらっと話しているが、父親の気まぐれによって母親とも引き離され、おそらく家では敵しかいなかったのだろう、彼の人生は苦難の連続だったのに違いない。それでも自らの才覚と努力だけで今の地位に上り詰めたということを告白したのも同然ではないだろうか。

（もしかして、それで、ずっと無表情でいらしたのかしら）

周りに頼れる大人が誰もいなかった彼は無表情を纏うことで、自分の心を守っていたのかもしれない。エルシーが前髪を伸ばしたのと近しい理由で。

それから。

（この人も——一人、だった？）

建国記念日の夜。孤独感に苛まれたエルシーは、グレイを胸に抱きながら呟いた。

『グレイには家族がいる……？　いないのなら、私と同じだね……。私、家族に捨てられたから』

あのとき、グレイの姿でなかったら彼は本当はなんと返事をしたかったのだろう。

そういえば、初夜に彼がこう言っていたのを思い出した。

『犬に噛まれたと思って――そのまま目を瞑っていろ』

そして初夜というキーワードで、続けてエルシーはあることを思い出した。

（やっぱり見間違えたのではなかったんだわ！）

「ブレイク様、あの……初夜のとき、私が意識をなくす前にブレイク様の頭の上に……それこそグレイの耳のようなものがあったように思ったんですけれどあれは……」

ブレイクが明らかに赤面して、自分の右手で顔の下半分を覆った。

「興奮しすぎたんだ。理由があったとはいえエルシーを初めて抱けて……お前が……つらい思いをしているというのにあさましい俺は……全然制御できなくて、耳と尻尾が出た。尻尾は滅多に出るものではないが、万が一そうなったら困ると思って、念の為服を脱がなかったんだ。耳はもうどうしようもなかったが」

「耳と尻尾ですか⁉　今、出ますか？」

勢い込んで思わず声をあげると、ブレイクは困ったように肩をさげた。

「俺はそこまで獣人の力がないから、人の姿のときに自由自在には出せない。悪いな」

「いえ、謝る必要はありませんが……グレイには？　グレイにはすぐになれますか？」

ブレイクがエルシーの顔をゆっくり眺め、彼女の顔に負の感情が何も浮かんでいないことを確認して初めてほっとしたように息を吐いた。

「いつでもグレイにはなれる。……怒っていないか？」

「怒る？　どうしてですか？」

「俺はその……黙ってお前の部屋に忍び込んでいたし……グレイだと思ったから俺にあれだけ胸の

内を話してくれていたんだろう？　お前は俺に怒っていい」

　打ちひしがれたように、逞しい身を少し竦めるブレイクはエルシーに対して心の底から悪いことをしたと思ってくれているのだろうが、エルシーはかぶりを振り、思いきって彼に抱きついた。

　彼女から甘えるような仕草をするのはこれが初めてのことで、ブレイクは驚いたように一瞬硬直したがすぐに抱きしめ返してくれる。

「まさか怒るわけがありません――神殿での日々にグレイがいてくれてどれだけ助けられたのか……感謝しかないです」

　彼の腕の中で彼女はブレイクを見上げた。彼のオニキスのように輝く黒い瞳がその言葉を聞いて、軽く見開かれている。

「お昼間はブレイク様として、夜はグレイとして……私を見守っていてくださったんですね、本当に、本当にありがとうございますブレイク様」

（ブレイク様、お慕いしています）

　まだ少し勇気が足りなくて、直接言葉にはできないけれど、心の中でエルシーはそう付け加えて、彼の厚みのある胸板にそっと自分の頬をつけた。

　彼女の騎士の腕の中は、今ではこの世の中のどこよりも安心できる場所になりつつある。

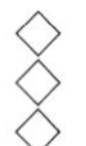

「グレイ、グレイだ！」

『……そんなに喜ぶとは……』

「グレイが喋った！」

『――』


とりあえず犬の姿ならば王女と同じ部屋にいても、誰かが来たらすぐに隠れられるので良いだろうと寝室へ移動した。

フェリシティ王女の寝室は、ほのかに高級そうな甘い香りが漂っていて、彼女が先ほどつけていた香水と同じだと気づいた。王女が好きなのだろう、クリーム色の家具で揃えられていて、可愛らしい印象を与える。長椅子やベッドに置かれているクッションは薄いピンク色だ。エルシーが上品な造りの長椅子に腰かけると、ブレイクが化粧室へ消えていき、衣擦れの音がした後、次に戻ってきたときはグレイの姿になっていた。

エルシーは言われたとおり、化粧室に残されているだろうブレイクの服を人目につかないように片付けなければと思いながらも、久しぶりのグレイに喜びを隠せない。しかも、グレイがブレイクの声で喋るのだ。

「可愛い……、可愛い……。なんて可愛いの！」

『グレイだと敬語も吹き飛ぶのか。なんだかグレイに完敗した気分だ……』

もしゃもしゃとグレイの全身を両手で撫でる。

長らくずっと身近にあったもふもふの毛が本当に心地よい。

「なんて可愛い犬なんだろう！」

『エルシー、一応犬のふりをしていたが、俺は狼、だ』

「おおかみ!?」

『そうだ。犬ではない』

もしかして、犬だと思われて誇りを傷つけてしまったのかな……とグレイの見事な毛並みを撫でながらエルシーは申し訳なく思った。

『エルシー、狼の番の話は知ってるか？』

「おおかみの、つがい？」

『ああ。その話を今からする。でもまずは俺の服を片付けてくれ、万が一のことがあったらかなわん』

彼女はハッと我に返るとすぐに化粧室へ向かい、丁寧にたたまれて置いてあった騎士服と下着をクローゼットの奥深くに隠した。それからもう一度寝室の扉の鍵がちゃんと閉まっているかを確認した後、足元にいたグレイを抱き上げて、ベッドに腰かけ、彼を膝の上に置いた。

ブレイクだと知っても尚、グレイは可愛かった。

いや、むしろブレイクだと知ったから余計に愛おしく感じるのかもしれない。

確かにグレイの毛色はブレイクの髪の色に近かったし、顔立ちすらどことなくブレイクに似ているように見えてくる。とはいえ、グレイの太くて短い手脚は、逞しくもすらりとした体軀のブレイクに似ても似つかない。

自分の膝で丸まったグレイを撫でていると、彼がごろごろと喉から音を出す。至極犬らしいが狼だという。これはもう犬と狼、共通の反応なのだろう。

『狼の獣人はな、基本的には番を一人しか持たないらしい。自分の血について知りたくて、調べたことがある』

「番を、一人？」

『ああ、動物の血が濃い分、人間より一途なんだそうだ。狼の獣人が人生で求める番はただ一人で、そして匂いでわかる』

「……におい」

エルシーの脳裏に、ブレイクが彼女の項に首を埋めて、いい匂いだ、と呟いた記憶が蘇った。

『聖女候補の儀式で、皆が大聖堂に集まったことがあっただろう。あのときに遠くてもすぐにわかった。お前こそが俺の番だと』

その一言を聞いた瞬間、グレイを撫でていた手をぴたりと止めてエルシーは両手を自分の熱を持った頬にあてた。きっと真っ赤になっているはずだ。

(私が、ブレイク様の、番？)

「本当ですか？」

『こんなことで嘘はつかん。嘘をついてどうなる。だから言っただろう、お前の名前すら知る必要はなかったんだ、匂いでわかるからな』

――名前を呼ばなかったのは必要がなかったからだ。

初夜の前にブレイクがああ言い放ったのは、エルシーの名前を呼ぶ価値がなかった、と彼が考えていたからではなく、名前を呼ばなくてもエルシーだけが特別だったから……？

そういえば神殿で過ごしている間、振り向けばブレイクが後ろにいることがよくあった。訓練された騎士というものは凄いものだと思っていたが、それはもしかして、番の居場所を嗅覚でもって探り当てていたのだろうか。

『すぐにでもお前に話したくてたまらなかったが、残念だが事情があって、とてもじゃないが俺の胸の内を明かせるような状況ではなかった』

「事情……？」

『ああ。お前が番だとわかってから、フェリシティ王女に聞かされてな。《聖女》について王族だけが知っている機密事項だ』

「《聖女》に関する……機密事項ですか？」

予想だにしなかったことをグレイが言うので、エルシーは首を軽く傾げた。

『そうだ。今回、このお忍び外出の替え玉を引き受けるにあたって、引き換えに、王女から聞いたその話をお前に話してもいいという、本当に特別な許可を得た。ただまぁ明日、屋敷に戻ってからにしよう。良い気分になるものではないし、俺も人間の姿で落ち着いて話したいからな』

(良い気分にならない話？)

エルシーは胸の内で彼の言葉を繰り返した。

それでいいだろうか、とグレイの姿で尋ねられて、エルシーはゆっくり頷いた。

その夜は、ブレイクはグレイの変化を解かずに、狼の姿のままエルシーの隣で丸まった。

王女の寝室は人払いもしているし鍵を閉めているのだから、人間の姿に戻ってもいいような気がしたが、ブレイクは万が一にも王女に迷惑をかけるような事態は避けたいので、今夜はグレイのままでいるという。不測の事態に備えて万全の態勢でいるのは近衛騎士として当然の心がけだろう。

もちろん、エルシーはグレイの姿は大歓迎だ。

今まで何度となく彼を抱きしめて眠っていたエルシーは、グレイの背中をそろそろと撫でながら尋ねた。

「あの、抱きしめてもいいですか？」

『もちろん。だがグレイに対してだとずいぶんと積極的になるんだな』

エルシーが抱きしめると、グレイは悩ましげなため息をついた。

「ああ、気持ちいい……」

ふかふかの毛玉が寄り添ってくれると、小動物の温かさと毛並みの心地よさだけでうっとりしてしまう。

『複雑だが、エルシーが気持ちがいいなら何よりだ』

ブレイクは本当に優しい。でもどうしてだろうか。以前からそうだったように、グレイ相手だと、するすると素直な質問が口をついて出る。

「ブレイク様は、私が貴方の番だから、気を配ってくださったのですか？」

『いや、そうではない。まぁ確かにお前の匂いは格別ではある。離れていても気づくくらいに』

すんすんとグレイはエルシーの首元を嗅ぐ。

「そんなに違うものですか？」

『違うな。俺は今まで誰にも欲情したことがないが、お前の匂いを近くで嗅ぐとたまらない気持ちになる。これが番なんだろう。まぁグレイの姿だと欲情しないから今夜は安心しろ』

（今まで誰にも欲情したことがない？　……今まで誰にも!?）

またしても間違いようのない簡単な言葉ではあったが、様々な男性の話を姉から聞いていたエルシーは、まさか有り得ない話だと信じられない気持ちになった。

『最初にお前に興味を持ったのは番と気づいたからだとは認める。でもその後にどうしようもなく惹かれたのはお前の行動をずっと見ていたからだ。言っただろう、お前はこんなに細い身体で、繊細そうなのに、意外に頑固で自分の意志がはっきりしている。正義感がある、勇気も持っている。使用人を助けたり、ミッチェル嬢を助けたり……それに動物に愛される姿を俺はずっと見守っていた。グレイ姿の俺にもずっと優しかった』

「ブレイク様……」

『神殿でも、匂いを感じてはいたが、間近にいたわけではないから俺はちゃんと冷静だった。俺はただ単にエルシーという人間に惹かれただけだ』

エルシーの瞳が潤む。

これまで彼の前で何度か流した涙は分厚い前髪に隠れていたが、今はもう彼にはわかってしまうから止めようと思ったけれど、自分の意志に反して次々に溢れてくる。

『泣くな。横たわったまま泣くと呼吸が苦しくなるぞ』

ブレイクらしい、ロマンティックさのかけらもない言葉を口にしながら、彼はグレイのざらざらした舌を伸ばすと、彼女の涙を舐めた。

「ブレイク様、私も……お慕いしています。本当は……いつもずっと見守って……助けてくださる貴方に憧れていたの」

　先ほどはどうしても言えなかった言葉が自然と口をついて出た。感極まったエルシーの唇の端が震え、ますます涙が流れ始めると、グレイが自分のふさふさの頭を彼女の顔にこすりつけた。

『エルシー……！　そんな嬉しいことは俺が人間の姿のときに言ってくれ！　まるでグレイに告白しているみたいではないか』

　彼がそうやって言うと、今まで泣いていたというのに、エルシーは思わず微笑んだ。

「グレイはブレイク様ですよね？　おかしなブレイク様」

　彼女の顔に浮かんだ心からの微笑みを見下ろしたグレイが固まった。

『くそっ……なんで今夜なんだ……お前を抱きしめることすらできないのに』

　変化を解いたらいいのだと思うのだが、どこまでも騎士として真っ当で真面目なブレイクは今夜は人型に戻るつもりはないようだ。融通が利かないようにも思うが、王女の部屋で下手なことはできないと考えるのはエルシーも同じだ。

『まぁいい。今、人間に戻ったら俺は間違いなくお前を抱いてしまうから――明日にする』

　彼はわざと露悪的に言うが、エルシーは自分が少しでも嫌がったら手を出さないことを知っている。

　初夜を後悔しているであろう彼が、彼女に触れるときにはいつでも一瞬躊躇い、彼女が嫌がっていないか、ずっと息をこらして様子を窺っていることはわかっている。エルシーは自分からぎゅっとグレイを抱きしめた。

「そんなことを言われたらすごく恥ずかしいです」

『俺を翻弄した罰だ。少しぐらい恥ずかしい気持ちでいてくれないと困る』

そう言いながらもグレイはぺろぺろと彼女の頬に残る涙の跡を舐め続けるのだった。


約束通り、翌朝早くにフェリシティ王女はアイザック騎士団長と共にお忍び先から戻ってきた。

王女の無事を確認した後、ブレイクは化粧室で元の姿に戻り寝室に戻ってきた。今では見慣れたブレイクの姿にほっと一安心するものの、可愛らしいグレイの姿を恋しく思うのも事実だった。

エルシーがブレイクと共に、王女の私室へ移動すると、フェリシティ王女は多少疲労の影を見せてはいたが、恩人に最期の挨拶ができたからかすっきりした表情を浮かべていた。

「二人とも本当にありがとう。お陰で心残りがなくなりました」

それはよかったとエルシーはほっと胸を撫で下ろした。フェリシティ王女の後ろでアイザック騎士団長も表情が和やかだったから、なんだかんだいって王女を心配して反対していただけであろう彼にとっても貴重な時間だったのだろうと知れた。

ブレイクはアイザック騎士団長に目で挨拶をすると、王女に敬礼をした。

「では俺たちはこれで」

「二人ともありがとう」

「今日と明日は非番ですから、また明後日に参ります。——これからエルシーに話します」

ブレイクがそう言うと、フェリシティ王女はしっかりと頷いた。彼女の後ろに立っているアイザック騎士団長が口元をきりりと引き締めたのがエルシーの立っている場所からも見えた。

「わかったわ、貴方に任せる」

フェリシティ王女は、エルシーに向かって微笑んだ。

「今度またお茶にいらしてね。口うるさいブレイクがいないときに、是非」

「お茶なんか行かなくていい」

馬車に乗り込むとブレイクは当たり前のようにエルシーの隣に座った。ブレイクはむすっとしていて、まるで自分がのけ者扱いされたことに気分を害しているみたいだ。

「そんなまさか……王女様から正式なお誘いが来たらこちらからは断れないですよね？」

「ちッ。招待状が来ないことを祈ろう」

舌打ちまでしている。けれどエルシーは一度フェリシティ王女と話してみたくなった。

彼女は幼馴染だというアイザック騎士団長はともかくとして、ブレイクが多少不敬罪にあたるようなことを言っても怒ったりはしない、余裕のある女性に見えた。元平民だと知っているであろうエルシーのことを見下すこともなく、丁重に扱ってくれた。

そしてフェリシティ王女の視線の先にはずっとアイザック騎士団長がいた。

騎士団長は職務中だからか、彼女の視線を避けていたが、嫌がっている素振りは見られなかったからきっと――。

「アイザック騎士団長様は、フェリシティ王女様付きの近衛騎士団の、団長でいらっしゃるんですよね？」

「そうだ」

王室では王族それぞれの位に合わせて、騎士団が存在している。

王と王妃直属の騎士団は複数あるが、王子や王女にはそれぞれの騎士団が一団ずつ編成されていると聖女教育で学んだ。

ブレイクによるとアイザック騎士団長は、大佐と呼ばれる地位なのだそうだ。通常ならば近衛騎士団に所属してからその階位にたどり着くまで十年はかかると言われているのだが、彼はたった二年で昇りつめたのだという。騎士団長として任命される可能性があるのは大佐以上の者らしい。ブレイクはアイザックより三つ階級が下なのだといい、アイザックほどではないのだろうが、それもきっと異例の昇進に違いない。

「ブレイク様は、どうしてフェリシティ王女様付きの騎士団に入られたんですか？」

彼女が質問をすると、ブレイクが虚を突かれたように瞬き、それから驚いたように彼女を見た。

(聞いたらいけない話だったかしら)

「もし答えられないのなら、無理はなさらないでください」

「いや、いい。ただお前が俺に興味を持ってくれたのが嬉しいだけだ」

彼は大きな手で、自分の顔の下半分を覆った。いつもならば髭が生えている頃だろうが、夜グレイでいるとどうしてか髭が伸びないらしく、頬はつるりとしている。

「俺がフェリシティ王女の近衛に入ったのは、アイザック騎士団長殿とはもともと知り合いだったこともあるし、それに俺がフェリシティ王女にまったく興味がないのが良かったんだろうな。あとは、なんだかんだで若いやつがいた方がいい場面もあるし、――俺には特殊能力もあるから」

特殊能力というのは間違いなく、グレイに変化できる能力のことだろう。

通常は、年若い騎士を同じく若い王女付きにすることは、何かの間違いがあっては困るので避ける傾向にあるのだという。だがフェリシティ王女は第二王女であり、第一王女や王子たちと比べると護衛の騎士団の選定に自由が認められたようだ。

とはいえやはり、フェリシティ王女付きの騎士団の中では団長であるアイザックとブレイクだけが突出して若いのだそうだ。アイザックがその若さで団長に選ばれたのは、もちろん能力が備わっているというのもあるが、王女の幼馴染で、とりわけ王女自身が強く望んだからだともブレイクは話してくれた。

「団長殿は二十六歳だが、副団長は三十七歳でもちろん既婚者だ」

「そういえば、ブレイク様はおいくつなんですか……？」

「俺は二十四だ。お前は今、十八か？」

「はい。来月十九になります」

「そうか。王女とほぼ一歳違いなんだな」


王族は十八歳になると、婚約を発表することがほとんどだ。

実際、フェリシティ王女の姉であるペネロペ第一王女も、その兄であるディラン王太子も、十八の誕生日を迎えるのと同時に婚約が発表された。どちらも、他国の王族とそれぞれ婚姻を結んでいる。

おそらくフェリシティ王女にも水面下で話は進んでいて、婚約が発表される日は近いのだろう。聡明な王女がそのことを理解していないはずはなく、彼女は視線でアイザックを追ってはいたが、どこか悲しみに満ちた諦めたような眼差しだったのが印象的だった。

エルシーは自分が仄かな思いを抱いていたブレイクに降嫁され、これほどまでに彼に大事にされていることを、とてつもなく幸運なことだと改めて感じていた。

「ブレイク様……腕に摑まらせていただいてもいいですか？」

「ん？」

隣に座っている男性の体温を感じたくて、彼女はそう言ってブレイクを見上げた。

「王女様のことを考えていたら、私はブレイク様に貰っていただけて幸せだなって」

ブレイクは一瞬押し黙ったが、次に口を開いたときには低く唸るような声でエルシーに問う。

「エルシー……俺の理性の限界を試してるんだよな？」

「えっ!?　そんなことは決して!?」

そんなことは微塵も思っていなかったエルシーは慌てた。

あまりの彼女の慌てぶりに、ブレイクの表情が一変する。

「ははっ」

ブレイクが楽しそうに笑いながら彼女を抱き寄せた。エルシーに触れるときに、彼は今までのような一瞬の躊躇いを見せなかったし、彼女も素直に身を預けた。

「お前から触れたいと思ってくれて嬉しい。それだけで俺は幸せだ」

エルシーとブレイクがそうして心を通い始めさせたのと同じ頃。

打って変わって、神殿の一番奥まった、明るいがだだっぴろい部屋にて。

「聖女様——本日から儀式の前準備に入っていただくことになりました」

「ふん。いつもながらに陰気な顔ね、貴方。ほんと鬱陶しいわね」

「……御身のお清めの儀式になりますので、こちらにお着替えください」

この部屋は広いだけではなく、革張りのソファはもちろん、一人で寝るには大きすぎるふかふかのベッドや、その他の家具も信じられないくらい上質なものが設えられていた。

窓にかけられている白のカーテンの刺繍も繊細で素晴らしく、既製品ではなく特別な仕立てのものであることはすぐにわかる。

代々《聖女》が過ごすとされるこの部屋は、もともと金回りの良い侯爵家で生まれ育ったエリザベッタでも、最初に通されたときはあまりの豪華さに目を見張った。

聖女候補としてのエリザベッタにあてがわれた部屋は質素以外の何ものでもなく、不自由で堅苦しい暮らしを強いられていたが、まさか《聖女》に選ばれるとここまで待遇が変わるとはさすがのエリザベッタも思っていなかった。

聖女として《守護神》に選出されたエリザベッタは、この豪華な《聖女》のための部屋に通され、それから贅沢の限りを尽くしている。

何しろ百年に一度出るか出ないかの《聖女》に指名されたということでエリザベッタの親戚一同は大喜びだった。

慣例により《聖女》は神殿から外には出られないことになるが、《聖女》としての務めを実際に行うまでは面会は許されているため、両親や兄弟姉妹はすぐに神殿に飛んできた。

彼らは丁重にもてなされているエリザベッタの待遇と、そして《聖女》を輩出した家に見返りとして王国からもたらされる富と名誉に大変満足をしていた。差し入れも自由に許されているので連日のように豪華な洋服や小物、エリザベッタの好きそうなお菓子や食べ物が続々と彼女のもとに届いていた。

《聖女》の儀式が始まってからは面会や私的な手紙のやり取りは許されなくなり、家族は王国あげての儀式などで王の隣に立つ《聖女》としてのエリザベッタを遠目から見ることになる。それでも実家からの差し入れはいつでも可能だと聞いているから、エリザベッタに甘い両親は彼女に最上級の品々を終生送り続けることを約束してくれた。


（ふん……やっぱり私のような優れた人間でないと《守護神》は満足しないんだわ）

この二年半聖女候補としての生活を送る上で非常に我慢を強いられたと思っているエリザベッタは、自分が他の平凡すぎる令嬢たちとは一線を画す存在であることがはっきりしたことに満足し、高揚していた。

何より一番嫌いだったのは——あの少女。

（あの薬屋、ほんと目障りで仕方なかったわ——くく、私のこの《聖女》としての美しい姿を見せつけてやらなくちゃね）

元聖女候補たちは、一週間後エリザベッタが最初の儀式に入る直前の、王族も立ち並ぶ礼拝にそれぞれの配偶者と共に参列すると聞かされている。今日あたりそれぞれの家に招致状が届くはずである。あの陰気な女が一体どんな冴えない配偶者に連れられてくるのか、今から楽しみだ。

（あんな女、誰も貰ってくれないだろうから、そこらへんの老いた下位貴族に後妻にでも貰われたんじゃないかしら……ふふっ）

エリザベッタはエルシーのことが最初から気に入らなかった。

出自はもちろんだったし、何しろ彼女の護衛をしているのが、あのブレイク＝ジョンソンだったからだ。

エリザベッタは有力貴族の出で、王族も参加するような夜会に参加したことがあり、フェリシティ王女付きの近衛騎士であったブレイクのことを一方的に知っていた。任務中の凜々しい姿に見惚れたことも一度や二度ではない。

若くして団長となるほど、優秀で凜々しいと評判のアイザック騎士団長と同じくらいに貴族令嬢たちに人気なのがブレイク＝ジョンソンなのだ。フェリシティ王女の警護で二人が立ち並んでいる姿は、貴族令嬢たちの目の保養以外の何ものでもなかった。

（王女様に敵わないのは仕方がないけれど、あの女の警護がブレイク様だなんてもったいなさすぎるわ、一体誰の采配だったのかしら？　普通だったら家柄が一番良い私につけるべきなのに）

エルシーには側仕えの一人もまともについていなかったと記憶している。

それが、最初の式典が終わってからしばらくして、いつの間にかブレイクが彼女付きの騎士として通路に立っていたから、エリザベッタは目を疑ったものだ。エルシーなんかの警護をさせないで、ブレイクを自分付きの騎士に変更するように散々神官や大司教にごねたが、彼らは近衛騎士が警護する相手に関しては王族の方の采配ですから、とその一点張りだった。様々な手を使って騒ぎ立てたが、埒が明かなかったから、さすがに諦めるしかなかった。

また、優秀なブレイクらしく、エルシーにちゃんと気を配っていたのが余計に腹が立った。エリザベッタがあの女に道理をわからせてやろうとすると、ブレイクがエルシーを庇って、エリザベッタを射殺さんばかりに睨んでくるのも、彼が任務上そうせざるを得ないとはいえ苛立たしかった。

あんな庶民あがりの、陰気な女。もちろんあの女自体が侯爵令嬢である自分にまったく敬意を払いもせず堂々と立ち向かってくるのも忌々しくて大嫌いだった。


「聖女様？」

目の前の気弱そうな神官が、エリザベッタに白い衣装を差し出したまま困ったように名前を呼んだので彼女は我に返った。

「ふん」

彼女は奪うようにその服を神官から取り上げると、顎をつんとあげて部屋を出ていくように指示した。

「半刻後に、大神官が参りますのでそれまでにその衣装をお召しになっていただきたいとのことです」

神官はそう言い置いてそそくさと部屋を退出した。

エリザベッタがぽいと衣装を長椅子に投げ捨てると、部屋の隅に控えていた側仕えが慌てたように寄ってきた。エリザベッタの神をも恐れぬ行動に、神殿に在籍している側仕えはすっかり青ざめている。正直エリザベッタはそんな前準備なんかしたくもなかったが、さすがに大神官自らがやってくるとなると逃げられないだろう。

「ほんと面倒くさいけど、仕方ないわね。着替えさせてちょうだい。ちょっとでも粗相したらわかってるわよね？　私が望めば、貴女をクビにすることなんて簡単なのよ」

王宮からの帰りの馬車の中、ブレイクはエルシーを抱きしめていた。

「初夜で俺はお前に無体を働いたから俺から触るのを我慢しないといけないとわかってはいたんだが……惚れた女が側にいて、しかもこんないい匂いをさせているのに触れられないのは拷問に近くて……」

そう言いながらブレイクが彼女の項に顔を伏せて、心底我慢できないというように、すんすんと匂いを嗅いでいるのがわかった。なんだかもう――ただただ可愛いではないか、と思ってしまう。

（やっぱり犬……狼さんだから、スキンシップが多いのかしら？）

「ブレイク様はでも私が本当に嫌がることは一度もなさっていませんわ。しょ、初夜だって、最終的には私が了承したのですから。あれは合意の上でした」

「……お前は……お前はな……エルシー……物わかりが良すぎる。許さなくていい、俺なんかを」

言葉とは裏腹に、エルシーを抱きしめているブレイクの腕の力は強くなり、まるで彼女に許しを乞うて縋っているようにも感じる。

「ううん、決して簡単に許しているわけでは……。ブレイク様が事情があってあのようなかたちになったことを確信しています。ブレイク様のことを知って、その思いは強くなりました。だから本当に怒ってなんかいないんですよ」

嘘ではなかった。

最初から、ブレイクは何かやむにやまれぬ事情で、必要に迫られて自分を抱いたのだと思っていた——理由はまだ聞かされていないが、必ず納得のいく理由であるはずだと、ブレイクを強く信じている。

「エルシー……」

「それに、これから私にすべてを話してくださるんですよね？」

エルシーは、彼のことを知っていくこの数週間で、ブレイクがその事情とやらを初夜の日に話せるものなら話しているはずだ、と考えていた。

ブレイクは理知的な人だし、公正だ。初夜のときでも彼女が納得するように説得するはずだ——理由を話せる裁量が彼にあるのであれば。それは、きっと、その裁量がそのときの彼にはなかったことを示していた。

「ああ、話す。もちろん、今は駄目だ。屋敷で、人払いをして——深夜に」

「はい」

ブレイクの答えにエルシーは深く頷く。

ブレイクは顔をあげて、エルシーから離れた。彼の言うことが本当であれば、人間の姿で彼女の匂いを嗅いだのだから、今まさに欲情しているはずだが、だからといって自分の欲望のままに一方的に彼女を襲うような人ではない。

彼はそっと自分の分厚い手をエルシーの頬においた。彼の黒い瞳は切なく細められながら、エルシーの頬を愛おしそうに親指で撫でた。

「すべてを話した後、それでも尚お前が俺を許してくれるなら――初夜をやり直してもいいか？俺たちの初夜が誤解にまみれた上で、お前に苦痛の記憶しか残ってないのが俺は本当に……」

彼女は菫色（すみれ）の瞳をぱちくりと瞬き、それからその瞳を緩（ゆる）めた。ブレイクから贈られた日から一度も外されていないオニキスの指輪を嵌（は）めた小さい手が、彼の手に重なる。

「ええ、ブレイク様。私もそうしたい」


屋敷に戻った二人は、ここ最近はいつもそうだったように心穏やかに過ごした。

ブレイクが執務室にこもり事務作業をしている間に、エルシーは居心地の良い私室に戻り、裁縫が得意なメイドのドロシーに教えてもらって、ジョンソン家の家紋をハンカチに刺繍してみたり、お茶を頂きながら本の続きを読み進める。夕方になるとブレイクが私室に戻ってきたので、晩御飯を一緒に食べることにした。その後寝支度を済ませ、今ではすっかりお気に入りのアルコーブに並んで座る。心地よい静寂に身を委ねて、リラックスしながら各々好きなことをしてしばし時間を費やした。

そして皆が寝静まった深夜、彼が明かしてくれた真実にエルシーはじっと耳を傾けた。

しかし、ブレイクが淡々と事実のみを告げるようにしていても、エルシーの顔から徐々に血の気が引いていくのは避けられなかった。

「だから俺はお前を《聖女》にはさせたくなかったのだ」

話し終わったブレイクがそう最後に付け加えると、彼女は自分の震える両手をぎゅっと祈るように組み合わせた。

「それが真実、なのですね。そのことをエリザベッタ様はもちろん……ご存じないのですよね？」

掠れた声しかエルシーの喉からは出なかった。

それほどまでにブレイクから知らされた真実は、彼女にとって苦痛に近く衝撃的なものであった。

「ああ。この秘密は王家の者と神殿でもごく一部の者しか知らない。他に誰も告げないという条件で、フェリシティ王女から俺にだけ、極々秘密裏に明かされたのだ」

ブレイクは顔色を失ったエルシーを気遣って、隣に座っている彼女の背中を優しく擦った。

今や彼女の身体はがたがたと震えて、エルシーはゆっくりと両手で自分の顔を覆った。

「なんとむごい……。それにエリザベッタ様が選ばれただなんて」

「そうだな……」

「――私どもにはもうどうにもできない？」

「ああ。こればかりは神の采配だからな。誰であっても神の意志を曲げたり、神に反抗することは許されていない。もちろん、これは伝承であり、もしかしたら現実は多少は違う可能性はある。だが……お前が……万が一にでも《聖女》になることだけは避けたかったのだ。俺は他の誰を差し出しても、お前だけを救いたかった、そんな自分勝手な人間だ」

神の采配。

エルシーは心の中で呻く――神は時に、人智を超えて残酷すぎるほどに残酷だ。

エルシーはそろそろと手を下ろすと、彼女を心配そうに見つめる表情を隠しもしないブレイクの手にそれを重ね、彼を見上げた。

「ブレイク様、本当にありがとうございます」

「感謝されるようなことは何もしてないが……初夜もあんなに急ぎたくはなかったが、万が一にでも神が意志を変えることがあってはたまらないと、一秒でも早くお前が純潔ではなくなるようにと、お前の意志を確認もせずに中に出した。間違いがあってはならないと、俺が考えられることはすべてしたつもりだったが……それでもお前にとっては辛かったに違いない」

エルシーははっきりと首を横に振った。

「私はブレイク様にそうやって護っていただけて、幸せです。これまでもずっとずっと護ってくださってありがとうございます」

エルシーはブレイクの顔を見上げたまま続けた。

「昨夜も申し上げましたが、神殿にいた頃から貴方をお慕いしています」

昨夜グレイの姿の彼に同じ言葉を伝えたのだが、二度目でもブレイクの身体が硬直したのがエルシーにはわかった。

やがて彼は息を吐くと、そっと彼女の頬に手を伸ばした。

これからはエルシーが彼の接触を拒むことは、ない。

「俺はお前を心から愛しく思っている」

「ブレイク様……私もです」

エルシーが自分からブレイクに身を寄せると、彼はしっかりと彼女の背中に手を回して抱きしめた。

「……口づけをしても？」

ブレイクが耳元で囁くのに、エルシーは頷いた。

唇を合わせるだけの軽いキスがブレイクからおりてきて、彼女はその甘やかさに酔いしれた。彼女はそのまま彼の逞しい胸に自分の頬をあてた。こうやって手を繋いだり、抱きしめたりする以上の親密さを示す接触をブレイクが望んだのは、初夜以来初めてのことだ。

こうやって自分たちの関係は少しずつ自然と変化していくのだとなんの不安もなく思える。

今夜はそのままベッドに潜り込み、並んで眠ることにした。

ブレイクの腕の中で、エルシーは目を閉じた。かなり動揺はしているが、昨日は王女の替え玉をしたせいで緊張していたから、心身ともに疲れている。いくらあの可愛いグレイを抱いていたからといっても慣れない王宮では浅い眠りにしかつけなかったのだ。

エルシーは、先ほど彼から聞いた真実の衝撃が少し収まると、人知れずブレイクが神殿で彼女を護ってくれていたことへの感謝がもう一度心の奥底から湧き出てきた。

「ブレイク様」

「なんだ」

思いが溢れて、この言葉を告げるのに、もう躊躇いはなかった。

「私を、貴方の本当の妻にしてください」

「ああ。お前は俺の妻だ。他の誰にも渡さないし、絶対に放さない」

ブレイクがぎゅっと彼女を抱き寄せたので、エルシーも彼にしがみつく。

「俺たちの初夜は、すべてが終わってからやり直ししようか。俺もそうだが、お前もすべてが終わらないと気持ちが落ち着かないだろう」

暗闇の中、ブレイクが呟いた。

「一週間後、神殿に行って《聖女》の儀式を見守って――そこでもう《聖女》に関するすべてを忘れよう。俺たちがやり直すのはそれからだ。誰かが犠牲になるというのに、こんな風に考えるのは傲慢だろうか」

「いいえ、そうは思いません。神の御心に従うしかありませんもの。人である私たちにできることはもう何もないはずですから」

しばしの沈黙の後、ブレイクが彼女に気遣わしげに尋ねる。

「見守るだけしかできないお前は、儀式の日に、聖女を見たらきっと傷つくのだろうな」

「どうでしょうか……そのときにならないとわからないけれど」

「あの令嬢には散々酷い目にあわされていたのに、お前は本当に優しい」

とりたてて自分が優しい気質であるとは思っていないエルシーは、そうではない、と彼の胸元に顔を寄せた。

「優しいのかどうか……。確かにエリザベッタ様は、私には一番辛辣でしたし、他のご令嬢にも親切だったとは言い難いのですが、だからといって彼女に報復したいなどと考えたことはありませんでした。ましてや、不幸になればいいとも思っていなかった」

「お前なら、そうだろうな」

「憎しみは何も生み出さないと、祖母がよく言っていました。まだ小さかった私は意味がよくわからなかったけれど、大きくなるにつれて、祖母の言葉を思い出すようになりました」

「――……」

「ブレイク様、これから少しずつでいいのでお互いの話をしていきませんか？　私もブレイク様がどうやって生きてこられたのか、知りたい。時間は――時間なら、私たちにはこれから、いくらでもあります。そうですよね？」

ブレイクの規則正しい心臓の音を聞きながら、エルシーは彼にそう告げた。

「……ああ、そうだな、そうしよう。俺もお前がどうやって生きてきたのか、知りたい」

彼の声が震えていたのは、エルシーの思い違いではないはずだ。

翌朝から、ブレイクとエルシーの日課に庭園での朝の散歩が加わった。

初夜からの二週間が、お互いを信頼するためのプロセスだったとしたら、今の彼らはより深く知り合う次の段階へと入ったことは明らかであった。

穏やかに色々な話をする。

グレイの姿のときにエルシーが呟いていた家族の話をブレイクはよく覚えていた。

「おばあさんとお姉さんとは仲が良かったんだよな」

ブレイクは敢えて両親の話は避けて、尋ねてこなかった。それは彼の思い遣りだと受け取り、エルシーは笑顔を作る。

「はい」

エルシーは大好きだった祖母のことを彼に話した。

祖母は、エルシーの母の母親であった。自分の娘が孫にしている仕打ちが信じられないと憤慨してくれるような気骨ある人だった。エルシーへの態度を度々窘める祖母のことを母親は邪険にしていた。エルシーに対してはいつもこう言っていた。

『お前の両親は可哀想なやつらだからねぇ、憎む価値もないよエルシー。憎しみは何も生み出さないもんだからねぇ……憎むより愛す方がずっと上等なことだから、お前は愛せる人間におなり』

「憎むより、愛す方を選べと？」

「ええ。祖母や姉は私のことを愛してくれていました。祖母はもう亡くなっていて叶いませんが、姉には会いたいと時々思います」

ブレイクは、ためらいがちにエルシーに尋ねる。

「お姉さんは今も故郷の街に？」

「多分、そうだと思いますが神殿に召し上げられてからは連絡の取りようがなくて……」

手紙を書こうにも、高等な教育は受けていなかったので手紙を読み書きできる能力は姉にはない。

二人とも薬屋の子供として仕事で使うラベルなどは最低限読むことができたが、エルシー自身も、神殿で聖女教育を始めたときに、あまりにも簡単な読み書きしかできずに教師たちに驚かれたものだ。庶民の世界では読み書きができない人が未だにたくさんいることを上流階級に属する教師たちは知らなかった。


「状況的に今すぐには難しいが、いずれ必ずお前の故郷を訪れよう」

「そうやって仰ってくださって、嬉しいです」

目前に迫っている《聖女》の儀式のこともあるが、王女直属の騎士団の一員であるブレイクが、まとまった時間を作るのはそこまで容易ではないことは理解している。

エルシーは彼が約束してくれたことに感謝した。ブレイクができない約束をするような男ではないことを彼女は既に知っていたからだ。

「俺も楽しみだ。俺だってお前のお姉さんに会いたいからな」

ブレイクが散歩の足を止めて、エルシーを見下ろした。彼女はブレイクの漆黒の瞳を見上げると、ためらいながら言葉にした。

「……ブレイク様のご家族のことをうかがっても？」

「ああ、もちろん」

ブレイクが嫌がる様子を見せずにそう言ってくれたので、エルシーも彼に、彼が今まで育ってきた環境や、家族について質問をした。

ブレイクは決して饒舌ではないが、なんでも包み隠さず答えてくれた。

幼少期から母親とは引き離されて、それから一度も会っていないこと。侯爵である父親は何を考えているかわからない人で親しみを感じたことはなかったこと。侯爵家の跡継ぎである兄との関係は悪くはないが、そこまで近しい間柄ではないということ。妹との関係は良くないということ。

エルシーの思っていた以上にブレイクは孤独な人生を歩んでいて、そんな彼だからこそ、同じく寂しい半生を送っていたエルシーに呼応したのだ。

孤独な世界で震えていた魂はもうひとつの孤独な魂を呼び寄せ、そして今、深く繋がり合った。

《聖女》の儀式に参列する前日となった。
エルシーは、ともすればエリザベッタに思いを馳せてしまいそうになり、何も手につかなくなりそうだったが、なるべく考えず平常心で一日を過ごすように心がけた。
夜、いつものようにエルシーとは別室で湯浴みをし、寝支度を終えて私室に戻ってきたブレイクの手には、二つのビロードの小箱が握られていた。

「結婚指輪が完成したと、先ほど宝石店から届けられた」

アルコーブに並んで座ったエルシーの目の前で彼が小箱を開けると、そこにはあの日オーダーした通りの煌めく結婚指輪がおさめられていた。

「素敵です、ブレイク様……」

「ああ。本当にお前の瞳の色のように綺麗な石だな」

指輪を取り出し眺めていたブレイクが満足そうに頷いた。

そしてブレイクは立ち上がり、その場にすっと片膝をついた。呆然と彼を見つめているエルシーの左手を愛しげに取る。

「ブレイク様……？」

「エルシー、俺の最愛の人で、番。どうか俺と結婚してほしい」

ブレイクの――グレイでもある――黒い瞳を見つめながら、エルシーの菫色の瞳は一瞬驚きで見開かれたが、それからすぐに彼の意図を汲むと、喜びに潤む。

「はい、ブレイク様。貴方と結婚いたします」

「俺は全身全霊をかけてお前を幸せにする」

ブレイクはすぐに言い直した。

「違うな、そうではない。これから二人で幸せになろう」

結婚初夜の翌朝には、自分がエルシーをどうやって幸せにできるかと述べていたブレイクが、今夜呟いた言葉はとてもシンプルではあったが、何よりも彼女の心に響いた。

一緒に幸せになろう、その言葉ほど彼女にとって嬉しいものはなかった。

（やっとブレイク様の隣に立てたような気がする……）

「はい、私も二人で幸せになりたいです」

エルシーの返事に彼は嬉しそうに微笑んだ。彼女の手の甲に唇を恭しく落としてから、薬指に指輪を嵌め、それからもうひとつのビロードのケースをエルシーに渡した。彼女は微かに震える手で箱を開き、彼女と同じデザインの指輪を彼の左手の薬指にゆっくりと、嵌めた。

「二人だけの結婚式だな」

「ええ」

心を通わせ、一緒に幸せになろうと二人きりで誓うことができれば、豪華な式もドレスも何も必要ではない。状況がそうさせたとはいえ、ブレイクが簡素な式しか開かなかったことを悔いているのはわかっていたが、エルシーはもうこれで十分であったし、ブレイクもそう思ってくれているのに違いない。

ブレイクはふたたびアルコーブに座ると、彼女を引き寄せ、エルシーの手によって嵌められたばかりの指輪が光る左手で、彼女の頬をくすぐった。

「この指輪の宝石のような、お前の可愛い両の瞳を俺にはずっと見せてくれるな？」

「はい、貴方にだけは、いつまでも」

ブレイクが前髪をそっとどけると、エルシーは両の瞳を輝かせて、彼女の夫を想いを込めて見つめていた。彼が口づけをしようと身をかがめてきたので、エルシーは静かに瞳を閉じた。


そしてついに翌朝となり、エルシーは侍女たちの手を借りて準備をしていた。

王国を護る《聖女》が誕生するという、国を挙げての慶事ではあるものの、神殿での儀式であるゆえ華美な装いは必要がなく、ブレイクの髪色に合わせたシンプルなグレーのドレスを選んだ。

エルシーの側仕えの一人であるドロシーが手慣れた様子で上品な髪型に結い上げ、合わせて化粧も施してくれた。

「奥様、本の中のお姫様のように、お綺麗ですわ」

ドロシーが思わずといった様子で、声を上げた。

「まさかそんな。でもありがとう、ドロシー」

ブレイクに恥をかかさずに済みそうだと胸を撫でおろしたエルシーは、ドロシーに笑顔で礼を言った。

正装である黒の騎士服を着込んだブレイクは、玄関ホールで待っていたが、エルシーが姿を現すと彼女には自然と向けてくれるようになった心からの微笑みを浮かべた。

「エルシー、今日もお前は可憐だな。どんな装いでもお前は輝いていて、美しい」

両親に虐げられて育ち自己肯定感が極端に低いエルシーは、当初はブレイクに褒められても戸惑いしか感じられなかった。

しかし彼が心から思いを伝えてくれているのを信じられるようになった今、照れは残りながらも、彼の気持ちを素直に受け止められるようになっている。

「ありがとうございます。ブレイク様も、凛々しくていらっしゃいます」

騎士らしく鍛え上げられた逞しい身体と、いつも無表情でいるために冷たい印象を与えるがそれでも人目を引かずにはいられない男らしい整った顔を持つブレイクが、自分の夫だなんてエルシーは未だに信じられない。

しかし、お互いの薬指に嵌っている揃いの指輪が、夢ではなく現実なのだと教えてくれる。ブレイクはエルシーの賛辞に嬉しそうに表情を緩めた後、彼女に頷きかける。

「では、行こうか、神殿へ」

「ええ……参りましょう」

エルシーはぎゅっと口元を強く引き結んだ。いよいよ神殿に赴くのだ。

脳裏に、ブレイクから聞かされた《聖女》の真実がよぎり、緊張感がいや増す。エルシーの様子に気づいているはずのブレイクは黙ったまま、彼女の気持ちが整うのを待ってくれていた。

エルシーは数回深呼吸をしてから、差し出されたブレイクの腕に掴まった。


久しぶりに訪れた神殿は、記憶にあるよりずっと大きかった。

四角い建物の、屋根も壁もすべて白いのは覚えていた通りだったが、正面の入り口から一歩足を踏み入れると、紅い色のベルベット素材のような滑らかな絨毯が敷きつめられた廊下の広さに驚いた。廊下の両端には高そうな花瓶に活けられたこれまた大ぶりな白い花と、壁には風景画がそれぞれ一定の距離で飾られている。

彼女が居住していた聖女候補の部屋がいかに質素だったのかを改めて知った。エルシーはブレイクにエスコートされ、儀式の行われる特別な礼拝堂に向かった。

聖女の儀式は、時刻通りに粛々と始まった。

その中心にいるエリザベッタは《聖女》は口を利いてはならないという伝承に基づき、口に清められた布が押し込まれ、猿ぐつわのようにされていた。

もしそうでなかったら、その場で叫び散らしていたことだろう。

(なんでなんでどうして、あの、あの薬屋が!! あんなに美人だなんて絶対におかしい、それに——)

荘厳な式の中、《聖女》である自分は、国王と大司祭と並んで人々の前に立っていた。エリザベッタは白いレースのヴェールを被って、人から顔を見られないようになっているのをいいことに、参列者席の後方で立っているある少女を凝視していた。参列者の中には、娘の晴れ舞台に誇らしげな顔をしているエリザベッタの両親も混じっていたが、彼女は自分の親には見向きもしなかった。

最初は誰なのかわからなかった。あまりにも洗練された美少女に変化を遂げていたからだ。彼女の出立の日に一瞬ちらりと顔を見たときには、美しいなんて思わなかった。

あの不幸の証である瞳に目を取られていたからだ。

しかし今や、ボサボサの前髪は綺麗にカットされ、洒落た髪型に結い上げられており、痩せぎすで貧相だと思っていた身体はこうやって見るとほっそりしていて、きっと男性だったら護ってやりたいと思うようなたおやかさがあった。何より左目しか見えていないものの、顔立ちが信じられないほど整っていて、それなりの地位の参列者たちの中にいても目を引く。

そしてその少女の菫色の瞳は、いたわりと憐憫の情を含んでエリザベッタを真っ直ぐに見つめていた。

自分はすべてを理解している、とでも言わんばかりの視線が余計に苛立つ。

エリザベッタは心の中で、少女に向かって叫び続けていた。


お前に何がわかるのだ。

私は《聖女》なのよ。

お前がなれなかった《聖女》なんだから。

お前なんか不幸の証を持つ疎まれるべき人間のはず。


そしてエリザベッタの怒りを駆り立てるもうひとつにして最大の理由。

薬屋の隣にいるのが――ブレイク＝ジョンソンだなんて。

(薬屋が降嫁された先がブレイク様ってこと!?)

彼くらい勇敢な騎士ならば不幸の証などを気にしなかったということなのか。

左手の薬指にはお揃いの結婚指輪が輝いているし、二人の間に漂っているのはいかにも親密な男女の空気なのが嫌でも伝わってきた。

王国中の貴族令嬢たちの憧れであるブレイクが娶ったのがあの薬屋だなんてことがあっていいの

か——

（信じられない……！　あいつばかりが幸せになるなんて許せない！）

王国から必要とされる存在の《聖女》である自分を見せつけ、薬屋の隣にいるであろう見栄えがしない貴族の姿でも見て、鼻で嗤ってやるつもりだった。あの少女が相変わらず不幸そうな姿を見て、満足してやろうと思っていたのに。

儀式の間中、エリザベッタの胸の中を渦巻いていたのは、エルシーへの嫉妬と羨望だけだった。《聖女》に選ばれ、他の令嬢たちより自分が優れていると思って満たされていた優越感などは一瞬で砕け散った。

ずるい、卑怯だ、あの薬屋だけが幸せになった。

どす黒い感情がエリザベッタの心を満たし、やがて他のすべての思いを喰い潰していった。

大司祭が聖女の任命を目的とした儀式の終了を厳かに告げた。

エリザベッタが国王と大司祭に促され礼拝堂を後にすると、他の王族たちも続いた。

遠くにフェリシティ王女の姿も見られたが、もちろん会話を交わすようなことはない。ブレイクは今日は元聖女候補エルシーの夫として参列しているので、王女の警護からは外されている。

王族たちが滞りなく退席すると、参列していた他の貴族たちも順に動き始める。

「エルシー様……！」

「ミッチェル様」

聖女教育の最中も、いつでもエルシーに親切だったテア＝ミッチェル嬢が神殿を出たところで話しかけてきた。彼女の隣には茶色い髪のまだ年若いが穏やかそうな笑みを浮かべた紳士の姿があった。ミッチェル嬢の夫なのだろう。

「私、もうミッチェルではございませんし、これからはどうかテアと名前でお呼びくださいね」

ミッチェル嬢とエルシーが言葉を交わす横で、ブレイクとテアの夫が挨拶をしている。テアの夫は、ギル＝アーバイン侯爵子息と名乗った。

「エルシー様、こうしてまたお目にかかれて嬉しいですわ。お約束ですからお茶にお誘いさせてください——今度こそ来てくださいますわよね？」

「テア様……」

「私、エルシー様とお友達になりたいの」

テアはエルシーの両手をぎゅっと握った。貴族の仕草としてはもちろん、同性同士だとしてもかなり親密な行為を躊躇（ためら）わずにしてくれた彼女にエルシーは胸がいっぱいになった。

「ね、もう余計なことを言う者はおりませんから、誰に気兼ねするようなこともありませんわ。来てくださいますわよね？」

エルシーが隣のブレイクをちらりと見上げると、彼はもちろん、とばかりに頷いてくれた。

「はい、今度こそ……喜んで」

テアは、エルシーが他の聖女候補たちの手前、お茶を遠慮した理由をちゃんと理解してくれていた。あのときは断るしかなかった彼女の気持ちを汲んで、こうして再度誘ってくれたテアの優しさが本当に嬉しい。エルシーがおずおずと微笑むと、テアがぱあっと表情を明るくした。

「なんて可愛らしい方なの!? それなのに咄嗟のときには私を助けるような勇気がおありで、エルシー様は本当に素晴らしい方なのよ、ギル」

「ああ。貴女の話はテアからよく伺っています。我が家でのお茶会に来てくださったら妻が喜びますから、ぜひ」

テアは夫であるギルと元から親しい間柄だったような仲睦まじい様子を見せていた。聞くと、彼らは幼馴染の間柄で、ずっと結婚したいと思っていたものの、国内でも有力なギルの家に対しテアの家が釣り合わず、状況的にほぼ不可能と思っていたという。しかし聖女候補の降嫁制度により念願かなって婚姻関係になれたのだという。

「ジョンソン様がエルシー様をお好きなのは私、知ってましたのよ」

別れ際にテアはいたずらっぽく、エルシーだけに聞こえるように耳元でこっそりと囁いた。

「エルシー様を見守っている瞳がとっても情熱的でしたもの。エルシー様、こんなにお綺麗になられて。お幸せでいらっしゃるのね」

にこりと微笑んだテアに、エルシーは頬を上気させて頷いた。

迷いなく頷けることが、心から嬉しかった。

《聖女》任命の儀式の後、エリザベッタは清めの衣装という名の簡易の白装束を着せられると、神殿の奥深くの《守護神》が祀られている祠があるという部屋の前に立っていた。

ようやくここにきて、口に押し込まれていた布を外してもらったエリザベッタは、新鮮な空気を吸い込むと、彼女を連れてきた黒のフードを深く被った顔の表情が窺えない神官を睨んだ。

「なんでこんなの入れておかないといけなかったわけ？」

「すべては《守護神》の思し召しです。気をためておかないといけないとのことですから」

この神官はいつもエリザベッタの世話をしにきてくれたおどおどした男とは声が違うし、身体つきも大柄だからまったくの別人だろう。彼の物言いは切り捨てるように鋭く、一切取り付く島もない。

神官は、では次は三日後にお迎えに参ります、と短く告げた。

「三日後？　嘘でしょ？　こんなところで寝られないわ。それに食事はどうなるの？」

「伝承によると、儀式の間は何も必要ないと」

「そんなことありえないわ。だって――」

「すべては《守護神》のお望みでありますから」

神官はそれだけ言うと、ギィィと嫌な音を立てて扉を開けた。

部屋の中は真っ暗で、エリザベッタは進むのを躊躇い立ち止まったが、神官は彼女の口に入れていた布で自分の手をくるむと、直接身体に触れないようその手で彼女の背中をどんと後ろから押した。その強い力で、エリザベッタは意に反して、たたっと部屋に足を踏み入れてしまう。

「ちょっと」

あまりにも乱暴な扱いではないか。振り返り、尚も文句を言い募ろうとするエリザベッタの目の前で、彼女一人ではとても開けられない重い扉が閉められた。

扉の向こう側でギィーと閂が掛けられ、ガシャン、と鍵がかけられる音がした。

「ちょっと待ってよ！　私がまだ話しているでしょう？」

「私との会話はこれ以上必要ありません。《守護神》がお待ちです。どうぞ部屋の中央の祠までお進みください。では失礼いたします、《聖女》様」

扉の向こうにいる神官はそれだけ言うと立ち去ったのか、それ以上エリザベッタが何をどれだけ叫んでも一切応答がなかった。


エリザベッタは仕方なく、明かりになるものが何ひとつなく窓もない真っ暗な部屋を見渡した。

広いのだけはわかるが暗闇に覆われていて、部屋の中央へと言われても全貌がつかめない以上不用意には進めない。

不気味さを後押しするように空気すら淀んでいるような気がする。祠とやらはどこにあるのか。

（なんだろう、さっきに比べるとちょっとだけ部屋の温度が低くなったような……）

窓などひとつも見当たらないのに、ひゅうっと風が奥から吹いてきているような気がして、突如として恐怖心がひたひたと押し寄せてくる。

ぐぐっと空気が重くなった気がして、エリザベッタは唐突にこの部屋にいるのが自分だけではないということに気づいた。

「だ、誰かいるの？」

問いかける声は、掠れて震えていた。

返事があると思って声を出したわけではなかったが――淀んでいる空気が震えた。

『こちらに来い。おぬしのことを《聖女》と人間は呼んでいるのだったか。では我もそれに倣おう』

地面から響き渡るような重い、聞いたことのないような野太い声がすると、エリザベッタは途端に竦みあがった。

――《守護神》だ。

直感でエリザベッタにはすぐにわかった。だが決して「神」などというものじゃない、これは禍々しい、人ではない何かだ。

（に、逃げなきゃ――）

嫌だ、そちらに行きたくない、ここから一歩も動きたくない――と思うのに、操られているかのように足が一歩ずつ勝手に前に進んでいく。一歩ずつ進む度に恐怖の色が濃くなっていく。

（い、いや、行きたくない、絶対に行っては駄目だってわかってるのに、どうしてぇ）

「い、いやだ、こ、こわい、怖い、怖い――」

彼女の怯えた声の叫びに、ますます喜色を帯びた声が応える。

『怖くていいのだ、《聖女》』

「いや、いや、いやなのぉ、行きたくないぃ」

意思に反して、どんどん暗闇の中に吸い込まれるように身体が動く。思い通りにならない身体に絶望して、エリザベッタは既に泣き始めていた。

「ど、どぉして……いやだ、ほんとにいや。こ、こ、怖いぃ」

『それはな、我が負の感情を糧にするからだよ、《聖女》。人間の汚らしい部分を我が好んで味わうからだ。さて、おぬしは、前回の《聖女》に比べると、どれくらい保つかな。前の《聖女》はかなりどす黒い感情を溜め込んでいた上、身体も丈夫で何十年も保った……。おぬしもなかなか楽しませてくれそうだ。おお、しかも今此処に来る直前に抱いた強い羨望と妬み……これは新鮮で実に美味そうだ』

応える声は今や幸福感に満ちていて、エリザベッタの絶望すら《守護神》の希みなのだと知れた。語りかけられている内容はほとんど頭に入ってこない。

なんでもいい、ここから逃げさせてくれれば。

そう強く願った途端、前に進むしかなかったエリザベッタの身体は、そこで勝手にぴたりと止まった。

逃げたい、逃げなきゃ、そう思うのに、指先ひとつ自分の意志で動かすことができない。

おそるおそる視線を下ろすと、床に何か透明な液体が広がっているのが見えた。

それから部屋の奥から微かに、シャーッシャーッという呼吸音らしきものも漏れている。

（なに、なんなのこれ）

耐えきれずガタガタ震えると、《守護神》がほくそ笑むかのような低い声を漏らした。

（逃げたい、逃げ出したいのに――足が動かない……！）

すぐさま走って逃げ出したいのに、まるで操り人形になったかのように身体は一切の自由を許されない。

彼女に許されるのは、ただ震え続けるのみだ。

『良い良い、とことん怖がれ。言ったろう？　おぬしらの恐怖心も我は大好物だ――……ああ、命の心配をしているのか。大丈夫、殺しはしない。ただおぬしの生気を少しずつ奪うだけだ。素直になれば快楽だって味わえる』

「いや、いや……」

『安心しろ。せっかくの《聖女》、簡単に壊れてしまったら元も子もないゆえ、味わった後におぬしの記憶は綺麗に消してやるから次の儀式までは安寧に生きるが良い。そしてまた同じように恐怖するのを犯すのが我の何よりの楽しみだからな……』

シュルシュルっとエリザベッタの足元に白くて太い一本の綱が忍び寄ってきて、まるで楽しむかのようにゆっくりと彼女の足を這い上がりながらエリザベッタの身体を徐々に雁字搦めにし始める。

ただの綱ではなく、まるで蛇のようだ、と気づくと、エリザベッタの心はまじりっけなしの恐怖のみで占められた。

「あ、あ……」

『我は白蛇の化身……知ってるか？　蛇は三日三晩まぐわうことを。さあ、たっぷりと味わわせてもらおう、久方ぶりの処女の血をな。今宵は我らの初夜だ。まずはおぬしが意識を失うまで楽しもうぞ』

「いや――!!」

蛇に巻き付かれた身体が凄まじい力で押し倒され、いやいやと力なく首を振るエリザベッタを、《守護神》は容赦なく、部屋の奥へとずるずると引きずりこんでいった。

目が覚めたとき、《守護神》が言っていた通りに、エリザベッタは儀式の三日間の記憶を失っていた。

彼女は穴という穴すべてを犯され、白濁液と、何かわからないねばついた液体によって、全身どろどろに汚されていた。扉のすぐ側に倒れこみ意識が朦朧としている、裸のままの彼女を、三日ぶりに扉を開けた神官が清められた白い布で包んで抱き上げた。

部屋に入ったときに彼女が着ていた白装束は残忍にもズタズタに切り裂かれ、隣にゴミのように捨て置かれていたのでそのまま処分する。神官はエリザベッタを神殿の湯殿に連れていき、伝承の手順に従い、侍女に身を清めさせた。それから《聖女》の部屋に戻されたエリザベッタは高熱に浮かされ、一週間ほど寝込んでいたのだ。

「《聖女》様、お目覚めになられました！」

意識を戻した途端、側仕えが口にした《聖女》という言葉を聞いたエリザベッタは、何故かはわからないが心の奥底から恐怖心がひたひたと湧き上がってきて、叫び声をあげた。

朝食の席に執事が持ってきた号外をブレイクは黙って読み、エルシーに手渡した。

「無事に聖女の儀式が完了したようだ」

エルシーも号外に視線を落とした。

号外では、この程、百年に一度の《聖女》が無事に選出され、《守護神》に祈りを捧げる儀式が無事に終わったことが書かれていた。

神託によると《守護神》は今回の《聖女》の祈りに非常に満足され、我が王国の繁栄はこれからも保証された。これからも定期的に《守護神》のために祈りを捧げてくれる《聖女》に心から感謝を、と結ばれていた。

エルシーは号外を読み終わると丁寧に折りたたみ、そのまま瞳を固く瞑った。

(マクミール様……どうか、お辛いことだけではありませんように。心休まる瞬間が少しでもありますように。この願いがマクミール様に安らぎとして届くことがあれば――)

テーブルの上で強く握りしめられているエルシーの手に、ブレイクの分厚い手の平がかぶさる。

瞳を開けると、ブレイクがどこか打ちのめされたような表情で彼女を見つめていた。エルシーのことを心配する彼の心が伝わってきて、彼女は彼の手にすがりつくようにぎゅっと握った。

二人はそのまましばらく沈黙の中で、繋いだ手の温かさを共有していたのだった。

あの夜ブレイクから明かされた真実はエルシーを打ちのめした。
『《守護神》は、白蛇の神だと言われている。その白蛇の神は魔力が凄まじい上に、性欲が強く次々と村の女達を攫っては丸呑みにしていたのを、王の先祖が王国一の魔術師に頼んで捕獲して、契約を結んだのがどうやらすべての始まりらしい。国を護る代わりに、《守護神》が望めば生贄を差し出すことを約束して』
そう、王族に伝わっている文書では、はっきりと記されていたのだ。

国が栄華を誇るための生贄なのだと。

しかし、国のために生贄がどれだけ必要でも、《守護神》が指名した者ではないと契約は成立しない。
だからこそ王国は決して生贄とは呼ばず、《聖女》と呼ぶことにした。そして、富と栄誉を《聖女》と《聖女》を輩出した家に与えると決めたのだ。要は《聖女》に価値を生み出すために国家ぐるみで偽装するという周到ぶりだが、すべては国のための生贄だと人々に悟らせないようにするためである。
最初の王が《守護神》と契約を交わしたときに、《守護神》に望まれた儀式の手順が残されてい

て、そのとおりにすべては進められる。《守護神》がどうやって《聖女》を選んでいるのかは誰にもわからないが、毎回必ず《聖女候補》は五名選ばれるらしい。

伝承に残っている限りでは、《聖女》として今まで三名が犠牲になり、エリザベッタが四人目になる。《守護神》が生贄をふたたび欲するようになる期間は、最長で二百年開いており、最短は八十年だったそうだ。差し出された生贄にどれくらい満足できたかによって期間は変わると伝えられている。

《守護神》がどうやって生贄を味わうのか。

ブレイクは言葉を濁(にご)したかったようだが、心を決めたエルシーが質問をすると言葉少なに返答してくれた。

『蛇の交尾と同じだ、巻き付いて離れない。神と交わるから休まなくても死なない——死ねない。交尾の間中、頭がおかしくなるくらいの恐怖と快楽に支配されるという。それが数日続き——その儀式がこれから《守護神》の望んだ時に行われる』

ブレイクはぽつりと続けた、生きながら死ぬようなものだよな、と。

そうしながら《守護神》は《聖女》に溜め込まれている陰の気を吸い込んでいるのだと。

《守護神》は、人間の苦しみや悲しみ、妬みや嫉(そね)みといった暗い感情を好んで、呑み込むものだという——だから神託を通して《守護神》が選ぶのは皆どこかに陰を持った少女ばかりなのだと。

エリザベッタは家柄こそ良かったものの、他人を羨(うらや)んではいじめ倒すような少女だったし、彼女に追随していた少女たちも、エリザベッタ程ではないとはいえ同じような性格の令嬢だった。

心優しかったテアは、実は深く想い合っていた幼馴染と結婚できそうになく、そのことで大好きな家族と仲違いするかもしれないと絶望しかかっていた。そしてエルシーはありえないほどの冷遇を家族から受けていて、さらにオッドアイのせいで自分自身に何の価値もないと思い込んでいた。

とはいえ、他にも不幸な少女たちはこの王国にたくさんいるだろうに、何故彼女たちだったのか、そればかりは《守護神》の選択で人間には計り知れない。

聖女候補は本当に《守護神》の心のままに選出され、かつては聖女候補に王家の姫が選出されたこともあったらしいが、王ですら拒否する術はない。もっとも、内情を知っている王により、からくも生贄として選ばれる道は回避されたのだと密やかに伝えられている。

また、共通しているのは全員が純潔であることであった。これは儀式のときに、《守護神》が生贄を貫き、破瓜の血を味わうことで王国との契約を結ぶとされているからだそうだ。

だからこそブレイクはエルシーが降嫁された夜、焦ったように抱いて、純潔を散らした。

処女でなくなりさえすれば、《守護神》はエルシーから生贄としての興味を失くす。だからこそ間違いがないように、最後は彼女の中で果てた。神の気まぐれなのだから、この方法が本当に正しいのかどうかブレイクにもわからない。ただブレイクとしては、自分が考えうる限りのことをしたのだ。

万が一、聖女の儀式が完了する前にエリザベッタの身に何かが起こって、もう一度聖女候補が集められることになっても、こうしておくことで神託にはもうエルシーの名前は出なくなる。王国の承認のもとで正式な夫となったブレイクから、エルシーが取り上げられることもない。エルシーを《守護神》に捧げるなど考えられないブレイクにとっては一刻の猶予もなかった。

ブレイクは、神殿での生活で、エルシーが悲しみや苦しみをできるだけ背負わないよう、ためこまないように陰日向なく見守ってくれていたのだ。昼はブレイクとして、夜はグレイとして。

最終的にエルシーは神殿での暮らしが実家よりもよほど過ごしやすかったのを思い返すと、彼には感謝しかない。ブレイクはエルシーが自分で神殿での生活を切り拓いたのだと、彼自身は何もしていないのだと言ったが、彼が見守ってくれていたことが関係していないとは思えない。

(ブレイク様はそうやってずっと私を見てくださっていた。今も同じだわ)

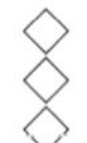

次の日の昼、気鬱が晴れないながらも、もっとよくブレイクのことを知りたくて、エルシーも王国に伝わる獣人の伝承について調べてみた。わかったことは、狼の獣人は生涯一人の番しかもたない上に、一度手に入れた番は自分の命よりも大切にする、とても愛情深い種であるということ。
(ブレイク様が私を大切にしてくださるのは、番だからかもしれないけれど……それでも私も同じように気持ちをお返ししたい)
エルシーはそこまで考えて、はっと我に返った。
懸念材料であった聖女の儀式が落ち着いた今、王宮は静寂を取り戻し、ブレイクは普段どおりに王女の警護に戻った。朝出ていくときと、帰ってきたときに玄関ホールでエルシーが今日はどんな気持ちでいるのか、黒い瞳でじっと確認するのがここ最近の彼の日課だった。

そのとき自分は果たしてきちんと微笑んでいただろうか。

(今夜は――ちゃんと笑っておかえりなさいと言おう)


その夜、玄関ホールで執事と共に出迎えたエルシーが微笑みを浮かべているのを視界に入れた途端、ブレイクの顔が綻んだ。

最近では挨拶の軽いキスを交わすようになっていて、エルシーは彼のキスを頬と唇に受けた。

「おかえりなさい、ブレイク様」

「ただいま」

彼は後ろ手に持っていた一輪の薔薇(ばら)の花をエルシーに差し出した。

「これを、エルシーに」

「私に……?」

綺麗な薄紅色の薔薇を手にしてエルシーは瞬いた。

「ああ、今日はお前の十九歳の誕生日だろう? 誕生日おめでとう」

(そんなこと、すっかり忘れていたわ)

エルシーは驚きで菫色の瞳を丸くした。

今まで、姉をのぞけば誰も誕生日など祝ってくれていなかったから、重きをおいていなかった。

こうやって面と向かっておめでとうと言われるととても嬉しいものなのだ、ということをエルシーは生まれて初めて知った。

「忘れていたのか……。朝、言えば良かったな。朝はまだ少し落ち込んでいたようだったから、そんな気分ではないのかもと」

執事に晩御飯を私室へ運ぶように言いつけると、ブレイクはエルシーを促して共に階段を登る。

「すみません、なかなか気鬱が晴れなくて。私、妻として失格ですよね」

「そんなことはない。前にも言ったがお前は優しいのだ。見知った少女のことだったのだから、時間がかかって当然だと思う」

部屋につくとブレイクはいつものように洗面所で手を洗う。長椅子に腰かけたエルシーは手にした薔薇をためつすがめつ眺める。顔を近づけてみると、そこまで強くはないが芳醇(ほうじゅん)な香りがして、エルシーは胸いっぱいに吸い込んだ。

「薔薇は好きだったか？」

部屋に戻ってきたブレイクが騎士服を脱ぎながら尋ねる。

「ええ、お花はとても好きです――すごく、綺麗」

自分の目線にまで薔薇をあげて、エルシーはふふっと微笑んだ。

ブレイクのことだから本当はエルシーに豪華な宝石でも買いたかったに違いないが、エルシーが遠慮することを考えて、薔薇の花一輪という、さりげない贈り物にしてくれたのだろう。

「ブレイク様、ありがとうございます」

それを聞いて彼女の騎士はゆったりと笑ってみせた。

それからしばらくして使用人たちが運んできてくれた晩御飯は、エルシーの好物ばかりだった。

一輪挿し（いちりんざし）の花瓶も持ってきてくれたので、薔薇を挿すと、二人でいつも食事を摂（と）っているテーブルに飾った。

この屋敷に来た当初に比べると、格段に健康的になった少女をブレイクは愛しげに眺めていた。

今夜もエルシーは並べられた食事に感謝しながら全部食べることができた。

誕生日だからと特別に用意された、クリームとフルーツがたっぷりのシフォンケーキを幸せそうに口に運んでいる妻の様子を満足気に見つめながら、ブレイクは普段はほとんど飲まない赤ワインをかたむけていた。

「私ったらこんなに甘やかされてしまって……」

エルシーがあまりの幸福感から思わずそうぽつりと呟くと、ブレイクは静かにワイングラスを置いた。

「取り立てて甘やかしているつもりはないが。それに今日はお前の誕生日なのだからこれくらい当然だ」

「ブレイク様……」

「お前の両親がお前にしでかしてきたことを、俺は到底許せそうにもないが、ひとつだけ感謝していることがある。それはエルシーをこの世に誕生させてくれたことだ。お陰で俺はお前に出会えたからな」

エルシーの胸の内に、ブレイクへのまごうことなき愛が花開いていく。

「お前に出会えて、俺は幸せだ」

衝動的にエルシーは立ち上がると、向かいに座るブレイクの腕の中に飛び込んだ。彼女の夫は危なげなくエルシーを抱き止めてくれる。

「大好きです、ブレイク様」

「俺もだよ」

ぎゅっと彼の腕に力がこめられると、エルシーは彼の腕の中で顔をあげ、間近にある愛しい夫の唇に自分から吸い付いた。

彼女からキスを仕掛けたのは初めてで、最初は驚いたように瞳を少しだけ見開いたブレイクだったが、すぐに彼女の唇を食み始めた。舌を絡めて、口づけがどんどん深くなる。ちゅ、ちゅ、とリップ音が部屋に響き、エルシーはうっとりと行為に没頭していった。


ブレイクは思う存分エルシーの唇の甘さを味わった後、ついに我慢ならないとばかりに、彼女を抱き上げてベッドに押し倒した。仕草は優しく、どこにも急いでいる様子はなかったが、それでも彼女の身体に触れている彼の手のひらはとても熱かった。

「怖くないか？」

むしゃぶりつくように彼女の首筋にキスを落としながらブレイクは尋ねる。彼女が怖い、と言ったら彼はすぐにでも行為を中断するつもりなのだ。けれど、彼女も止めてほしくはなかった。勇気を出して、彼の顔にそろそろと手を這わせる。ブレイクが彼女の手を取って、そこにも唇を落とす。

「ううん、怖くない……でも、今夜はどうか、ブレイク様も服を脱いでください」

あの日は貴方と肌を重ねられなくて、すごく寂しかったから――。

続けられた彼女の囁きに、ブレイクの黒い瞳が、たまらない、とばかりに情欲で陰ったのがわかった。彼が自分のシャツをまずは脱ぎ捨てると、鍛え上げられた上半身があらわになる。

彼の半裸が視界いっぱいに広がると、エルシーの顔が真っ赤に染まった。彼女が慌ててベッドに起き上がろうとしたが、のしかかってきたブレイクによって押し止められた。

「ブレイク様、私、そういえばまだ湯浴みを済ませてなくて――」

「必要ない。すごくいい香りだ……石鹸なんかで消さないでほしい」

エルシーの耳に舌を差し込みながら、彼は彼女のワンピースのボタンに手をかける。じゅるっと耳の中で熱い舌がうごめくと、ぞくぞくとした快感が身体の奥底から湧き上がってくる。

「うぅぅ」

「ここが弱いのはもう知っている」

ブレイクがそう言って嬉しそうにじっくりと舐め続けると、彼に与えられる快感にエルシーの身体がぴくんと震え始める。前回もそうだったが、彼はエルシーの全身を舐めるのがとてつもなく好きだ。――これは彼の本能によるものかもしれない。

「初夜のやり直し、させてくれるか」

愛撫していた彼女の耳から顔をあげ、ブレイクがじっとエルシーの顔を見下ろす。彼のオニキスのような瞳に捉えられると、恥ずかしさが消え去り、エルシーは熱に浮かされたように答えた。

「はい、ブレイク様。私を奪ってください」

「まさか……何も奪わない。――お前には与えたい。俺が捧げることができるものはすべて、お前に」

ブレイクの唇が再度エルシーの唇に合わされ、彼女は両腕を彼の首に回して抱き寄せた。

彼が満足するまでエルシーの全身を舐めとかすと、彼女の脚の間に沈み込み、初夜と同じく散々舌で秘所を嬲(なぶ)り始めた。

「俺のはお前には大きすぎたようだったから……今夜は腫(は)れることのないように、解(ほぐ)すから……ああ、しっとり濡れて俺を待っている……」

直接的な言葉を囁きながら、最初は猫がミルクを舐めるような音を立てているだけだったのが、彼の舌の動きが彼女の奥から溢れ出る蜜(みつ)を大胆にじゅるじゅると吸い上げるようになってくると、あまりの快感にエルシーは我を忘れて翻弄されていく。

「ああっ……ブレイクさま、そこ……だめなの」

「どうしてだ？」

「だ、だっておかしくなるから……んっ、恥ずかしい」

「おかしくなったらいい、ここには俺とお前しかいない」

ブレイクは優しい手つきで彼女の蜜壺(みつつぼ)の中に指を差し入れる。初夜の日の痛みを思い出して、エルシーの身体が一瞬強張(こわば)ったが、今夜は痛みは一切なく彼の指を飲み込んだ。

指を差し入れながらブレイクは舌を彼女の秘裂(ひれつ)に這わせる。指の本数が増やされるにつれ、エルシーの中は圧迫感を感じるが、彼の舌が違和感を上手に宥(なだ)めてくれる。

「んっ……！」

彼の骨ばった指が、奥まったざらついた箇所をつついたときに彼女の身体がぴくんと勝手に跳ねた。

「――ここが、感じるのか？」

ブレイクが再度同じ箇所を指で軽く突くと、エルシーの身体は勝手にぴくぴくと動いてしまう。

「だ、だめぇ、そこ、あっ……！」

「だめじゃない、『いい』んだ」

「……『いい』？　あ、……はっ」

「そう、いいんだ」

駄目なのではない、いくらでも心のままに感じていいのだ。

彼の言葉が脳に届くと同時に、エルシーの身体は過分な刺激を快感だと受け止め、今までにないくらいの歓び(よろこ)が身体の奥から湧き上がってくるのを止められなかった。

「いい、いい……ああ。ブレイクさ、ま、そこ、すごく切なくて……」

「ああ。気持ち良さそうに震えてる」

彼女の特に感じる箇所を指でなぞりながら、ちゅるっとブレイクがふっくらと膨らんだ突起を舐めしゃぶると、ついにエルシーは陥落した。

「あっ、あ――」

太腿(ふともも)で彼の頭をぎゅうっと挟みながら、彼女は絶頂に達した。

あまりの気持ちよさに、びくんびくんと身体を波打たせて、エルシーが快感の残滓(ざんし)を味わっていると、ブレイクが身体を起こした。蹴散らすようにズボンと下着を脱ぐと、ブレイクがすっかり勃(た)ちあがった自身をぬるぬるした秘裂にこすりつけ始める。

「お前の中に入っていいか？」

「うん……うん、ブレイク様、中にきて――」

「エルシー……！」

彼女が両手を彼に差し伸べながら乞うと、愛しいエルシーに求められていることにブレイクが興奮しきった顔を歪めて、ゆっくりと彼女の中に侵入し始めた。彼のいきりたった屹立が、泥濘んだ蜜壺を押し入ってくる。

エルシーはあまりの快感に震えながら、夫の裸の背中に手を回してしがみついた。

（あの夜とは全然違う――）

気持ちが通じているから、こうやって乱れる自分を彼に見せても愛しさしかない。

「あっ……」

「死ぬほど気持ちいい――」

ブレイクがそう呟くと、更に彼がずるりと中に入り込み、トンと彼の屹立が子宮の入り口にあたったのがわかった。そこをもし強く突かれたら、自分は絶対におかしくなる、そんな予感がするくらい、ぞわぞわとした快感が身体中を這い回っている。

「ううっ……ブレイク、さま、そこは――」

「――感じすぎる、か？」

こくこく、と必死で頷くエルシーの額に、ブレイクは優しく唇を落とした。

「じゃあ今日はこれ以上ここを突くのはやめておこう。全部挿れるのは、また今度な」

（全部挿れる……？　また、今度……？）

必死で彼の言葉の意味を考えながらも先ほどの絶頂で涙が滲んだエルシーの目元に、ブレイクは続けて唇を寄せる。彼が前かがみになると、ぐっと中の圧迫感が増してエルシーの蜜壺の中を容赦

なく抉った。

「俺の可愛い両の瞳が潤んでる……」

溢れかけた涙を彼のキスが優しく吸い取っていく。

キスはそのまま首筋に降り、それからささやかな胸の尖りを口にする。ここは先ほど散々彼に吸われた場所だ。すっかり敏感になり、ちょっとした刺激でも感じすぎることを彼は知っているから、今は乳首を優しく宥めるような愛撫になる。

「ん……」

「熟れた無花果のようだ——俺だけの果実だ」

少しだけ力をいれて吸われると、気持ちよさに中が呼応して彼を軽く締めつける。ブレイクは果てしなく優しい。けれど、エルシーはこの前の夜に彼がもたらした嵐のような快感を忘れてはいなかった。彼女の両手がそっと彼の裸の背中をなぞる。

「大丈夫だから、たくさん動いて……」

胸から顔をあげたブレイクの鋭い黒い瞳がさっとエルシーの顔を見下ろしてそれから唇を半分だけ、くっとあげた。ブレイクらしい、ニヒルな微笑みのようなもの——最初の頃はこの微笑みしか見たことがなかった。今では彼の満面の笑みを知っているというのに、それでも何故かこの笑みにありえないほどの興奮がかき立てられた。

仄かな思いを抱いていた頃の、クールな彼を思い出すからだろうか。

「エルシー。辛かったら……言え」

ブレイクがエルシーの腰を掴むと、ゆっくり自身をぎりぎりまで抜き出して——ぱちゅんと一気に奥に入ってきた。同時にブレイクが先ほど見つけたエルシーの中の感じる部分を彼の先端が掠めて、今までにないくらいの快感が全身を鋭く貫き、彼女は背中をそらせた。

「あ、ああっ……」

「エルシー……！　そんなにいい匂いをさせて……っ！」

腰を振り始めたブレイクが、先ほど掠めた場所を強く擦るように屹立を出し入れし始めると、過ぎた快感にエルシーは嬌声をあげ続けるしかなくなる。

「あ、あっ……あっ……！　んんん……っ！　やぁ！　ああっ……」

「エル、シー!!」

「あっ……ああぁっ、んん、ん、あっ、い、いく、いっちゃう――」

何回も弱いところを突かれ続けたエルシーは彼の屹立を中に挿れたまま、今までにないくらいの快感に、ぐぐぐっと彼を締めあげた。

ブレイクの背中に爪を立てて、ぎゅっと汗だくの彼を強く抱きしめる。彼は身体に力をいれて、自分の暴発をなんとか凌いだようだが、エルシーは膣内で彼のものがはっきりとわかるくらい容量を増したのを感じていた。

(なかで、おっきくなった……？)

そのとき、彼の背中にしがみついていたエルシーの手にふさふさの何かがあたって、目を瞑って快感を味わっていた彼女は瞳をあけた。

「ブレイク様、耳と尻尾が……」

「ああ……お前の中が気持ち良すぎて出てしまった……」

動きを止めたブレイクの顔は恥ずかしさからか朱が走っているが、彼の頭の上にはそれこそグレイと同じ灰色の狼の耳と、お尻にはふさふさの尻尾が――。

「ブレイク様、グレイみたい……好き……」

ふわりと笑ったエルシーに、ブレイクは顔を歪める。

「悪い、エルシーが可愛すぎて……我慢できないっ」

「あっ！」

両手の指を絡めると、彼はそのままがつがつと腰を突き入れ始めた。

「あっ……はッ……ん……っ！　んんん……っ！　またイッちゃ、あッ……や」

「いい、いけ、俺のためにいってくれ――俺もいくっ」

エルシーがふたたび絶頂に押し上げられたとき、ブレイクもまた放埒の時を迎えた――。


意識がゆっくりと戻ると、心配そうに彼女をベッドの端に座って見守っていたブレイクが、すぐに声をかけてきた。

「エルシー、大丈夫か？　俺はまたお前に無体を働いてしまったのか……」

「ブレイク、様？」

「ああ――身体はどうだ？」

エルシーは自分が絶頂に至った後に意識を失ったのだと気づいた。ブレイクはまたしても大事にできなかったと落ち込んでいるようだが、彼はずっと優しかったし、彼女はとても幸福な気持ちだから首を横に振って微笑んだ。

「ね、ブレイク様……耳と尻尾がまだ出ていらっしゃいます」

心配を示すように、彼の狼の耳はぺたりと寝ているし、尻尾もしゅんと元気がなく垂れている。

「この前もそうだったのだがすぐには戻らない」

「可愛い……」

ベッドに横たわったままのエルシーが彼に向かって両手を伸ばすと、ブレイクはすぐに彼女の隣に滑り込んできて彼女を抱きしめてくれる。お互いに裸なので彼のみっしりとした分厚い筋肉を直接感じて、エルシーはその力強さにうっとりした。

「ブレイク様、耳に触ってもいい？」

エルシーの言葉からするりと敬語が抜けているが、ブレイクは殊の外嬉しそうに微笑んだ。

「もちろんだ。俺のすべてはお前のものだ」

そっと狼の耳に触ると、それはとても嬉しそうにぴくぴくと動く。それから、ふさふさした立派な毛並みの尻尾に手を伸ばすと、まるでグレイを撫でているかのように気持ちが良かった。

「耳も尻尾も、気持ちいい……」

「気持ちがいいなら何よりだ」

尻尾を自由に触らせているブレイクがエルシーに軽く覆いかぶさると、彼女の項に鼻をあててまたしてもすんすんと匂いを嗅いでいる。

(可愛い、ブレイク様)

そう思ったと同時にブレイクが呟く。

「エルシー、誕生日おめでとう」

彼は何回でも言ってくれるらしい。しかしやはり彼からおめでとうと言われると、エルシーに笑みが自然と浮かぶ。

「お前が生まれてきてくれたことが本当に嬉しい」

エルシーが尻尾から手を離して、逞しい身体を持つ彼女の夫をぎゅっと抱きしめると、ブレイクがかぷりと項を甘噛みしてきたのだった。

翌日、だいぶ遅い時間に目が覚めたエルシーは身体を起こし、ぐしゃぐしゃに絡まったシーツを見下ろして顔を朱色に染めた。

あの後しばらくして、ようやく耳と尻尾が元に戻ったブレイクは執事を呼び、身を清めるべく浴槽に湯を張るように指示してくれた。深夜に近い時間だというのに使用人たちの手を煩(わずら)わせて申し訳ないと思ったが、正直に言えば湯船に浸(つ)かれるのはありがたかった。

使用人たちが手早く風呂の準備を整えてくれると、ブレイクが一緒に入りたがったのでかなり戸惑ったが、結局彼と共に入ることにした。一人で入るには大きすぎるサイズの浴槽なので二人で浸かっても十分余裕があったものの、さすがにエルシーは恥ずかしすぎて俯(うつむ)きっぱなしだった。

「浴槽のへりに座って、腫れていないかどうか見せてくれないか」

今夜の彼は自制心を総動員して中では射精しなかったようで、彼女が意識を飛ばしている間に身体は綺麗に拭(ふ)き清められてはいた。

しかしブレイクは初夜のあとエルシーの秘所が腫れているのを見たから今夜も心配だと言った。それで前回気を失ったエルシーの身体を清めてくれたのは侍女ではなく、ほかでもない彼だったと知って、エルシーは両手で顔を覆う羽目になった。

「だ、大丈夫です。今夜ブレイク様はとても優しくしてくださいましたもの――それに恥ずかしすぎて、む、無理です」

泣き出しそうなくらい声が揺れてしまったエルシーにブレイクはそれ以上無理強いせず、黙って彼女を後ろから抱き寄せた。

湯の中でぴったりと背中を彼の鍛え上げられた胸板につけると、しかし顔を見ない分だけ随分と話しやすくなり、やっとほっと息をつく。彼がそっと彼女の腕を上下に撫でさするので、水音が浴室に響いた。そのままブレイクに後ろから抱きしめられる。

「悪い。俺は人とあまり触れ合ったことがないから羞恥心というものが、かなりずれていそうだ」

「いいえ、決して謝るようなことでは……」

「お前に不快な思いをしてほしくない。嫌なことは遠慮なく言ってくれ」

彼女の身体に回されているブレイクの腕にぐっと力が込められた。

「それからエルシー、先ほどはもっと遠慮のない口調だった。グレイに話すように話してくれ」

彼はまた項に自分の顔を寄せて、エルシーの匂いを確かめている。

「こ、心がけます」

「忘れないでくれよ」

それからエルシーがのぼせる前にと風呂を上がると、浴槽の始末をしてから、用意されていた清潔なタオルで身体を拭いて浴室を出た。

風呂に入っている間に使用人たちの手で夕食の残りは片付けられ、またベッドのシーツも新しいものに取り替えられており、今夜エルシーとブレイクが身体を重ねたことが筒抜けだ、と彼女はまたしても赤面した。夫婦だから誰に恥じることもないと思いながらも、使用人がいる生活に慣れていないので困惑してしまうのは仕方ない。

ワンピース型の夜着と下着を身につけてベッドにもぐり込むと、同じく下着と夜着のズボンだけを穿いたブレイクが彼女を抱き寄せた。自分と同じ石鹸の香りが彼からすると、自分たちが先ほどまで身体を重ねていたことをまざまざと感じて、エルシーはたまらない気持ちになった。彼女が彼に手を伸ばすと、ブレイクはエルシーを更に近くに抱き寄せて、髪にキスを落とした。


明け方にふと目を覚ますと、起きていたらしいブレイクがじっと彼女の顔を見ていたからエルシーは目を瞬かせた。

「ブレイク様……？」

「ああ、起こしてしまったか。悪い」

「ううん、いいの」

少しだけまだ寝ぼけているエルシーが彼の胸元に甘えているように顔をこすりつけると、ブレイクが優しく背中をさする。

「このまま寝てくれ」

しかしぴったりと身体をくっつけているエルシーは彼の一部分が固く盛り上がっていることに気

づいた。目を閉じた彼女の手がそこを掠めると、ブレイクが息を漏らした。

「今夜は満月でな……俺はそういったものにはあまり影響を受けないものだと思っていたのだが」

エルシーは目を開けた。窓にかけられているカーテンの隙間（すきま）から月明かりが漏れていて、目が慣れてきたらブレイクの顔がはっきりと判別できる。

そういえば、とエルシーは先日読んだ獣人に関する本に、狼の獣人は月の満ち欠けによって性欲が左右されることが多いという一文があったことを思い出した。満月の夜に本来の狼の姿に変身してしまう獣人も多いようだが、今まではブレイクは獣人の血が薄いからかそんな様子はまったく見られなかった。

「そういえば神殿にいたとき、ブレイク様は満月の夜には廊下にいらっしゃらなかった……」

ブレイクはあっさり頷いた。

「ああ、気づいていたのか。万が一にも理性をなくしてお前を襲ってはいけないと思って、他の騎士に代わってもらっていた」

彼の手が、愛しいものを慈しむように、エルシーの頬を優しく撫ぜた。

（ブレイク様はいつでもそうやって私を思いやってくださっていたんだわ……）

「今までは大丈夫だったんだが、お前が隣にいるとどうしても我慢できないようだ。今夜は俺は隣の部屋に行こう」

そのままブレイクが身を起こそうとしたので、エルシーは彼の腕に手をかけて、それを止めた。

「行かないで」

ブレイクがため息をついた。

「こうやって抱きしめていると、あさましい俺は我慢できないから、どうか今夜はこのまま隣の部屋に行かせてくれ」

「いいの、ブレイク様。私なら大丈夫」

「エルシー、お前はまだ男を受け入れたのは二回目で身体はまだ辛いだろう……？　それにさっきも俺はお前の中で出しそうになるくらい訳がわからなくなったんだぞ」

しかしエルシーは首を横に振る。一方ブレイクも引かない。

「半獣化したときに、亀頭球が出てきてしまうことがわかったから、次はお前の中から抜く自信がない」

（き、亀頭球？　ああ、本に載っていたような）

狼の獣人が性交するときに、ペニスに亀頭球というものが出て、受精率を上げるために膣内で大きくなり、抜け出ないようにするものだとか。

先ほど、狼の耳と尻尾が出たときに、中でブレイクのものが大きくなったような気がしたのは勘違いではなかったらしい。

彼が何を心配しているのかはわかっているが、エルシーはブレイクが自分を傷つけるとは思っていなかったし、それに。

「ブレイク様は本当に優しくしてくださいましたから大丈夫ですし、私たちは夫婦ですから、もしこ、子供ができても私は……嬉しい」

ブレイクはじっとエルシーの顔を見下ろして、彼女の瞳の中を探るように眺めていたが、しばらくして彼は彼女に口づけを落として——やがてそれが行為へと繋がっていった。しかしブレイクは決して無理に彼女の中に押し入ろうとはしなかった。

「挿れないから、お前に触ることを許してくれ」

彼らしく真っ直ぐに請われて、エルシーは、ブレイクがそれでいいのなら、とこっくりと頷いた。

ブレイクの熱い吐息が彼女の首筋にかかり、ぺろりと舐めあげられた。

その後は——


彼はとにかくエルシーのどこもかしこも舐めたがるのは重々わかっていたが、本当にその欲はとどまることを知らない。彼のぶ厚い舌がどうやって彼女の身体を辿ったかを思い返すことすら卑猥に感じるくらい、彼がエルシーの身体で舐めてない箇所はもうないはずだ。

しかし彼は彼女を気遣って、中には指すら挿れなかったが、その代わりに彼女を四つん這いにさせて後ろから彼女の太腿に自分の大きくなった剛直を挟み込み、抜き差し始めた。

彼の硬く勃ち上がった屹立が彼女の感じる秘芽をこすりあげ始めると、急に湧き上がってきた鋭い快感にエルシーはたまらなくなって思わず嬌声をあげた。

ブレイクは彼女の声の変化に気づくと、後ろから覆いかぶさってきて、かぷりと彼女の項を甘嚙みした。彼の、彼女より体温の高い逞しい胸板を背中に感じ、両の腕を彼女の手の隣についた騎士に守られているような、彼しかいない世界に閉じ込められたような、そんな感覚に陥った。

「あっ、ん、ふ、ブレイク、さまぁ、きもちいいぃ」

「ああ、エルシー……もっとよがって俺を喜ばせてくれ」

ブレイクの腰の動きが大胆になり、彼の低く掠れた声が耳元で響き渡る。耳の穴の中に彼の熱くて湿った舌がねじ込まれて、背中がぞわりとした瞬間、彼女はあっという間に絶頂に達して叫び声をあげた。

ブレイクが彼女の太腿の間で射精するまで、彼が執拗に彼女の背中や首筋を熱い舌で舐め、ささやかな胸に後ろから手を回して勃ちあがった乳首を弄くり回される間に、彼女ははしたなく何度も昇りつめてしまった。

ガチャリとドアがあいて、ぱりっとしたシャツとパンツを穿いたブレイクが部屋に入ってきたので、彼女は慌ててシーツを自分の身体に巻きつける。ブレイクと閨を共にしたのは初めてではないのに、昨夜は心が伴い、また散々乱れた姿を見られてしまったせいか、気恥ずかしくて彼の顔がまともに見られない。

「起きていたのか。身体は大事ないか？」

ブレイクがベッドに腰かけ彼女の額にいつものように唇を落とした。そんな彼の落ち着いた様子にエルシーもなんとか普段通りに返事をすることができた。

「はい、ブレイク様。ゆっくり休ませていただきました」

そう答えると、彼は眉間にぎゅっと皺を寄せる。

「そうじゃない、敬語はもういらないと言っただろう」

「ご、ごめんなさい——うん、ゆっくり休めたから、大丈夫」

エルシーがそう言ってにっこり笑うと、ようやくブレイクも眼差しを和らげたのだった。

次の日ブレイクは非番だったので、屋敷で二人でゆっくり過ごした。

彼は街へ誘ってくれたのだが、エルシーが首を横に振ったのだ。

ブレイクは心配したが体調のせいなどではなく、誕生日の翌日だし、今日街に行くとブレイクがあれこれ買い物をするような気がしたからだ。彼女自身贈り物は必要としていないし、そうではなくて彼とゆっくり過ごす方が何倍も幸せだと思ったからだ。


その日の過ごし方を決め遅めの朝食を摂った後、執事が運んできた手紙の中に、エルシー宛にきていたテアとフェリシティ王女からのお茶の誘いをそれぞれ読んだブレイクの顔はちょっと見ものだった。

テアからの誘いは如才なく、夫であるギルと一緒におもてなしをするのでブレイクも良ければ一緒に来てもらえると嬉しいと書き添えてあった。なのでブレイクは行ったらいいと言うくらいだった。

しかしフェリシティ王女からは、ブレイクの非番ではない日に、二人きりでお茶をするために王宮に来てほしいとわざわざ指定してあった。ブレイクが非番の日だと、なんだかんだと一緒に王宮についてきてエルシーの隣から離れないのがわかっているのだろう。その点、仕事の日であれば雇い主である王女次第でブレイクの配置場所が決められるからだ。


「王女が俺に嫌がらせをしている」

彼の顔は久しぶりに見事なまでの能面ぶりであった。

「まさか。きっと何かお話されたいことがあるのではないかしら」

彼女は王女の私信用であろう、優雅な形にカットされている便箋をそっと指でなぞった。

エルシーは王女はきっとブレイクに関する話をしたいのではないかと考えた。それであれば彼にきて欲しくないと思うのは当然だろう。

「ああ、まぁそうなんだろう。しかし面白くはない」

普段はとても理性的な彼が未だに仏頂面でそう言うのに、エルシーはやはり可愛いと思ってしまうのであった。

第五章　元聖女候補は、守護騎士に溺愛される

改めてブレイクと共に、テアの屋敷でのお茶会に赴いた。アーバイン夫婦から心からのもてなしをうけ、とても楽しい時間が持てた。こうして夫婦二人で新しい人間関係を築きあげることができるのがエルシーは嬉しかった。

一方フェリシティ王女とのお茶会は、多忙な王女相手だから致し方ないというべきか、ブレイクが裏で手を回しているのかはわからないが、なかなか日程が定まらず、ブレイクの実の父との面会が先になった。

（ブレイク様のお父様への挨拶なのだから、私を選んでくださったことを認めていただくためにもいつも以上にきちんとしないといけないわ）

エルシーはブレイクに恥をかかせてはいけないと、聖女教育の一環で学んだ貴族令嬢としてのマナーをもう一度復習したり、もともとジョンソン侯爵家で働いていたジェニファーにどんなドレスを着て行ったらいいのかを尋ねたりした。ジェニファーは親身になって相談に乗ってくれて、彼女のアドバイス通り、ブレイクの父が好きそうな、流行に則った、けれどどこかクラシカルな雰囲気を漂わせる上品なライトブルーのドレスを選んだ。このドレスはブレイクも気に入ってくれてい

る。

数日後、明らかに気が乗らない様子のブレイクに連れられてジョンソン侯爵邸に足を運んだ。ジョンソン侯爵邸は、王都の中でも特に豪華な邸宅が立ち並ぶ高級なエリアに構えられていた。

「父親が失礼なことを言ったら申し訳ないが——永遠に避けて通ることはできないから我慢してほしい」

ブレイクの話から、彼が家族とうまくいっていないのはわかっていたし、ブレイク自身父親に面と向かって会うのは数年ぶりなのだという。屋敷に向かう馬車の中でブレイクがにこりともせず告げるあれこれに、エルシーは大丈夫だと彼の背中に手をおいた。

馬車が止まったのはとても立派な、非常に大きな邸宅で、ブレイクがここで育ったのだと思うと、エルシーは自分との身分違いも甚だしいと感じてしまった。それくらいの大豪邸であった。

到着すると、慇懃(いんぎん)な執事にすぐさまジョンソン侯爵の執務室に通された。

ジョンソン侯爵は、中肉中背で、大柄なブレイクとはあまり似ていない背格好であったが、若い頃はさぞや美男子だったのだろうと思える整った顔をしていた。

ふとした瞬間の表情がブレイクに似ている気がするが、ジョンソン侯爵の方が話しながら機械的にだろうか、感じの良い笑みを浮かべているので、いわゆる社交慣れした人なのだろうと思えた。それでもよく見ると琥珀(こはく)色の瞳は冷たく、ブレイクにまったく関心がないことは容易にうかがえた。

「聖女候補だったらしいな」

「はい」

数年ぶりに会う息子にかける第一声にしてはありえないほどそっけなかった。

勧められるままにソファに腰を下ろしたエルシーは、侯爵の発した台詞に、すっと背筋を伸ばした。今日はできるだけ粗相のないようにと。アクセサリーは結婚指輪だけだが、髪型はドロシーに頼んで、綺麗に編み上げてもらっている。

「王家に貸しを作れたな。お前も少しは家に役立つことができたではないか、よくやった」

「はい」

ジョンソン侯爵は今度はじろじろと遠慮のない眼差しでエルシーを眺めた。

「平民出身だと聞いたが、見た目は悪くないし、何より元聖女候補だから我々も鼻が高い。名はなんと言ったか」

「エルシーと申します」

ブレイクに恥をかかせてはいけないと、できる限りはきはきと綺麗なアクセントで答える彼女に満足したように、ジョンソン侯爵はふむと頷いた。

「さすが神殿で聖女教育を受けただけあってそれなりの令嬢のようだな――では今度お披露目の夜会をするから二人で参加するように」

「はい」

ブレイクが無表情のままそう答えると、ジョンソン侯爵はもう行っていい、と彼らから興味を失ったように視線を外した。

ジョンソン侯爵にとって、ブレイクが妻と心を通わせているかどうか、また幸せかどうかなどはどうでも良いことで、ジョンソン家にとって利益のある婚姻だから許した、というのがよく伝わった。この親子には父と息子の心の通い合いは一切感じられなかった。

(ブレイク様は、小さい頃からこうやって一人で生きていらっしゃったのだわ)

部屋を辞し、広い廊下をブレイクと並んで歩きながら子供時代の彼を思ってエルシーが胸を痛めていると、後ろから、甲高い声がかけられた。

振り向くと、高級そうなネイビーのドレスを着た令嬢が心底嫌そうに顔を顰めて、側仕えと共に立っていた。年格好からするとブレイクの妹だろうか。先ほどのジョンソン侯爵と同じような色合いの金髪で、瞳の色も同じ琥珀色であった。

「ジャクリーヌ」

「なんで貴方みたいな犬がここにいるのよ、臭くなるじゃない」

「あの人に呼ばれただけだ。もう去る」

「ふん、さっさと行きなさいよ。お父様はなんだってブレイクに目をかけるのかしら」

ブレイクの言葉通りであればこの妹とも数年ぶりに会うはずだが、酷すぎる物言いである。

ジャクリーヌの視線が、ブレイクの隣で俯き加減のエルシーに移った。きっとブレイクが妻を娶った話は知っていたのだろう、しばしの沈黙の後、ジャクリーヌはくすっと嗤った。

「ふうん。まぁまぁ美人じゃないの。へえ、貴方、不能じゃなかったのね」

兄弟姉妹で交わされるとは思えないほどの侮蔑混じりの言葉だったが、ブレイクは怒りもせず淡々と答える。

「エルシーだけが特別だ」

「ふうん、犬のくせに偉そうに言うわね」

「なんとでも言うがいい。では、失礼する」

ブレイクはエルシーを促して踵を返した。エルシーが慌てて淑女の礼をすると、ジャクリーヌは彼女から視線を外し、すぐにぎろっとブレイクの背中を睨んだ。

「貴方が結婚してもうちの財産はわけないわよ」

「もとより興味がない。さあ、行こうエルシー」


「申し訳なかった」

馬車に乗り込むとブレイクがすぐにエルシーに謝罪をする。見えないけれど彼の耳と尻尾があったら、しゅんと垂れてしまっているような気がしたので、エルシーは慌てて首を横に振った。

「ブレイク様が謝ることなんて何もなかったわ」

「父と妹はいつもあんな感じなのだが……なるべくお前に迷惑をかけないようにする」

「ううん、大丈夫。私の両親で慣れているし、気にしないで。それに、結婚自体を反対されなくてよかったわ」

自分の両親なんて平民だから、態度が洗練されていないのはもちろんのこと、言葉遣いも下品でよほどひどいものだ、とてもじゃないがブレイクに会わせられないとエルシーは思っている。

「あいつらにエルシーとの結婚を反対させるわけがない」

「ブレイク様……」

「妹は、俺が狼の獣人のミックスであることがとにかく気に入らないようで、ああやってつっかかってくる。妹に比べたら父はもう少し冷静なんだが、父が一度妹の前で、結婚したら遺産を少し残してやるなどと言ったことがあって、それ以降ジャクリーヌが金の話でとにかく煩い。俺が遺産なんかいらないと何度言っても聞く耳をもたん」

　この国の貴族の慣習としては、嫡男や跡取り以外に財産をわけることはないが、どうやらジョンソン侯爵家では侯爵の判断が何よりも重んじられるらしく、ジャクリーヌは数年前に父親が気まぐれで言ったことに反発しているのだそうだ。ジャクリーヌ自身は結婚すれば、ジョンソン侯爵家の財産分与には全く関わり合いがなくなるのだが。

　ブレイクの兄弟は他にももう一人、兄であるルーカスがいるが、彼だけが幼い頃から獣人のミックスである弟に対して中立的だったらしい。兄はブレイクが近衛騎士として王女に取り立てられ、きちんと稼いでいることを知っているし、家族と距離を置きたいと思っていることも承知しているのだとか。

　ルーカスの母親は、正妻だがジョンソン侯爵の度重なる浮気のせいで夫婦仲はすっかり冷め、ブレイクが幼い頃から別居中でほとんど屋敷にはいないのだという。そして、実はジャクリーヌの母も、ジョンソン侯爵の愛人であったというから驚いた。ジャクリーヌを産んだ後ほどなくして侯爵とは別れ、娘を侯爵に渡してそれきりだという。とはいえ、その愛人は某伯爵家の未亡人だったとかで、ジャクリーヌ自身は、ブレイクよりは自分がまともな存在だと思っているらしい。正直エルシーには違いなんかわからない。

自分の家族のことを恥じているのだろう、隣に座るブレイクが小さくため息をついている姿が痛々しくて、エルシーはぎゅっと彼の手を握った。

「ブレイク様、私はずっとお側にいます」

ブレイクが彼女の手をゆっくりと握り返す。

「これからは、一人じゃないわ。だって二人で幸せになるんですもの」

「……ああ」

彼の返事は短かったが、彼の手に力がこめられたことで気持ちは十分に伝わってきた。

今まではずっとブレイクがエルシーを護（まも）ってきてくれた。けれど、これからはエルシーもブレイクを支えて、護ることができる。こうやって側にいて、彼に体温をわけ与えることで、ブレイクが少しでも心強く思ってくれたら。自分が彼に手を差し伸べることを許されている妻という立場になれて本当に良かったと思う。

（初めて自分が聖女候補として選ばれて幸運だったと思えるわ）

聖女候補に選出されなければそもそもブレイクとは出会えていない。

「弱いところを見せてしまったな」

「ううん。ブレイク様は毅然（きぜん）としていらっしゃった。誇らしいわ」

それは本当だ。彼ら相手に余計なことは何ひとつ言わないし、見せない。彼はずっと一人で、心を武装して戦ってきたのだろう。

けれどこれからはエルシーが側にいることをブレイクに伝えたい。エルシーはブレイクの肩にもたれかかった。甘えるような仕草（しぐさ）を見せることを彼が何よりも好むことを知っているからだ。

「ありがとう、エルシー」

彼の掠れた声が、エルシーの心に静かに響いた。

ようやくフェリシティ王女とお茶会の約束を実現できたのは、王女の私信が届いてから一ヶ月後のことだった。

この前通されたのとはまた違う王女の私室にて、並べられた最高級のアフタヌーンティーを前に王女は明らかにむくれていた。だが、どんな表情をしていても王女は上品さを失わず、エルシーの目には可愛らしく拗ねているようにしか映らない。

エルシーが手にとった真っ白のティーカップに注がれている紅茶からは爽やかな良い香りが漂っている。ティーカップはシンプルなデザインではあるが、すべすべとした手触りで、高級品だとうかがえた。

「ブレイクが全然予定を調整してくれなくて。本当に酷いわよね」

やっぱりブレイク様だったのね、と全く日程が決まらないことの理由を垣間見て、エルシーは内心苦笑した。

結局ブレイクの非番の日にお茶会を開くことになり、とはいえ王女が、絶対にブレイクは室内に入れないわよ、と言いつけたので、しぶしぶ彼は廊下でエルシーを待っている。それでも王女はブレイクが廊下にいたら落ち着いて話せないわ、と口を尖らせて文句を言っていたところだった。

「でも仕方ないわね、エルシーはブレイクの初恋だもの。片時も離れたくないのでしょうね」

「初恋、ですか？」

口に運んだ紅茶は渋みも一切なくまろやかな口当たりで、とても美味しかった。高級なのはもちろんそうなのだろうが、確かな舌を持つ人間が選んだ間違いのない品で、さらに素晴らしい腕で絶妙な加減で淹れられたに違いない。

「ええ。今日ね、その話をエルシーにしようと思ったの」

先ほど再会の折に、あいも変わらずエルシー様、と様付けで呼ばれたので、どうか呼び捨てでお願いしますとエルシーから頼んだ。

王女はエルシーが聖女候補だったからこそ敬称をつけてくれているのだろうが、とてもじゃないが王女に様付けで呼ばれるような人間ではないし、そもそも自分は彼女の家臣の妻である。


そしてフェリシティ王女は、ブレイクとの出会いからゆっくり語ってくれた。

ブレイクに会ったのは七年前、ブレイクが十七歳、王女が十一歳になる直前のとき。アイザック騎士団長が、是非騎士団に加えたい、と連れてきたブレイクを一目見たときに王女はこの人は手負いの獣のようだわ、と思ったのだという。

「人嫌いっていうのかしらね。アイザックにはともかく、私にそれなりに心を開いてくれるのは時間がかかったのよ。しかも今だって絶対に心を完全に開いてはいないと思うの」

だが、勤務態度は生真面目そのもので、腕も確か、さすが騎士団長が直々に見込んだだけのことはある。そんなブレイクが警護してくれれば大丈夫だという安心感があったので登用したのだそうだ。

そこから出世頭と見込まれ、加えてあの見た目の良さで令嬢たちからの人気も抜群だったが、ブレイクは頑なに、ただの一人も側に寄せつけなかった。それは異性のみならず、同性ですらアイザック以外と心を通わせることはなく、いつでも彼は孤高の騎士だった。

「アイザックは、もちろんブレイクがそういう人だから私の近衛騎士として取り立てたわけなんだけど。でも若いからどうしても色々噂をたてられるでしょう？　腹立たしいことに全部嘘なのに、面白おかしく」

「はい」

ブレイクとアイザックが王女を取り合っているという噂のことだろう。神殿の片隅で暮らしていたエルシーの耳にすら届いていたのだから、王宮中では公然と囁かれていたに違いない。

「ブレイクはね、今まですべてを黙殺していたわ。だって私たちの間には主従関係しかなかったから誰に恥じることもないし、それに彼は本心からどうでもいいと思っていたんじゃないかしら。富も名誉もブレイクは必要としていないから」

異例の出世も王女に取り入っているからこそだ、というやっかみもあったが、ブレイクはまったく意に介していなかったのだという。

「だけどね、この前初めて私に言ったのよ」

王女がふふっと年相応の、若々しい笑みを浮かべてエルシーを見つめた。

「エルシーが、私とブレイクの間に恋情があると勘違いしているようだから、近衛騎士を辞めます、って。エルシーには一切誤解されたくないからって」

「え？」

　まさかの言葉に思わず手元が狂って、はしたなく磁器の音を立ててしまうかと思ったが、すんでのところでこらえる。

「わ、私のせいでそんなことを」

　確かに、エルシーは彼に王女との関係を尋ねたが、彼が否定したのを信じたし、王女に実際会った途端に疑いは完全に晴れていた。それなのに王女にそんなことを告げていたとは。

　どう考えても不敬罪にあたるとしか思えなく、さっと青ざめたエルシーだが、王女はまったく気にしていなかった。

「もちろん、聞かなかったことにしたから安心して。だけどね、私、嬉しかったの、ブレイクが本当にやっと幸せになろうとしているんだなって思って。私が知ってる彼はずっと孤独で他の誰も必要としていなかったから――だから彼を変えてくれたエルシーに逢いたかったの」

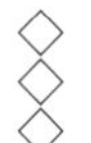

　フェリシティ王女は神託で《聖女候補》が選出され《聖女の儀式》が近く行われることを知り、胸を痛めていた。王女としての教育を受ける中で秘密裏に国家の闇である生贄について幼い頃から知っていたからだ。
　それでもどうすることもできないジレンマの中、聖女候補たちが勢揃いした儀式に参加した後、ブレイクが――今まで一度も自分の心を王女に見せたことのないブレイクが、自分の番が聖女候補の中にいたから彼女の警護につきたい、と言い出したから仰天した。

王女はそれまでブレイクが獣人の血をひいていることを知らなかった。ちなみに今でも獣化した姿は見ていない。アイザック騎士団長だけがそのことを把握してブレイクを取り立てたのだということを初めて知った。

狼の獣人が番を一人に定め、どれだけ深く愛するか、ということを知っているアイザック騎士団長が、それを踏まえてブレイクをエルシーの護衛にしてやりたい、と改まった顔で相談してきたとき、フェリシティは《聖女》についてすべてをブレイクに話すことに決めた。


ブレイクとアイザックに、重要な国家機密である聖女の真の姿について話したフェリシティは、今も尚、間違ったことをしたとは思っていない。

ブレイクには、フェリシティ王女が知る《守護神》についての情報を与え、それらは彼の胸に留めておくことを騎士として誓わせた。とはいえ《守護神》の意志は誰にも変えられないことは確かで、ブレイクが何をしようが《守護神》がエルシーを選べばそれは曲げられないのだ。

そしてブレイクはすべてを知った上で、エルシーの護衛に就いた。


「私が話したらブレイクは怒るかもしれないけれど、エルシーの降嫁先も、彼が私に懇願したのよ。ブレイクが私に何かを必死に頼むなんて、最初で最後のことでしょうね」

《聖女》に選ばれなかった聖女候補が、聖女候補でなくなると同時に貴族の家に降嫁されることは慣例で決まっていたので、ブレイクはエルシーを貰い受けることをかなり早い段階で求めていたという。

聖女候補の降嫁を受け入れた家には、国から報奨金と感謝状が出されるが、ブレイクはそのすべてを実家に送るようにそっけなく言ったらしい。そんなものに彼は興味がなく、ブレイクとしては、とにかく間違いなく、エルシーを正式に誰に恥じることなく娶れたらそれだけでいいと。

ブレイクがそこまで深く自分を想ってくれていたことに心を震わせたエルシーはひっそりと息を吐いた。

（私なんかを貰い受けたい人なんて他にいなかったでしょうに……）

エリザベッタが《聖女》に選ばれてからの期間では、到底準備できなそうな様々なものが彼の屋敷で待っていたことをエルシーは思い出した。

結婚式や初夜がいつになるかは《守護神》次第だから準備ができなかったのだろうが、他の日用品に関してはその限りではないから、エルシーがやってくることを信じて、用意していてくれたのだ。

エルシーが庭園を歩くのが好きだから、私室には緑があふれていたし、本を読むのが好きだから神殿から持ち出せる本はすべて持ち出してくれ、読書がしやすい居心地が良いアルコーブが設えられていたのだ。

すべてはエルシーのためだったのだ。

エルシーは廊下で待っているはずの、彼女の騎士の姿を脳裏に浮かべた。

（今すぐ会いたくなる……）

しかしすぐに、今は王女とのお茶をする貴重な時間だと意識を切り替えた。王女はきっとエルシーの心の動きはお見通しだったに違いないが、そのことに関しては何も言わないでいてくれた。

「ブレイクは自分のことを大切にしない人だから、いつかきっとふらっと消えちゃうんだろうなって思っていたの。それがあれだけエルシーに固執して、奥さんに欲しいと言うのよ。ああこれでこの人は大丈夫だなって思った」

王女の瞳には、家臣を思う優しい光が灯っていた。

「それで、ブレイクは私のお陰で愛しい人を手に入れたっていうのに誰にも見せずに独り占めしようとするのだけれど、……エルシーは幸せ？」

エルシーははっと胸をつかれた。


王女はこの質問を自分にしたくて、お茶に呼んでくれたのだ、と悟ったからだ。エルシーは、フェリシティの広い心と優しさに感動すらしていた。

王女という恵まれた立場に生まれた彼女は、それこそエリザベッタのように傲慢で驕慢な令嬢であってもおかしくはないが、フェリシティの瞳には生まれもった素晴らしい素質であろう聡明さが輝いている。自分と同年代ながら風格が桁違いだ。

家臣の幸せを願いながら、彼に降嫁された少女の幸せのことも、王女は同時に願ってくれていたのだ。

「はい、ブレイク様は本当に良くしてくださいますから、今まで生きてきてこんなに幸せなことはありません」

「ふふ、良かった、でもこれはブレイクには私からは聞かせてあげないわ。エルシーを隠そうとした罰」

フェリシティは上品に笑い、美味しそうな焼き菓子をひとつ口の中に入れた。しばらく黙って咀嚼していたが、やがて王女は諦めたように呟いた。

「好きな人と添い遂げられるなんて、羨ましい」

エルシーが黙って王女を見つめると、彼女はもうひとつ焼き菓子を手に取ったが口には入れず手元で弄び始めた。

「私、来月十八歳になるから婚約が発表されるの。隣国の王子よ。子供の頃から知っていて、性格もよくわかってるから、きっと問題ない結婚生活が送れるはずだわ」

「それは……おめでとうございます」

「ありがとう」

エルシーには他にかける言葉が見つからない。王女はそのまま誰も立っていない戸口を眺めている。

今日は人払いをしたので、室内では侍女が一人部屋の隅にいるだけだがあの扉の向こう側には、警護のためブレイクと――アイザック騎士団長が立っているはずである。王女の眼差しは明らかな恋情を帯びていたが、同時に諦めと切なさを秘めている。

「貴女はとても聡明な方だから、お気づきよね」

王女の質問にエルシーは何も答えられず、胸を痛めたまま、彼女を見つめ返した。王女はそれだけで十分だったようで、ふっと儚い笑みを浮かべる。

「私の分もどうか幸せになって、エルシー。私はそれだけで嬉しい」

辞去の挨拶をすると、王女はまたお茶に誘うから是非来てほしいとエルシーに告げ、彼女は一も二もなく承知した。自分のような者でよければいつでも、と続けると、王女は、貴女がいいのよ、と微笑んだ。


馬車が屋敷に向けて走り出すと、ブレイクはすぐに隣に座っているエルシーに尋ねた。

「どうした、落ち込んでいないか？　何か気になることでもあったか……？」

エルシーは素直にブレイクに思いを告げた。

「はい……。王女様が本当にお好きな人とは添い遂げられないのがお可哀想で。でも、あの御方はそんなありきたりな慰めは求めていらっしゃらないから、なんと言って差し上げたらいいのかわからなくて――」

ブレイクはエルシーが何を言わんとしているのかすぐに察し、黙って彼女を抱き寄せた。

彼は基本的にエルシー以外の他人に興味はないが、わからないはずがなかった。

「騎士団長殿は、もともと婚約者が決まりそうだったと聞いている」

「――え？」

「家が決めた婚約者で、もちろん王女ではない」

そういえば騎士団長は公爵の家の出だと聞いたような気がする。高位の貴族の子息や令嬢は、早ければ十代の半ばには婚約者が決まっているものだ。

「それで騎士団長殿は、婚約を回避するために、騎士団に入ることを決めた。王女の側にいるために」

「――――ッ」

「多少は揉めたらしいが、結局騎士団長殿は意志を通して婚約を回避した。近衛騎士の試験を通った後、異例のスピードで騎士団長の位まで昇りつめた……彼は凄い人だ」

ブレイクの声に尊敬の念がこもる。王女も、ブレイクはアイザック騎士団長には心を開いていると言っていたがそれは間違いではないだろう。王女、騎士団長殿と呼ぶブレイクがどちらに心酔しているのかはわかりやすすぎるほどにわかりやすい。

（騎士団長様はすべては王女様のお側で、堂々と頭を上げているために）

アイザック騎士団長は職務中だから一切表情を緩めることはなかったが、行動の端々に王女を思う彼の想いが溢れていた。

短時間しか一緒にいなかったエルシーでも感じ取れるくらいなのだから、彼らと共にする時間が長いブレイクにはあの二人の気持ちは筒抜けだっただろう。

「王女が結婚した後も、騎士団長殿は王女付きを希望している。彼は誰とも結婚せず、一生を王女に捧げるつもりなのだと思う」

王女の婚約相手の隣国の王子は、輿入れの儀が終わり次第、フェリシティ王女が隣国に来ることを望んでいるのだという。そうなると王女付きの騎士団は解散となるが、王女が警護として隣国に共に連れて行く二人の騎士のうちの一人がアイザック騎士団長になることは既に内々に決まっているのだ。

「王女は当初騎士団長殿に王国に残って、どうか幸せな婚姻をしてほしいと言ったんだ。家から縁談を再三せっつかれていることを知ってるのだろうが、王女に婚姻を勧められた後の騎士団長殿の荒れ方は凄かった」

（でもそれは……）

王女は決して騎士団長を無下にしたかったわけではない。彼のことを誰よりも愛しく思っているからこそ、彼に幸せになってほしいのだ。騎士団長を解放するならば、自分が隣国に赴くタイミングが最適だと判断しただけで――フェリシティ王女がどんな思いでその言葉を、最愛の人に向かって告げたかと思うだけでエルシーは胸がつまる。

騎士団長も、王女の思いはわかっているはずだ――だからこそ荒れたのだろうが。

ブレイクはエルシーの手を取った。

「俺はそのときもうエルシーのことを知っていたから……騎士団長殿の気持ちがよくわかった。愛しい人が手に入らなくても見守り続けたい、と願う気持ちを」

「ブレイク様……」

「騎士団長殿のことを心から尊敬している。彼がいたからこそ俺はここまでこられた」

彼女はブレイクの手を握りしめる。

「いつか……ブレイク様とアイザック騎士団長様との出会いを私に教えてくださいね」

「エルシーが望むならいつでも」

ブレイクは確かな言葉で約束をしてくれた。彼女の騎士が約束を違えることはない。

「王女の気持ちもわからないでもないが……でも俺はどうしても騎士団長殿の気持ちに共感してし

まうようだ。だから王女が無事に騎士団長殿を隣国に連れて行ってくれることになって安心した」

「はい」

もしかしたら、とエルシーは思った。

フェリシティ王女は、騎士団長に自分が結婚する姿を見せたくないのではないか。彼の記憶の中ではいつまでも幼い頃からよく知っているフェリシティ王女のままでいたいのではないか。

他に想い人がいるまま嫁いだ先で、フェリシティ王女は果たして幸せになれるのだろうか。彼女のことだから公務はきちんとこなすだろうが、一人になったときに泣き続けることにならないだろうか。そしてそんな自分の姿を、愛している人に晒したくないのではないか。

ブレイクはじっとエルシーを見つめていたから、彼女が王女に思いを馳せていることに気づいていただろうが、そのことには触れずに違うことを口にした。

「これはエルシーに相談だが、王女付きの近衛騎士団が解散したら、きっと進退を決めるよう求められると思うのだが——この機会に俺は近衛騎士を辞めようと思っている」

あまりにも突然のことに、エルシーはぽかんとした。

「辞める？」

「ああ。もともと、家を出るためだけに近衛騎士になったわけだし、騎士団長殿がいなくなってしまったら俺には城で働き続ける意味がない。もう金なら一生困らないだけあるし、それならばエルシーと共に生きていくためにより良い道を選びたいと思った」

確かに近衛騎士である限りは、王国の定めた近衛騎士のルールに縛られ、制約も多く、自由に身動きはとれないが、エルシーと過ごしたいというだけではなく、それだけアイザック騎士団長という人物がブレイクにとっては重要だったということなのだろう。

「王女に以前近衛騎士を辞めさせてもらいたいと言ったことがある。お前が俺と王女の関係を誤解していたと聞いたときに、ふと辞めるという選択肢も悪くないなと思ったからだ」

先ほど王女から聞いた話と合致する。けれど王女はどうやらその願いは却下してくれたようだったが。

「でも私はブレイク様を疑ってなんていませんでしたよ。フェリシティ王女様にお目にかかる前から」

歯を見せてブレイクが嬉しそうに笑った。

「わかっている。お前が信じてくれて嬉しかった。お前に王女とのことについて聞かれたのはきっかけになっただけなんだ。そのときに思ったんだ、王に誓いを捧げるのではなくお前に一生の誓いを捧げたいと」

彼が手を伸ばしてエルシーの前髪をそっとすくった。彼女の両の瞳が露わになる。

「今まで自分が何がしたいかと考えたこともなかった。近衛騎士になったのはそれが独り立ちをする最速の手段で最短距離だったからだ。別に死んでも生きてもどうでもよかったから、どんな仕事でも進んでやったが……。だけど今は俺の希みははっきりしている。お前と生きていきたい、だからお前と、俺たちがこれからどうしていくのがいいのか、考えたいんだ」

その夜ブレイクはとてもゆったりしたムードでエルシーの身体（からだ）を暴いた。

最初の頃はエルシーの身体に溺（おぼ）れて、行為の終盤には耳と尻尾を出していたブレイクも最近はコントロールするくらいの余裕が出てきた。

初めて同士のはずだったのに、エルシーはここのところずっと彼に翻弄（ほんろう）されていた。

「んっ、そこ、は……」

そして毎夜のようにブレイクに抱かれていても、彼の長大なものをすべて飲み込めてはいなかった。ブレイクはこだわっていないようだったが、とにかく彼の亀頭（きとう）の先端がエルシーの奥に優しく押しこまれるだけで、痛いほどの快感がやってきてエルシーは怯えてしまうのだ。これがもっと中に入ってきて、突くことを思ったら――。

けれど今日は彼がじっくりと身体を開き、彼女のぬるぬるした蜜壺（みつつぼ）に勃（た）ちあがった屹立（きつりつ）をずっぷりとはめ込むと、それだけで軽く達するほど気持ち良かった。

ぴくぴくと小さい痙攣（けいれん）をしているエルシーの身体をブレイクはさすった。彼の優しい手の感触がエルシーはとても好きだ。父にも母にも抱きしめてもらえなかった彼女は、誰かにこうやって優しく触れられることに飢えていた。

コン、と彼の屹立が彼女の奥に今日も当たる。

いつもは怖いだけなのに、その刺激は今日はむず痒（がゆ）いような快感を連れてくる。

「私っ……あっ……！」

今まで味わったことがないくらい気持ちが良くてぶるっと身体が震えた。

「エルシー？」

ブレイクが彼女の変化に気づいて、名前を呼んだ。

「ブ、ブレイクさまっ、だめなのに、そこ、わたし……す、すごく気持ちいいっ……」

「気持ちがいいのなら、『いい』んだ、エルシー」

彼が身体を倒して、ちゅっとエルシーの唇(くちびる)を奪う。震える彼女の舌が彼の舌を求めたので、がっつりと絡(から)め合う。そうすることでブレイクの姿勢が変わって、彼の屹立がまた違うエルシーの感じる箇所をかすめ、彼女の膣道(ちつどう)が彼をもっとのみ込もうと貪欲に蠢(うごめ)く。

「ああ、お前の奥が今日はすごく柔らかい。俺を受け入れようとしてくれてるな」

「あっっ……！」

ブレイクがぐちゅんと少しだけ中に押し込むように腰を動かすと、未知の快感を前にエルシーは無意識に、いやいやと首を横に振った。

「痛いか？　痛いなら……少しでも怖いならやめる」

「ふ。うう、ううん、だ、だいじょうぶ、ブレイクさま」

エルシーの前髪がずれて、ブレイクの大好きな両方の瞳が見えているが、今はもうどちらにも涙が浮かんでいる。

「ぜ、ぜんぶ、欲しいの——でも、……だ、抱きしめていてくれる？」

「もちろん、お前が望むように」

ブレイクの鍛え上げられた身体が彼女を覆うように、護るようにすっぽりと抱きしめる。エルシーは彼の汗ばんだ背中に腕を回して、安堵したようにふっと息を吐いた。

感じる耳を口に含み、舌で愛撫し始めると、くちゅくちゅと湿った音がエルシーの脳裏に響き渡り、ぞくぞくっと背筋に快感が走った。この音は淫猥なことに繋がると既に覚えこまされている身体が、期待感から勝手に震える。

「ゆっくりがいいか？　それとも、一気に？」

「い、一気は怖いからゆっくりがいい……んっ……は……」

「わかった」

「――あっ」

ぐっ、と今まで覚えがないところまで彼の屹立が確かに押し込まれて、エルシーは彼の背中に回した手のひらに力をこめ、更に身体をすりよせるように抱きついた。彼にしがみついて、はっはっと浅い呼吸を繰り返していると、しばらくして侵入に馴染んできた蜜壺の奥が彼の亀頭をきゅんきゅんと喜んで食みしめ始める。

エルシーの身体は彼女の意識とは裏腹にずっとこの行為を待ち望んでいたかのように悦んでいる。

彼女の奥が彼を受け入れ始めてくれたのを感じたのか、額に汗を浮かべたブレイクがゆっくりと押し入ってくる。ずずず、と膨れきった剛棒で、熟れきった中を擦り上げられるとあまりの気持ちよさに意識が恍惚とする。未知の感覚だが、大丈夫、痛くないし、怖くない。

そして、最後にぱちゅん、とエルシーの最奥に勢いをつけてブレイクが到達すると、その瞬間まるで神経がはりつめたかのように背中から足に向けて鋭い快感が一本走った。彼の下生えが彼女に押し当てられたとき、エルシーはそれだけでぶるぶるっと震えて、無我夢中でブレイクの腰に自分の両足を巻きつけると、そのまま絶頂に達した。

「あう、あ、あ――あっ、んん――」

彼女の膣内に絞られて、顔を顰めて快感をやり過ごすブレイクが震え続けるエルシーを抱きしめる。

「く、もってかれるかと思った――大丈夫か」

「つ、ん、ん、……」

なんとか彼の名前を呼びたいが、どうしても言葉にならないで唇が震えて呼吸が漏れるだけだ。

ブレイクは彼女の腕を宥めるように優しく撫で、しばらくそのまま抱き合っているとようやく衝撃が少しずつ収まってきた。

「ぶれい、くさま――」

「うん?」

「おく、はいってる」

「ああ。エルシーが頑張ってくれた」

エルシーの額、瞼、鼻の先、頬、顎と順々に彼が唇を優しく落とす。

「ブレイクさま……も、うごいて」

ブレイクは彼女の宝石のようなオッドアイの瞳を愛しげに見つめた。

「エルシー……先に謝っておく。今日は多分俺は我慢できずに中で出す」

「なか、で?」

「ああ。お前の中が良すぎるからな」

「しっぽと、みみ、でる？」

「ああ、間違いない――エルシー、中で出してもいいか？」

子供のような舌っ足らずなエルシーの喋り方が可愛くてたまらない、というようにブレイクが彼女の下唇を食んだ。ちゅ、ちゅと音を立てて軽いキスを交わす。こうやってエルシーの意思を大事にしてくれるブレイクが心から愛しい。

「うん、いい」

ぎゅうっと彼女が首に腕をまきつけて、ブレイクの耳元で囁いた。

「嬉しいから、いい。大好き、ブレイクさま」

「エルシー」

「ちょうだい……」

彼女の許しが出た途端、ぎらり、と鋭い力を瞳に込めてエルシーを見下ろしたブレイクは、捕食者の本能をむき出しにしていた。エルシーはこれから彼に食べられる被食者……でも怖くはない。だって彼のことを――

(愛しているから)

どれだけ雄の本能に支配され、猛り狂っていてもブレイクは彼女の頬に手を一度置くと、彼女にキスを落とすのを忘れなかった。

二人の熱い息と、エルシーの甘い嬌声、そして肌を打つ音が部屋に響き渡っていた。あれからブレイクに何度となく奥に出されているけれど、一度も剛直を抜かれていない。彼は出す間も惜しいとばかりに何度も彼女を攻め立てている。彼の出した白濁でぐちゃぐちゃになった蜜壺を彼のあの固い昂りで突かれていると思うと、余計に快感が増す。

「あ、も、だめ、そこ、そこよすぎるのッ!!」

ブレイクはエルシーの最奥にある、一番感じる場所も見つけてしまい、そこを容赦なくごりごりと突き上げていた。

エルシーは、堕ちるというのはこういう感覚なのかと、彼に揺さぶられ続け、必死に彼にしがみつき、あまりの快感に翻弄されながら思っていた。

(どこに堕ちてもいい、ブレイク様となら——だってブレイク様なら一緒に堕ちてくれるはず)

「……ッ、だめじゃない、いいだ、エルシー!」

べろりと彼女の首筋を舐め上げながらブレイクが突き続ける。彼の熱い舌に身体中を舐められて、既にどろどろだ。

「あ、い、いい、いいの、ブレイクさま、で、でも、あ、あん、は、ううう——ッ」

ブレイクが結合部に手を伸ばし、エルシーが一番感じる秘芽をぎゅっとつまんだから、ぶしゅっと潮を吹いてエルシーはまた絶頂に達した。

既に太腿からは力が抜けてしまい、手だけがなんとかブレイクにすがっているという状態だ。ブレイクは律動を止め、彼女の出した透明な液体を手にとり、自分の口に含んだ。

「ん、そ、それ汚いから、だめ」

「お前に汚いところなんてない」

彼はエルシーのお腹を撫でた。そこは何度なく吐き出された彼の精液がたまり、少しだけぽっこりと膨らんでいるような気すらする。

「悪いな、辛いよな——次で終わる」

ブレイクの手が彼女の髪を優しく撫でてくれる。こうやってエルシーが辛くなりすぎないように気を配ってくれるブレイクと愛し合うことは本当に気持ちがいい、と思える。今だって彼はすぐにでも突きたいのを我慢して、彼女に休む時間を与えてくれているのだ。エルシーの呼吸が整うまで、ブレイクは彼女の髪を撫で続けてくれた。

エルシーは、ベットにあぐらをかいて座ったブレイクの上に跨っていた。

それから彼はかぷりとそのままエルシーのささやかな胸のふくらみを口にふくみ、左の乳首を優しく吸った。もちろん既に散々舐めとかされているから、つんと尖って、無花果のように色づいている。

「いいか？」

「——うん」

ブレイクの屹立が先端だけを残して、ずるりと抜け、すぐにズンと彼女の奥深くにと突き立てられる。決して乱暴な動きではなくむしろ滑らかな突きであるが、既に何度となく絶頂を迎えているエルシーの身体はすぐにまた頂に向かう。

「エルシー……エルシー、エルシー！」

ブレイクが欲情してかすれた声で彼女の名前を何度も呼ぶ。

ずん、ずんと確かな深くて重い突きが何度となく続き、エルシーはのけぞった。彼の前に差し出されたブレイクだけの果実をぱくりと口にして、乳首を扱くように吸い上げた。

「だ、だめ、胸、感じすぎちゃうから。あ、あ、んッ」

ずん、ずんと揺さぶられながら、胸への刺激が続き、エルシーは悶えて、ありえないほどよがった。それからすぐに彼の腰の動きから余裕が一切なくなり、胸から顔をあげたブレイクが彼女の腰を摑んで、ばちゅばちゅと腰を送り込んできた。

「あ、あ、うう、はぅ、ん、や、やぁ、あ、だめぇ！」

そのとき、するりと彼の尻尾が結合部に忍び込んできて、彼女の秘芽をさわさわと触ってくるから、たまらなかった。彼の頭上には、狼の耳も出ていた。可愛いグレイと同じ毛色の可愛い耳。そのまま尻尾の先端が指と同じくらいの力を持って、彼女の感じる箇所を責めてくる。尻尾の先が二人の結合部の辺りをさわさわと撫で始める。

「ぶ、ぶれいくさま、しっ、しっぽが――当たってる！」

彼女は決して嫌がっていないのが膣内の締め付けでわかったのか、ブレイクの尻尾が確かな目的を持って彼女の秘芽を弄る。彼がこの感じる豆を舐めて彼女を絶頂に導くこともあるけれど、それとはまた違う気持ちの良さで、エルシーの瞳に涙が浮かぶ。

「――いく、い、いく、いっちゃう!!!」

「エルシー……！　俺もいくっ！」

ぎゅうっと彼女の騎士を中で喰いしめて、エルシーはもうこれ以上ないくらいの絶頂に達し、一瞬すべてが真っ白になる。ブレイクが彼女の腰を押さえて、最後の重い一突きをすると、彼の身体が震え、中で射精したのが感じられた。恍惚として半ば意識を飛ばしているエルシーだが、ぐぐ

っと彼の屹立が中で大きくなったのがわかった。彼の亀頭球が彼女の膣の入り口を塞ぎ、彼女を確かに孕(はら)ませようとしているのだ。

(あ、わかる……だされてる、いっぱい、いっぱい——ああ、きもち、いい——)

はぁはぁとお互いの荒い息だけが響き渡っている中、ぽたぽたと彼女の背中にブレイクから汗が滴り落ちてきていた。しばらくしてやっとブレイクが少し動いて、彼女の頬に宝物に触るかのようにそっと手を置いた。その仕草に彼への愛しさがいや増す。

「大丈夫か？」

「ん、だいじょうぶ……きもちいい」

エルシーがそう答えると、ブレイクはやっと安心したように微笑んだ。

「悪い。亀頭球が小さくなるまで時間がかかる」

射精ももしかしたらまだ断続的に続いているのか、ブレイクの身体が時々震えている。彼女の中は既にブレイクが吐精したもので充(み)たされきっている。

「いいの、きもちいいから……いっぱい、ほしい」

エルシーが蕩(とろ)けたように微笑むと、ブレイクは我慢できないとばかりに唇を奪った。

「——《聖女》様、儀式のために身をお清(きよ)めにならないといけませんのでこちらにお召し替えになってください」

いつものようにおどおどした神官が部屋に入ってきて言うと、エリザベッタの身体は勝手に硬直し、それまで食べていた焼き菓子を手からぽろりと落とした。側仕えが慌てて、床に落ちたそれを拾って片付けた。そうしないと、機嫌を悪くしたエリザベッタが怒鳴り散らすからだ。

儀式のあと、高熱を一週間出し続けて、目を覚ましたエリザベッタは《聖女》という言葉に強く反応するようになった他は、特に何の変化もなく、相変わらず傲慢なままだった。

むしろ癇癪を起こしやすくなり、短気になり、八つ当たりが酷くなった。周囲の人々はそれでも唯々諾々と彼女に従うため、誰も止めるものがおらず、ますますエスカレートしていったが、《聖女》になった後は会うことを許可された人間に限りがあるため、何も問題にはならなかった。

とにかく彼女の苛立ちは日々増すばかりだった。自分は国に望まれた《聖女》になったというのに、何故こんなに嬉しくないのだろうか。

毎日のように家族から送られてくる流行のドレスにも、装飾品にも、お菓子にも興味が持てないのだろう――。

(それに、なんでこんなに――こ、怖いのかしら)

神官が差し出した白装束を摑む手が一瞬ぶるりと大きく震え、そのままかたかたと揺れ続ける。

「もういいわ、行きなさいよ。貴方の陰気な顔を見ているとこちらまで気が滅入るわ」

「は、はい。儀式は今夜行われますので、後で見届人役の神官が迎えに参ります」

「見届人？」

「ええ。彼が《守護神》のおわす部屋まで案内いたします」

見届人はフードを被っている背の高い男――

（どうしてそんな映像が浮かんだの？　私はそんな人知らないはずよ）
エリザベッタはがたがた震える身体を自分でも訝しく思いながら、神官を追い払い、側仕えに怒鳴り散らしながら準備を始めた。

三日後に散々犯し尽くされ、体液に塗れたどろどろの身体で《守護神》の部屋で倒れることになっている運命であることを、このときのエリザベッタは未だ忘れたままであった。

その夜エルシーはジョンソン侯爵邸で開かれた夜会にブレイクと共に赴いた。
あれからすぐにジョンソン侯爵から、お前たちのお披露目夜会を開くから必ず出席するように、と日時だけ書かれたそっけない招待状が届いた。もともとブレイクは、俗物でしかない父親が遅かれ早かれ、聖女候補を娶った息子と、その妻を周囲に見せびらかすべく夜会を開くことを以前から予想していたので、先回りしてエルシーのドレスを仕立て終えていた。
前髪で隠されていない左の瞳の色に合わせた菫色のドレスは、ほっそりしたエルシーの身体を引き立てるようなデザインで、胸元には上品な刺繍がされていた。
ふんわりと広がっているスカートにも刺繍があり、シンプルながらもデザイン性の高いドレスは、王女に紹介してもらった当代随一のデザイナーによるものだ。いつもはアクセサリーをつけないエルシーだが、この日のためにとブレイクから贈られたティアドロップ型のダイアモンドが煌めくネックレスと揃いのイヤリングをつけ、もちろん左手の薬指には結婚指輪が輝いている。

　何よりこの前綺麗に彼女の髪を切り揃えてくれた美容師がふたたび屋敷を訪れ、流行りの髪型に結い上げてくれた。その上彼女がエルシーの顔立ちを引き立てるような化粧をしっかりと施してくれたので、自分のことをさして美人だと思っていないエルシーですらこれが私の顔なのか、と渡された鏡を覗いて驚愕したくらいなのだ。この美容師の腕は確かと言わざるを得ない。

　仕上がりを待てずに部屋に入ってきたブレイクも、ドレスアップしたエルシーを一目見て、言葉が出ずにその場で足を止めた。ブレイクはいつでもどんなエルシーでも、可愛い、綺麗だ、と言ってくれるのだが今日のエルシーはいつにも増して輝かんばかりに美しかったため、感激のあまり抱きしめてしばらく彼女を放さなかった。

　エルシーとしては、いつものようにブレイクに恥をかかせないことだけが目的だったから、彼がちゃんと満足してくれたことにほっと一安心したのであった。


　夜会の会場になったのは、ジョンソン侯爵家の豪華すぎるほど豪華な大広間で、二人が到着したときには既に会は始まっており、多くの貴族たちがひしめき合っていた。

　ジョンソン家の富を示すかのように、まばゆく煌めく豪華なシャンデリアが天井から吊り下げられている。テーブルには真っ白のテーブルクロスがかけられ、一口でつまめるような洒落た形のフィンガーフードや飾り立てられたお菓子があふれんばかりに載せられていた。

　今まで王女との噂話があるくらいで、事実の伴った浮名など一度も流したこともないブレイクが、聖女候補であった女性を降嫁され会場に現れるとあって、人々は興味津々に彼の到着を待っていた。
そして登場したブレイクがエスコートしていた新妻が、信じられないほど美しい令嬢であることに人々は驚きを隠せなかった。

――ジャクリーヌもそのうちの一人であった。

(なによ、あんなに綺麗じゃなかったじゃないの、この前は!)

ジャクリーヌの隣にいた貴族子息がブレイクの妻に見惚(みと)れた後、隣の友人らしき若い男性に『あの美しさ、半端じゃないな』と話している声が聞こえて、むっと顔を顰めた。
その貴族子息は、ジャクリーヌとの会話をつまらなそうな顔で途中で切り上げたばかりだから余計に腹が立った。

(あの犬が連れてる女性があんなにゴージャスな装(よそお)いをしてるなんて……!)

そういえば以前ブレイクが家の遺産を狙っていると喚(わめ)き立てたジャクリーヌに向かって長兄がブレイクがどれだけ稼いでいるのか知らないのか、と鼻で笑っていたのを思い出した。世間知らずで、自分のことにしか興味のないジャクリーヌは、王女付きの近衛騎士に取り立てられたということがどれだけの栄誉と富をもたらすことか、知りもしなかったし、興味もなかったのである。
そういう点がジャクリーヌがジャクリーヌたる所以(ゆえん)なのだが、彼女は生まれが自分より卑(いや)しい――何しろ母親が獣人のミックスで、しかもジャクリーヌの母とは違い、使用人風情(ふぜい)だったのだから――ブレイクが自分よりも優秀であるとは思いもしなかったのである。

エルシーはブレイクに連れられて、まず彼の父親であるジョンソン侯爵と、侯爵夫人に挨拶をした。ブレイクと彼の両親との会話はそっけなく、どこまでも他人行儀であり、やはり心の通い合いなど一切ないのがうかがえた。

ジョンソン侯爵は感じの良い笑みを貼り付けてはいるが目が一切笑っていないし、その隣にいる綺麗に着飾った侯爵夫人もおっとりした口調でブレイクとエルシーを歓迎する言葉を述べるが侯爵夫妻の間に流れる空気は冷ややかであることが感じられ、二人の前から辞したとき、エルシーは我知らず止めていた息を吐いた。

侯爵夫妻への挨拶が終われば、その次に挨拶すべきはブレイクの兄であるルーカスだ。彼はどうやらエルシーたちの到着に気づいていたらしく、すぐに近寄ってきた。

「ブレイク、それからエルシーといったかな？　ようこそ我が家の夜会へ」

エルシーがカーテシーをとると、ルーカスが礼儀に則り彼女の手の甲にキスをしようとする前に、ブレイクがさっさと兄の動きを遮った。弟の無礼な仕草にルーカスは苦笑して、エルシーから少し離れて立った。

ブレイクとルーカスの関係は、幼い頃から悪くないとは聞いたが、女性に関することは一切信用をしていないらしい。今もブレイクはまるで兄の視線からエルシーを隠すかのように、彼女の隣にぴったりと立って腰を抱きよせている。

ジョンソン侯爵家の跡継ぎであるルーカスには十代の頃から婚約している侯爵令嬢がいるのだが、彼の浮気癖が原因であまりうまくいっていないらしい。その婚約者は今日も会場のどこかにはいるはずだが、ルーカスの近くには姿が見られないから挨拶をし損ねた。相手の令嬢も不肖の婚約者の弟夫婦など気にしていないのだろう。

「へえ、お前がこんなに素敵なお嬢さんと番になれるなんてなぁ」

番、という言葉を持ち出して、しみじみと呟くルーカスにはそこまで悪意があるようにはエルシーにも感じられない。ブレイクが狼の獣人のミックスであることは、もちろん家族は皆知っているが、貴族社会においては歓迎されないことだと思っているので内密にされていると聞いた。

ブレイク自身は狼の獣人の血をひいていることを決して恥じておらず、家族の好きにしたらいいと放置している。

「ああ」

「降嫁の相手はお前じゃなくて俺でも良かったのかな、ジョンソン侯爵家の子息であれば」

エルシーの腰に回されているブレイクの手にぐっと力が込められたが、彼女はルーカスの顔をじっと見上げていて、この人はブレイクを揶揄っているだけだと判断していた。

(ルーカス様はブレイク様のことを気に入っているようだわ)

何しろ彼の顔には攻撃的な表情は一切ないし、どちらかというと好意が浮かんでいるように思える。

「冗談言うな、兄上には婚約者がいるだろうが。それに王宮が指定したのは俺だ。感謝状だって俺の名前で届いていただろう」

それでもブレイクが彼女の所有権をはっきりと言いきる姿にエルシーは内心喜びを覚えてしまう。

「ぶは、冗談だ。俺はそこまで女に困ってない」

じろりとブレイクはルーカスを冷たい瞳で見返した。

「婚約者が呆れてるだろう」

「婚約者？　ああ、ミリアンヌのことか。ミリアンヌこそ俺に興味ないぞ——最近新しい恋人に執心しているからな。うまくいけば向こうから婚約破棄を申し込んでくるかもしれないな。ちょっと揺さぶりをかけてみようかと思っている。そうしたら俺は晴れて自由の身だ」

にやりと人の悪い笑みを浮かべるルーカスをブレイクは呆れたように見やる。

「やれやれ、やりすぎて背中を刺されるなよ」

「ああ、うまくやるさ」

兄の言葉にもブレイクは肩を軽くすくめただけだ。ブレイクがルーカスにそこまで興味がないのは丸わかりだが、それでも父親や、義母、妹との関係に比べるとよほどまともなことは、エルシーの心をほんの少し明るくした。この屋敷で生活していたブレイクに少しでも逃げ場があったのだと思えるから。エルシーに祖母や姉がいてくれたように。


「ルーカスお兄様、ブレイク」

背後から若い女性の声が響いて、三人で振り返ると、ジャクリーヌがブレイクとルーカス、それからエルシーを睨みつけていた。

ジャクリーヌの表情に恐れをなしたのか、周囲から人々がさっといなくなった。ジャクリーヌはふくよかな胸を目立たせる派手なデザインの赤いドレスを着ているが、清楚な印象を与えるエルシーに比べると場末感が否めなく、けばけばしかった。

（ルーカス様のことはお兄様と呼ばれるのね……）

とはいえ当のルーカスを見る限りでは、おそらくそこまで妹に親しみがあるようには思えない。

「ジャクリーヌ、知っていると思うが妻のエルシーだ」

ブレイクは淡々とそれだけ告げると、話は終わったとばかりに切り上げる素振りを見せた。それを察したルーカスも、頷いてブレイクの肩を軽く叩いた。

「ブレイク、さっきの話は内密に頼む。何かあったらお前に助力を頼むかもしれない」

「ああ、まぁ覚えておく」

それからブレイクはそっけなくジャクリーヌに挨拶をすると、人々の前でエルシーを紹介するまでは少し時間があるので、庭園にでも行こうと大広間から出た。

二人が人気のない廊下を歩いていると、すぐに後ろからジャクリーヌが追ってきた。

「ルーカスお兄様が言っていた、さっきの話って何よ？　うちの財産分与のことなら——」

確かに人の姿はないとはいえ、廊下で喚き立てるジャクリーヌにブレイクがため息をついたのが、隣にいたエルシーにはわかった。

「ジャクリーヌ、その話は今しないと駄目なのか」

ブレイクが振り向いてジャクリーヌを窘めた。

「当たり前でしょ、ブレイクみたいに犬の血がはいっている人間が侯爵家の血族だなんて私、恥ずかしくて」

ジャクリーヌが前回と同じようにとにかく刃物のように鋭い言葉を繰り出して、ブレイクを攻撃するのを聞いているうちにエルシーの胸の内に怒りのようなものが湧いてきた。

ちらりと夫を見上げると、いつものことだというように受け流している。

(ブレイク様はもう慣れておられると仰るかもしれないけれど)

どれだけ慣れていても人の心が鋭い刃を向けられて無傷でいられるはずがないし、いたずらに傷つけられる必要なんかない。それも、彼自身にはどうにもならない出自のことをあげつらうなんて。

「しかもこんな元聖女候補といいながら庶民の女と番うなんて、さすが犬にはピッタリの底辺ぶり――」

エルシーの腰に置かれているブレイクの手にぐっと力が込められたのを感じ、エルシーを護るためにブレイクが動く前にと、彼の手の上に自分の手をそっと置いた。彼女の夫は彼女を護るためであればどんなことでもしてしまう男なのである。けれど、今夜は――。

エルシーはジャクリーヌを視界におさめ、静かに言った。

「ブレイク様への謝罪をしていただくよう、求めます」

エルシーの隣でブレイクがさっと彼女を見下ろしたのがわかったので、彼女は一度夫の視線を受け止めた。物言いたげな黒い瞳を想いを込めて見つめて彼を制し、ジャクリーヌに向き合う。

「私はただの薬屋の娘ですし、庶民の出であることは変えられない事実です。《聖女候補》に選ばれなかったらブレイク様のような素敵な方に降嫁されるような幸運なことは有り得ませんでした。ですから私のことはなんと言われようともすべて受け入れます。でも」

ぴんと背筋を伸ばしたエルシーの凛とした声が響く。ジャクリーヌはまさか反撃されると思っていなかったのだろう、やや呆然とした顔でエルシーを見つめていた。

「ブレイク様は本当に素晴らしい方です。彼がどれだけ努力を重ねて今の地位につかれたのか、妹でいらっしゃる貴女様がまさかご理解いただいていないとは思いませんが——貴女様にとっては軽蔑に値する血が流れていらっしゃるとしても、ほとんどの方が成し遂げられない王宮の近衛騎士団への入団を果たしたブレイク様を私は心から尊敬しています」

ブレイクの手がぐっとエルシーの手を摑む。

「ブレイク様は高潔な御方です。どうか今仰ったことを訂正してください。そして、その上での謝罪を求めます」

エルシーはそこでふっと笑うと、ブレイクの手を放して前髪に手をやり、隠していたもうひとつの瞳をジャクリーヌだけに見えるように明らかにした。隣でブレイクがはっと息を飲んだのがわかった。

最初は胡乱げな視線を向けてきたジャクリーヌの顔が一瞬でひきつり、数歩後ずさった。

「ひっ……それは!!」

「ブレイク様に謝罪をしてください。——私の前で」

エリザベッタがこの瞳を見たときと同じ反応だ。

ジャクリーヌのような浅慮で世間知らずな貴族の娘にとって、オッドアイというものはただただ畏怖の対象であろう。そしてだからこそこの娘にオッドアイである自分の瞳を見せても周囲に言い触らさないであろうという確信があった。自分の身内にオッドアイがいるなどと自分の婚姻話が危うくなるような話を進んでするとは思えなかったからだ。これだけ血筋だなんだと言い募るような令嬢が、わざわざそんな話を他人にしないだろう。

そしてこのオッドアイは、彼女を十分怖がらせる材料にはなる。


ブレイクのためであればこの瞳ですら利用する。

そして今、ブレイクを護るために、自分はオッドアイで生まれたとすらエルシーは思えた。

ガタガタ震えだしたジャクリーヌを前に、十分脅かしたと判断して、押さえていた前髪を離すと、エルシーは再度にっこりと微笑む。そのあまりにも完璧な微笑みが逆に恐ろしさをかき立てたらしく、ジャクリーヌが更に青ざめる。

「わ、……悪かったわよ、ブレイク！　私が悪かった！　これでいいでしょ？　わかったからもう私に関わってこないで！」

「ああ、願ってもないことだ」

それまで黙っていたブレイクがぎゅっとエルシーを抱き寄せた。

「それから彼は『犬』ではありません、『狼』です」

「うるさいわね！　うるさいのよ、貴女！　悪かったわ、私がすべて悪かった！　二度と言わない！　それでいいでしょ？　何よ貴女なんて本当に元庶民のくせに、しかも不吉な不幸の象徴を持って生まれた悪魔みたいな女じゃないの！　うちに入り込んで何を企んでいるのか知らないけど、災いを持ち込むつもりだったら許さないんだから――」

恐怖のあまりか支離滅裂な悪口雑言を言い募るジャクリーヌを、ブレイクの冷たい視線が貫いた。

「不吉だって？　俺の妻にそんなことを言うような女は、妹ではない。いつでもお前の望み通り縁を切ってやる」

今まで一度もまともな反撃をブレイクからされたことがなかったジャクリーヌは鞭で打たれたようにびくりと身体を波打たせた。しかも今や愛するエルシーに貶める言葉をぶつけられたことによりブレイクは完全に怒りの炎を纏わせていた。

近衛騎士の覇気にジャクリーヌが太刀打ちできるわけがなく、彼女は初めてブレイクのことを怖い、と感じた。


「ジャクリーヌ、もう一度真摯にブレイクとエルシーに謝れ」

突然、背後からルーカスの声が割り込んだ。

「すごい剣幕で広間を出ていくから追いかけてきてみたら、兄と兄嫁になんたる態度だ、ジャクリーヌ。貴族令嬢として完全に失格ではないか。そうだな、《お前が》縁を切られることになるのを覚悟しておかねばならないな」

顔を真っ赤にしたジャクリーヌは形ばかりの謝罪の言葉を吐き捨て、ほうほうの体で立ち去った。

ブレイクは兄の目を気にせずにエルシーを抱きしめ、ルーカスは思わずという感じで笑い声をあげた。

「虫も殺さないような顔をして、なかなか興味深い人なんだな、エルシー」

エルシーたちの背後にいたルーカスは直接エルシーのオッドアイを見てはいないが、おそらく勘づいただろう。しかし彼はそのことに関しては言及しなかった。とにかくルーカスに何かを答えねばと思うのだが、一向にブレイクが腕の中から放そうとせずに抱きついたままなので、エルシーは羞恥から顔を赤らめた。

「へえ、さっきまであんなに勇ましかったのに、ここでは恥ずかしがるんだ。こりゃあたまらん――」

「去れ。エルシーを見るな」

唸るようなブレイクの言葉を聞きながら、ルーカスはしかし笑顔を引っ込めた。

「それから、『犬』ではありません、『狼』です、か……本当だな、あいつは犬だ犬だとお前に酷いことを言い続けていたな。あいつの言うことだと軽んじて、止めなかった俺も同罪だな。……今まで悪かった、ブレイク」


ジャクリーヌの襲撃で、二人ともすっかり庭園に行くような気分ではなくなってしまった。

大広間に戻るルーカスと別れ、ブレイクがエルシーを侯爵邸に今もある彼の部屋に連れて行った。彼によるとほとんど寝に帰るだけの場所だったということで、豪華な家具は設えているが、無機質な印象を与える。エルシーたちの私室のような温かさは一切感じられなかった。

部屋に入るなり、ブレイクが囁いた。

「俺のことを守るために、まさかジャクリーヌに瞳を見せるなんて」

彼女の腰にあてられているブレイクの手が微かに震えていることにエルシーは気づいた。彼は、彼女がブレイクを護るためにオッドアイを妹に晒したことに胸を痛めている。エルシーはなるべく明るく聞こえるように笑った。

「いいの。せいぜい怖がってもらいましょう。狼に《不幸の証》を持つ夫婦、お似合いでしょう？

きっと二度と私たちに近寄りたいとはお思いになられないわ」

「エルシー。今まで生きてきて、俺のことを護ってくれたのは——お前だけだ」

自分だけに見せてくれる、ブレイクの素の表情。彼の瞳には、エルシーへの確かな愛情が浮かんでいる。

「だから俺は本当に惹かれたんだ。俺の番で、最愛の人。俺のことを庇ってくれて嬉しかった」

「私も、ブレイク様のお陰で、オッドアイで生まれて良かったって初めて思えたわ。これで私、この瞳を受け入れられる気がする」

にっこり笑うエルシーの右手をブレイクが握り、恭しくその甲に唇を落とした。

「俺はお前がこの瞳のせいでどれだけ苦しんできたかを少しはわかっているつもりだ——だから、心から感謝を伝えたい。ありがとう、エルシー。お前だけを永遠に愛している」

二人はそのままそっと口づけを交わした。誰に何を言われようが、彼らには関係なかった。

お互いだけが側にいれば、それでよかった。これからも、ずっと。彼らはお互いさえいれば、それで完璧になれるのだ。

◇◇◇

翌月、フェリシティ王女が十八歳になり、彼女の婚約が無事に成立した。

婚約の儀のために王国を訪れた隣国の王子は、目を瞠るような栗色の髪を持つ美丈夫で、美しいフェリシティ王女と並ぶと一枚の絵画のようにしっくり来た。

幼い頃から知り合いだという隣国の王子はフェリシティ王女に惚れ込んでいる様子を見せ、王女も王子の隣でにこやかな笑顔を絶やさなかった。誰もがこの婚姻はうまくいくと胸をなでおろし、何の問題もないことに心から安堵していた。

フェリシティが、半年後に隣国に花嫁としてやってくるのを心から楽しみにしていると告げ、隣国の王子は足取りも軽く帰っていった。

そしてエルシーは、フェリシティが隣国に行くまでの半年の間に何回となくフェリシティ王女のお茶会に呼ばれた。

呼ばれる度に明らかに疎外されるためブレイクはあまり良い顔をしなかったが、立場上断れるわけはない。それに聡明な王女と過ごす時間はエルシーにとっては心地よいものであった。

王女は来たるべき婚姻に向けて、心を乱すような素振りは一切なかった。

とはいえ、あまり自分の思いについては語らなかったが、お茶の席で彼女は、エルシーの他愛ない日常生活の話を聞きたがり、ブレイクの非番の日に二人で街に行ったと言えば、街での様子を聞かせてとねだる。

幼い頃から外出ひとつ自由にできない王女にとって、ブレイクとエルシーの身軽な生活はとても魅力的にうつったことだろう。また何度となく子供が出来たら名付け親になるから絶対に知らせてね、などと無邪気なことを言ってみたりしてエルシーを赤面させた。

王女とエルシーの間に結ばれたものは、言ってみたら友情に近しいものだったかもしれない。

そして、王女と過ごす時間にいつでも側に控えていたのはアイザック騎士団長だ。王女の輿入れの日が近づこうとも淡々と仕える姿には変わりなかった。

そうして約束の半年後、彼女は予定通りに隣国へ旅立った。出立の一週間前に二人きりで過ごしたのが最後のお茶会となった。その日は侍女たちは部屋から出され、心ゆくまで別れを惜しむことができた。


王国の平和を揺るがす事件はその後すぐに起こった。

アイザック騎士団長と、王女の付き添いを志願したもう一人の騎士と共に隣国へと向かったフェリシティ王女が、国境間近で突然消息を絶ったのである。

今までこの国は《守護神》に守られているため、他国との戦争はおろか、内紛すら経験がなく、彼らはどこか油断をしていたのである。国益につながる政略結婚をする王女を拐かすものなど出るわけがないと。

消息を絶って数週間後、王女の付き添いをしていた騎士が命からがら王宮へたどり着き、王女がどこの国かわからない盗賊団に誘拐された、と王に告げた。彼の着ていた騎士服はぼろぼろであったという。

騎士が言うには、盗賊団の目的は、王女が輿入れ道具として隣国に持ち込もうとしていた品々であった。急襲された折に、荷物を警護していた者たちは散り散りに逃げてしまい、なんの役にも立たなかった。もちろん、すべて奪われて跡形もない。

騎士は続けて、王女と彼女を最後まで護っていた騎士団長が盗賊団に引き立てられるのを見たと言った。自分は別室に監禁されていたが、その翌朝に盗賊団の一人に訛りのある言葉で王宮に戻り王女が亡くなったことを伝えろと告げられたと話した。

　王女に関しては死んだ証拠として髪を一房持たされたが、騎士団長に至っては何も手に入らなかった、二人を守りきれなかったのは自分の力不足で死んでも死にきれない、と涙ながらに告げた。

　それは確かに王女の、王家の証明といえる輝かんばかりの金髪で、しかもその騎士は王女が身につけていた宝石だけ引きちぎられた無残な髪飾りも持ち帰ったのである。王と王妃の悲しみは海よりも深く、しかし自国内で起きたことなので外交問題にもできず怒りの持って行き場すらない。

　せめて亡骸だけでも回収したいと一縷の望みをかけて、何度も捜索隊を派遣したが、まったく手がかりがつかめなかった。

　それでも諦めきれない王は、最後の手段として《守護神》に神託を通じて王女について尋ねたが、返ってきたのは完全なる沈黙であった。

　もともと、《守護神》は国の大事に関してのみ神託を出すため、外交問題にもならなかった王女の行方に関して神託が出なくても仕方のないことではあったが、最後の希みすら失い、王と王妃はますます悲嘆にくれることとなる。

　事情が事情なので、隣国も婚約解消を受け入れざるを得なかった。

　混乱の末、諸々の手続きが終了した後、骸がないままにフェリシティ王女の国葬が営まれた。そして、フェリシティ王女付きの近衛騎士団は解散した。ほとんどの騎士が次に所属する騎士団を見つける中、惜しまれつつもブレイクは近衛騎士の職を辞したのだった。

第六章　守護騎士の過去と、愛しい番への想い

狼の獣人のミックスであった母との最後の記憶は、彼女が振り向きもせず玄関を出ていくシーンだ。

ママ、と声に出した気がする。けれど母親が振り向くことはなかったから、やはり記憶違いで、自分はただただ去っていく母の背中を呆然と眺めていただけだろうか。

「ブレイクぼっちゃま」

まだ若く、当時は従僕だったアルバートが気遣わしげに声をかけてくれて、やはりメイドの一人であったジェニファーが自分を連れてがらんとした自室に連れて行ってくれたと思う。ブレイクにあてがわれていたのは豪華な設えの部屋ではあったが、母のいない自室はただのがらんどうの空間であった。

その日からブレイクのことを抱きしめてくれる大人は一人もいなくなり、それまではどちらかというと元気いっぱいで天真爛漫だったはずの彼の顔から一切の表情が消えた。

自分のことを誰も必要としていないことは、わかっていた。

だから意思と心を殺すと、それからは誰のことも必要としなかった。

家では腫れ物のように扱われ続け、父親からははっきりと、

『お前は出自が面白いから息子として扱っているが、ルーカスになにかあってもお前が跡取りになることはない』

と言われていた。

しかしそんなことは、これだけ冷淡に扱われ続ければ言われなくてもわかるというものである。

ルーカスは子供の頃から中立的だったが心を開けるほどには打ち解けていなかったし、妹であるジャクリーヌは散々ブレイクのことを犬だ犬だと言い続けていたが、取るに足らない人間なので黙殺していた。

それでも父親はそれなりにはブレイクに目をかけていたのだろう。

金銭的余裕があるというのもあったのかもしれないし、本当に言葉通りに獣人の血が混じっている息子がどうやって育っていくのかに興味があったのかもしれない。

父親は常人とは違う思考回路をもち、少し考えの読めないところがある。その気まぐれが、ブレイクに物質的には恵まれた環境をもたらしたと言えよう。道端に捨てられなかったのを、幸運と捉えるかどうか、後々までブレイクは判断できなかった。


彼が本当に必要としているものは、何も与えられなかったからだ。

父がブレイクに与えたのは、飼い殺しの環境。

ブレイクにとって大切な人間は誰一人として存在していなかった。家族だけではなく彼を取り巻

くすべてが、全員が彼にとって固執する価値のないものだったのである。

そもそも彼らの発する匂いがブレイクにとってはまったく心地よいものではなかった。それは家族だけではない。中には匂いがましな人間もいたが、多くの人間の匂いはブレイクにとっては悪臭に感じられ、成長する過程で意識的に遮断する術を覚えた。そうでないととてもじゃないが普通に日常生活を送ることすらできなかったのだ。


その一方で、自分の身体に流れる狼の獣人の血には興味がわいた。思春期になり、精通を迎えると途端に男らしい身体になった。

侯爵はそれなりの家庭教師をブレイクにつけていた。歴史を教える男の家庭教師は、不気味なほどに無表情でおとなしいブレイクのことに畏怖を感じていたようだが、勉強のために図書館へ通いたいと頼むと、応えてくれるくらいには仕事熱心で、かつ人が良かった。彼が父親に進言してくれたお陰で晴れて堂々と図書館に通えることになったブレイクは、獣人に関する本を読み漁ることができたのである。


その日も夢中になって獣人の本を読み漁っていると、自分の後ろに男が立ってじろじろと見ていると気づいた。鬱陶しいと思って振り返ると、見目の良い若い男がにっこりと人好きのする笑みを浮かべたので、毒気を抜かれた。

黒髪に薄茶の瞳の、ブレイクよりも逞しい身体を持つその男は、アイザックと名乗った。

「お前、獣人の本ばかり読んでるけど、獣人の血でもひいてるのか？　凄くいい身体をしてるしな」

　ブレイクが無視しているというのにアイザックは気にせず隣の椅子に腰かけ、話しかけてきた。

　確かにブレイクの身体は大して鍛えていなくても筋肉質で、それが獣人の血によるものであることを彼は今、本で学んでいた。同時に運動能力もとても高いのだがそれも同じく狼の獣人のミックスだからだということも。しかし、この男に正直に言う気にはならなかった。

「そんなわけないだろう、お前だって同じような身体つきじゃないか」

　けんもほろろに返事をしたが、アイザックは気にせずに続けた。

「お前、最近よく見るけど、どこの家の者だ？　公の場では見たことないが貴族だよな？」

　ブレイクは若い男をじろっと見やると、彼の着ている服から貴族だと判断し、しぶしぶ名を明かした。

「ジョンソン侯爵家の次男だ」

「お、ルーカスの弟か、なるほど」

　ルーカスの知り合いか、何がなるほどだ、と思いながらアイザックを睨むと、彼は屈託なく笑った。

「俺はサマセット公爵家の三男だ。なあ、お前それだけいい身体で勉強熱心そうだし、近衛騎士の試験を俺と一緒に受けてみないか？　金と名誉が手に入るぞ」

「は？」

　ブレイクが十五歳、アイザックが十七歳になったばかりの春であった。

　アイザックからは良い匂いがしない代わりに、嫌な匂いも一切しなかったから自分と相性が良いのだろうと思った。

明るい性格の彼と一緒にいるのはブレイクにとってすぐに苦痛ではなくなった。公爵家の三男であるアイザックには友人の貴族子息もたくさん纏わりついていたと思うのだが、彼はブレイクを特別に可愛がってくれた。


父親はブレイクに無関心を貫いていたが、当家で開かれる夜会にだけは顔を出すように命じた。家族円満であることを周囲に見せつけるためである。

なんらかの形で家を出るまでは仕方あるまいと諦めていたブレイクであったが、アイザックと知り合いになってからはその夜会も多少過ごしやすくなっていた。何しろアイザックは公爵家の息子であるし、ジョンソン侯爵もブレイクがアイザックと親しくする分には何も言わなかった。アイザックの周囲はいつも人で溢れて、やがてアイザックが目をかけているブレイクの見目の良さに気づいた令嬢たちが彼にも群がるようになった。

しかし彼女たち全員の発情した雌の匂いがブレイクに吐き気を催させた。誰一人欲しいと思わなかったから、いつも無表情にすべての誘いをすげなく断り続けた。その点アイザックは適当に後腐れなさそうな令嬢を選んで遊んでいるように見えたが、他人のことに興味のないブレイクにはどうでもいいことであった。


「ブレイクは潔癖なんだな」

今夜も最低限の時間を大広間で過ごした後、義務は果たしたとばかりに自室に戻ろうとするブレイクの背中にアイザックが声をかけた。その腕にはアイザック狙いの令嬢が絡みついていたが、彼はすげなく彼女の手を振り払うと、ブレイクの後を追いかけてきた。そっけなくされた令嬢が恥をかかされたと腹を立てているようだが、アイザックはどこ吹く風である。

「いいのか？」

「構わん。あの女たちは俺のことが好きなのではなく、公爵家の三男が好きなだけだ。跡継ぎでもない俺に尻尾を振っても仕方ないのにな」

意外だった。

たくさんの人間に囲まれてアイザックはいつも笑顔だったから、自分の人生に満足しているのかと思っていたのに。

「お前の部屋に行ってもいいか？　俺はお前に会いに来たんだ」

アイザックの言葉に驚きながらも、ブレイクは了承した。

その夜初めて、ブレイクはアイザックと腹を割って話した。

彼が幼馴染である王女を誰よりも大切に思い、自分の婚約話をなんとか回避しようとしていること、王女の側にいるために近衛騎士になろうと必死で鍛錬を積んでいること、遊んでいるように見えるかもしれないがそれは他人に自分の本当の気持ちを悟られたくないからそう見せているだけで、自分は王女しかいらないので誰とも寝ていないこと。

「誰とも遊んでいない？」

「何をもって遊んでいるというのかわからんが、寝ているか寝ていないかという意味で言ったら、誰とも寝ていない」

それこそ意外だった。そもそも王女はまだ年端のゆかない少女だったはずだ。けれど、ブレイクはふと自分の常識に引き寄せて納得した。そうか、アイザックは番に会ったのだな、と。

自分の嗅覚はかなり自分に似た性質の人間を嗅ぎわけることに幼い頃から気づいていた。アイザックの匂いは彼にとって無害だったから、それもあるかもしれないと思ったのだ。そして、匂いが無害な人間は——例えばアルバートやジェニファーのような——皆、ブレイクに親切だったし、だからこそアイザックのことを信頼してもいいのではと考えた。

それからアイザックとの関係は以前よりずっと近しいものになった。そしてブレイクは、彼に誘われるがまま、近衛騎士の試験を受けるために鍛錬と勉強を積むことにした。アイザックが王女の側で仕えるのであればその彼の力になることもやぶさかではないと思ったのと、後は堂々と家から出ていけるからだ。

そしてアイザックと約束をした翌年、ブレイクは近衛騎士の試験に合格した。ルーカスだけが祝福してくれたが、父親からも妹からも何の言葉もなかった。けれどブレイクは彼らのことを家族とは最早思っていなかったので、気にしていなかった。彼はアイザックと共に王宮に仕えることだけを楽しみにしていた。

アイザックは凄まじい努力の末、たった一年で目覚ましい出世をとげていた。

確かな出自に加え、王女の幼馴染であること、そして王女本人の強い希望から、目論見通りフェリシティ王女の騎士団に取り立てられていて、副団長になっていた。騎士しての階位も段飛ばしに駆け上がっていた。

それでもやっかみの声のひとつもなかったのはアイザックの実力と人柄を示していた。ブレイクはそんな友人が誇らしかった。


近衛騎士として出仕する当日。

相変わらず誰の見送りもなかった。ブレイクはあの日の母と同じように振り返りもせずに家を出ていった。

それからの日々は嵐のように過ぎ去っていく――


ブレイクは業務に打ち込み、王宮の騎士団の詰め所で夜を過ごし、屋敷にはまったく寄り付かなくなった。時には王宮所属の近衛騎士として国境近くの盗賊たちの討伐に王命のもと駆(か)り立てられることもあった。他に守らなければならないものが何もない彼の、自分の命を大切にしない無謀な鍛錬はブレイクに異例の出世をもたらした。アイザックほどのスピードではないが、いつの間にか少佐と呼ばれる階位になっていた。

アイザックがブレイクをフェリシティ王女の騎士団に抜擢(ばってき)したときも、誰も何も言わなかった程である。同僚たちは彼らは長生きできないと噂(うわさ)していたのであった。

しかしブレイクは何も気にはしていなかった。

狼の獣人について調べていた彼は番に出会わない限りは、誰とも一生を共にすることはないと知っていたからだ。狼の獣人は番だけを求めて一生を過ごす。

それもあって、ブレイクの母は、決して喜んで父親に抱かれたわけではないということを知った。無理やりだったのか、もしくは立場的に身体を差し出すしか生きる方法がなかったのだろうか。もし父親がブレイクの母にとって番であったのなら、彼女が屋敷を去るわけがない。それはつまり同時に、彼女にとってブレイクも捨てることができる存在であったことを意味していた。狼の獣人は、番との間に生まれた子供のみをわが子と認め、愛するからだ。

それでもぼんやりと母親に抱きしめられた記憶は残っていた。それが本当の記憶だったのかブレイクの願望だったのか、答えてくれる者は誰もいない。

ブレイクの心にはいつも埋められない穴がぽっかりと開いていた。

フェリシティ王女の匂いはアイザックと同じで、ブレイクにとって無臭であった。形式上、王女に騎士の誓いを立てたが、ブレイクにとってはそこまで興味がない人間である。

王女を最優先に考えて警護するし、王女の屈託のない物言いと聡明さは、職務上好ましく感じていたが、ただそれだけだ。アイザックがしかしこの少女に心底惚れ込んでいるのは、匂いでわかった。

王女が側にいるとアイザックの匂いが少し変化するのである。ブレイクにとって無害で無臭である匂いだがそれくらいの違いは感じられる。そして王女の匂いも年々アイザックに向けて変化していくのをブレイクはずっと側で見守っていた。

彼らは相思相愛であった。それを感じると時々、ブレイクの心は少しだけ揺れる。自分は本当に一人きりなのだと実感させられるからだ。

お前は人恋しくならないのかと、ある夜アイザックがブレイクに尋ねた。

夜になると近衛騎士たちは性欲の発散と称して、王都にある王宮御用達の高級娼館に繰り出すことが多かった。もちろん、アイザックもブレイクも誘われたが、毎度すげなく断る二人に、周囲の者たちは怪訝な顔をして、やがてそれが王女を挟む三角関係の噂に繋がっていくわけではあるが、ブレイクはとにかく臭いに決まっている女となんか同じ部屋にいたくもなかったし、そもそもが勃つわけないと知っていた。

俺は番以外には不能だからな、とブレイクは答えた。お前も俺と同じで困った男だな、アイザックはそうやって笑った。


その夜は珍しく二人共が非番で、アイザックに与えられている部屋で飲み明かした。人前では騎士団長殿と呼ぶブレイクであるが、二人きりになると図書館で出会った少年時代そのままのぞんざいな口調に戻る。

そこで初めてブレイクはアイザックに自分が狼の獣人の血をひいていることを話し、そして同時に、アイザックが黒豹の獣人の血をひいていることを知った。そして、それこそが公爵家がひた隠しにしていた誰にも言ってはならない秘密だったのである。驚いているブレイクを前に、アイザックが片眉を上げた。

「お前は俺が獣人の血をひいていることがわからなかったのか。俺はすぐにわかったぞ、ブレイクが獣人だって。ただまぁお前が黙っているから事情があるのかと思って言わなかっただけだ」

そういえば最初に話しかけられた言葉も『獣人の血でもひいてるのか？』だったことを思い出す。

「俺はミックスで普通の獣人より血が薄い。人間よりは鼻が利くかもしれないが、獣人を嗅ぎわけるまではいかない」

「そうか」

しかしアイザックが獣人の血をひいていることが判明して、ブレイクは合点がいった。

「フェリシティ王女がお前の番なんだな？」

アイザックは微かな笑みらしきものを浮かべ、肯定した。

これですべての謎が解けた。アイザックがブレイクに目をかけてくれた理由。まだ幼い王女を見出したのは彼女がアイザックの番だったから。番の王女に惚れ込み、彼女の側にいるために常にがむしゃらであること。

「王女がお前に抱いている思いも、わかっているんだな……」

ブレイクでも王女の匂いで勘付いているほどである。獣人としての本能が強いアイザックは王女の抱いている思いも勘付いているはずだ。それでもきちんと距離を取り、いつでも王女と騎士団長という立場を崩さないのだからこの男は相当な——堅物だ。

「そのことは考えないようにしている。フェリシティは十八歳になったら隣国の王子と婚約することが決まっているからな。俺は一生フェリシティの側で騎士として見守れたら、それだけでいい」

ブレイクはしばらくその言葉の意味を考えながら、酒を呷った。

「どう考えても、お前の方が面倒くさい男だと思うがな」

やがてブレイクがそう言うと、たいして変わらんだろう、とアイザックは爆笑した。そしてこの夜から、アイザックはブレイクにとって今まで以上に大切な盟友となったのである。

それからも変わらぬ日々が数年続き、武勲を上げる度に身体に傷が増え、必要としていない名誉と富を手に入れ——遂に運命の日を迎えた。

「聖女候補が選出された？　ただの伝承ではなかったのか」

神殿での儀式にフェリシティ王女の騎士として参列することが決まったとき、同じく警護として参加する騎士に尋ねると、彼もこればかりは《守護神》の御心だからな、と無骨な騎士に似つかわしくない信心深い言葉を呟くものだからそれこそブレイクは肩をすくめた。

彼にとっては通常の任務のひとつだった。神殿に赴き、世にも芳しい番の匂いが漂っていることに気づくまでは。

最初は百合の香りが随分きついものだな、と思った。前回この神殿に足を踏み入れたときには、そんな香りはしなかったのに、百年に一度の聖女の儀式をするにあたって神官たちが花でも飾り立てたのか、と。

しかしすぐにこの匂いは、自分にとってとても好ましいものだと認識して衝撃を受けた。実際儀式の間中、辺りに芳しい香りが漂っていたが、礼拝堂には花一輪すら飾っていなかったのである。

そして警護の合間に聖女候補に目をやって、息が止まった。

——いた、自分の番だ。

まさかここで出会えるなんて。聖女候補だったなんて。普段はほとんど感じない自分の身体を確かに流れる狼の獣人としての血が歓喜に震え、自分に命じる。何はなくても、あの番を手に入れろ、と。

ほっそりした少女だった。前髪を伸ばして表情はおろか顔立ちすら窺えないが、それでも口元はきゅっと引き結ばれており、意思の強さが伝わってきた。少女から伝わってくる匂いで彼女がとても落ち着いているのがわかった。ブレイクは王女に気を配りながらも少女から目を離すことが決してできなかった。彼女が番であることは明白で、聖女候補たちが先に礼拝堂から出ていった途端、匂いはすぐにかき消えた。

「珍しいことにお前にしては気が散っていたな。何かあったか？」

王宮に戻るや否や、アイザックがブレイクを捕まえて尋ねた。他の騎士たちはともかく、さすがに騎士団長の目は誤魔化せなかったようだ。

「ああ、ちょっとな。今夜、時間を貰えるか」

番が聖女候補の中にいたというブレイクの告白に、アイザックは信じられないほど喜んでくれた。

「あれは本当に番だったんだろうか？」

「そうだろう、番の匂いを間違えるとは思えない。そうだ、《聖女》に選ばれなかった聖女候補が貴族たちに降嫁される制度は知っているか？　そうなれば正式に伴侶にできるぞ」

「そんな慣わしがあるのか？」

「ああ。お誂え向きに王宮から降嫁への対価として報奨金と感謝状が贈られるから、お前の父親も何も言わないだろうな」

アイザックは既にブレイクと父親の関係について、ブレイクの父親の俗物ぶりと併せてだいたい正確なところを摑んでいる。

「だが……俺は彼女の意志を尊重したいから、その制度については考えられない」

「そうか？　お前が申し出なかったら、他の誰かのところに降嫁されることになるが」

（他の誰かのものに？　それは嫌だ。だが俺みたいな男と無理やり一緒になって彼女が幸せになれるのだろうか）

ブレイクが口を噤むと、彼の混乱した心の中を察したのかアイザックが話題を変えた。

「それでどの令嬢だ？」

「前髪の長い、ほっそりした令嬢だった」

彼女の姿を脳裏に浮かべるだけで、ブレイクは手にじっとりと汗をかいた。

特徴のある容姿だったので、アイザックにはすぐに誰のことかピンと来たようだ。

「ああ、あのご令嬢か……最後に神託で示された平民出身だという人だな」

「そうなのか？」

さすが騎士団長であるアイザックは、ブレイクより聖女候補に関する情報を多く有していた。

「おい、ブレイク、大丈夫か？　汗が凄いぞ」

「ああ。これは俺の意思とは関係ない」

彼がそう答えると、アイザックはニヤリと笑った。

「仕方ない。俺がフェリシティに会った日と同じだな」

ブレイクは翌日からすぐに自らの番について調べ始めたが、アイザックが言った通り少女――エルシーは異例の平民出身の聖女候補として、神殿に召し上げられていた。

しかし周りの誰もが彼女が《聖女》のわけはない、と考え、たった一人で部屋に放り込み、更には他の聖女候補に苛烈ないじめを受けているらしい。ブレイクは怒りが湧いてくるのを止められなかった。

彼女に気持ちを打ち明けられなくても側にいて見守りたい。

ただそれだけの強い気持ちに突き動かされて、アイザックに、エルシーの警護をしたいと直訴した。ブレイクを彼の独断で王女の警護から外すわけにはいかず、さすがにすぐには無理でもなるべく早くそうできるように取り計らってやる、と心強い返事を貰った。アイザックから話を通してもらい、数週間かけて準備を整えフェリシティ王女に許可を貰うべく御前に上がると……。

青ざめた王女に《聖女》の真実を聞かされたのである。

フェリシティ王女はブレイクが獣人だという話を信じてくれた上で、王族のみの伝承の口外という禁忌を犯してまで、ブレイクに《聖女》について話してくれたのである。

すべてはブレイクが番を得て幸せになれるようにと願ってくれたからだ。アイザックといい、フェリシティといい、どれだけ感謝を伝えても伝えきれないほどだが、そのときのブレイクの頭の中は番の少女をどうやって《守護神》から護るべきか、そればかりだった。

王女には聖女の秘密について絶対に誰にも――エルシー本人にすら――口外しないと剣を掲げて

騎士として誓いを立てた。

「警護の件は正式に許可が下りたから、明日から神殿に行け」

初めてエルシーの側に近づくことができた朝のことをブレイクは永遠に忘れないだろう。

芳しい百合の匂いを漂わせた少女は、遠くで見かけたときの印象よりももっと細かったが、しっかりした足取りで食堂に自分の朝食を貰いに行っていた。

神殿では聖女候補と警護する騎士は緊急事態以外言葉を交わすことは禁止されているため、ある程度の物理的距離を持って見守るのが常になる。その距離をもってしても、彼女から漂う匂いはブレイクだけにははっきりと感じられた。彼は自分の思考を明晰に保つため、彼女の匂いをなるべく遮断するように努めた。

今まで誰一人として欲してこなかったブレイクは、番の少女を前に心がさざめくのを必死で押さえつける。

(俺は見守るだけだ……とにかく、見守るだけ)

アイザックのことを思う。彼はこんな狂おしい思いをしながら王女を見守っているのか、と。それも王女は他の人間に輿入れすることが既に決まっている状況で、である。

彼は初めてアイザックへ哀れみのような思いを抱いた。それでも、目の前の少女が番だとわかった途端に、ブレイクの灰色だった世界は突然色づき輝き始めたことを考えると、番が手に入らないとしても、早い段階で番であるフェリシティ王女に出会えていたアイザックは幸せなのかもしれない。

エルシーはとても聡明な少女で、すぐに自分たちを警護している騎士の存在に気づき、自分の警護をしているのがブレイクだと把握していた。そして、誰に対しても丁寧な態度を崩さなかった。

神殿の使用人たちは、我儘な聖女候補である貴族令嬢たちには慇懃な態度を崩さなかったが、エルシーには徐々に心を開き、他の聖女候補にはわからないように親切にするようになっていった。

ブレイクはずっと彼女を見つめていた。

彼に許された最短の距離で、エルシーのことを。

最初に彼女と話した日のこともよく覚えている。

昼食の折に食べ物を持っていたエルシーをエリザベッタが突き飛ばし、散乱した食べ物を黙って拾い集めている彼女を侮辱して去っていったのだ。

(これは『緊急事態』のひとつにカウントしてもいいだろうか)

目の前でアクシデントが起こったのでそれを利用することにした。驚いたことに、彼女に初めて話しかけるとなると、かつてないことだが動悸が速くなった。

『それをどうする?』

心の中の動揺は、自分のうまく動かない表情筋のお陰でおそらく彼女には伝わっていないはずだ。

『どうするって……食べます。食料を無駄にはできませんから』

『へえ……』

彼女はこの落とされた食べ物を食べるというのか。ブレイクのように騎士であって野営の作戦に駆り出された経験があるならばともかく、普通の少女はいくら平民とはいえ落としたものを食べたりはしないと思うのだが。彼女は一体どうやって生きてきたのだろう。

ブレイクは無表情を装いながらも、もう少しでいいから彼女と会話を続けたい、少しでも彼女のことを知りたい、と切望していた。

『ああいうこと、よくあるのか？』

彼女は答えを躊躇った。用心深いエルシーがブレイクに本音を話してくれるはずもなかった。

『何を仰っているのかわかりません』

逃げるように去っていくエルシーの背中を眺めながら、ブレイクは次にあの貴族令嬢たちがエルシーを害するならば絶対に許しはしない、と心に固く決めていた。


それからブレイクが目を光らせていると、すぐに聖女候補たちがエルシーが部屋にいない隙を見計らって生ゴミを彼女の部屋に放り込んだり、部屋に入り込んで持ち物を荒らしていることに気づいた。残念なことに聖女候補たちの部屋には警護の関係上、鍵がかからないのである。

これまでエルシーは何をされても一切騒ぎ立てたりせず、自分一人で静かに解決していたのだ。今まではエルシーが移動するときには彼女の警護でついて行っていたため部屋の異変に気づかなかった自分を蹴り上げてやりたかった。しかし、《守護神》の真意を知っているブレイクとしてはどうやって自分が動くべきか、頭を使う必要がある。

ブレイクは他の騎士の手を借りて、聖女候補たちがエルシーの部屋に入り込むのを阻止することにした。ブレイクが動いたことに気づいた他の令嬢たちはしばらくおおっぴらな行動は控えるようになった。

ブレイクはずっとエルシーだけを見守っていた。
彼女は聡明で、忍耐強い。あまり話さないので大人しく思われがちだが、エルシーの芯がとても強いことはすぐにわかった。

だからエルシーがテア＝ミッチェル令嬢を庇ったときもブレイクは不思議には思わなかった。
このときには既にブレイクは、エルシーが番だからではなく、エルシーだからこそ、惹かれているのだとわかっていた。彼女を見つめるだけで、ブレイクは生まれてこの方、ずっと欠けていた中途半端な自分の心がゆっくりと何か温かいもので埋まっていくのを感じていた。

彼は番の少女に間違いなく恋をしていたのである。

そのことに気づいた彼がエルシーを手放せるわけがなく、聖女候補の降嫁制度を利用して、彼女を自分の伴侶とすることに決めた。

あれから色々なことがあったが、エルシーは今も、そしてこれからも自分の側にいてくれるのだ。
ブレイクはその奇跡を想うと、他では得られない幸福感と安らぎを感じるのだった。

その夜、空に浮かんでいたのは見事な満月であった。

「ブレイク様、見て、満月があんなに綺麗」

エルシーがにっこり笑って振り返ると、私室の出窓から差し込む月明かりに照らされて、このまま閉じ込めておきたくなるような美しさに思わず息をのむ。エルシーへの愛しさは日々募るばかりだ。ブレイクはそっと妻に歩み寄り、後ろから彼女を抱きしめると、項に顔を埋めて、大好きな彼女の香りを吸い込んだ。

「満月なんかより美しいお前をずっと見ていたい」

彼が心からそう呟くと、エルシーの首筋が真っ赤になった。彼女は恥じらっているが、決して嫌がっているわけではない。その証拠に彼女が続けた口調は優しいトーンだった。

「ブレイク様、私、神殿にいるときに部屋の窓から満月を見上げて、ブレイク様と一緒に眺めたいなって思っていたの。それが叶って本当に幸せだわ」

自分こそが幸せだ、そう伝えたいのに胸がつまってしまって言葉にならない。ブレイクはエルシーを抱きしめる腕に少し力を込めた。

その夜はエルシーを最奥まで貫いた。

騎士となり、たくさんの男たちと過ごすようになりわかったことは、ブレイクの陰茎は狼獣人の血をひいているせいか、人よりも大きくて長いようだということだ。

だから陰茎全部を押し込むとなると、エルシーの奥深くまで入り込んでしまい、痛みをもたらすのではないかと、頭が興奮状態に陥っていた初夜でも試みなかった。その後、彼女と初夜をやり直してからは、彼女が嫌がらないのをいいことに毎夜のようにエルシーに手を伸ばしてしまうが、最後まで貫くことはしていなかった。

もちろん、愛しいエルシーを抱いているだけで彼は十分満足していたから、それで何の不満もなかった。やがてエルシーの身体が熟れて花開き、彼女が彼の欲望を最後まで飲み込んでくれた夜は、とてつもない多幸感と快感をブレイクにもたらした。

しかしやはり彼女の負担は相当なもので翌日の体調に響く。エルシーのことが何よりも大事なブレイクが、彼女が望まない限りはその行為をしないことを知っていて、今ではエルシーが自分のコンディションを考えて、欲しい日には頰を染めて彼にねだってくる。

（ああそれがもう可愛くてたまらない――）


そして今夜は彼女が望んだから、ブレイクの陰茎はすべて、彼女の湿ってぬるつく膣道にずっぽりと横たわっていた。

今では彼女の中は彼女よりよく知っている。彼女の感じる、子宮の入り口近くのスポットをとんと優しく突くと、エルシーの身体が細かく震えた。

「ブ、ブレイクさま……そ、こ、きもちいっ」

「ん、知ってる……」

いつの間にか、エルシーは『だめ』と言わなくなった。

そっとエルシーの額にキスを落とす。

エルシーには気持ちのいいことだけ感じていてほしい。彼女の濡れた膣は彼の亀頭を喰いしめて、すぐにでも精が欲しいと言わんばかりだ。それに煽られて今すぐにでも腰を使ってエルシーの中に出してしまいたいが、彼女の快感を高めるまでは我慢する。

このときにエルシーの前髪が乱れて、彼の大好きなオッドアイが見えるのも好きだ。彼女の白くて甘い肌、百合のような芳醇な香り、ささやかな、けれど感じやすい胸の頂も好きだ。大好きだ。狼の血がそうさせるのかブレイクはとにかくエルシーを舐めてしまうし、項の匂いを嗅ぐのも大好きである。今ではエルシーも彼が彼女の全身を舐めると素直に感じてくれるようになった。

(俺のことしか知らない身体……)

自分の独占欲が浅ましい。

エルシーを無理やり奪った初夜を思い出すと落ち込むが、それでも身勝手な自分はその役割を他の誰かに譲ることなんて考えられない。だからブレイクは永遠にエルシーへ贖罪の気持ちを抱きながら、生きていく。

今夜も彼女の最奥がじっとりと開いてきたのを感じて、ブレイクは少しずつ腰を動かし始めた。

今夜は——今夜も彼女がおかしくなるまで感じてほしい。

「ん、ふっ……っ……」

他は知らないから断言はできないが、エルシーの喘ぎ声は控えめだと思う。いつでも落ち着いている彼女から思わずという感じで漏れる嬌声にいつだって煽られる。

（声も食べてしまいたい）

そのまま唇を奪う。エルシーの小さな舌に自分の舌を絡める。腰をいやらしく動かしながら、彼女とキスを交わすこと以上の快楽はこの世に存在しない。唇から漏れる彼女の嬌声もすべて、自分のものだ。

やっと満足して彼女から顔を離すと、エルシーが潤んだ瞳のまま微笑み、彼の頭の上へと手を伸ばしてくる。

「ブレイク、さま、みみとしっぽ、でてる」

ずっと一人きりだった獣人のミックスである自分。彼が人間ではなくても、獣人であってもエルシーはそれも含めて求めてくれる。番である彼女にこうやってすべてを求められて自分は本当に生きていてよかった。

そっと優しく狼の耳を撫でられると、ぶるりと身体が震える。

（良すぎて、めちゃくちゃに突きたい）

明日の彼女の身体の状態を思えば、それはできない。

何回か深呼吸して、獰猛な欲望を追いやろうと努力している彼の逡巡を見て取ったエルシーはふわりと笑った。

「いいの、ブレイク様、すべて奪って――私も欲しいから」

それから何回彼女の中に出したのか、正確には覚えていない。最終的には亀頭球も出て、長い長い射精を彼女の中で果たした。

終わった後、エルシーの意識はうつろだった。ぐったりした彼女の身体を濡らした布で清めながらブレイクは謝罪した。

「悪かった」

「……？　どうして謝るの？　私が頼んだのに……」

そのまますぐにでも眠ってしまいそうだったエルシーだが、彼女のしなやかな指先がブレイクの腕にかけられた。

「ブレイク様、大好き」

彼女の心からの言葉であることを裏付けるかのように、辺りを漂う百合の香りがぶわっと強くなると、ブレイクの心が震えた。

今ではエルシーはいつもこうやって自分にまっすぐに好意を伝えてくれる。彼女は彼の中に眠っている獣としての衝動に気づいていて、それもすべて受け入れてくれている。

結婚初夜に彼が獣性をコントロールできず酷く抱いてしまったと自身を責め続けていることも含めて。

それでも彼女のお陰で、自分を赦せる日がいつかくるだろうとブレイクは思っていた。

彼はそのまま愛しいエルシーを抱きしめると、彼女に出会えた自分の幸運を神に感謝した。

ブレイクがすっかり汚れてしまったシーツと部屋にあった予備のシーツを取り替えると、ころんと横たわったエルシーはそのまま眠りに落ちた。いつもは聡明そうな瞳が印象的だが、目を閉じてしまえば年齢相応の、年若い少女のあどけない寝顔になる。ブレイクは彼女の隣に横たわりながら、しばらくじっとエルシーの美しい横顔を眺めていた。

やがて彼女の頬にキスを落とすと、彼女がこの屋敷に来てくれてから毎夜心の中で呟いている言葉をブレイクは口にした。

「エルシー、お前だけを愛している……」


その夜、ブレイクは夢を見た。

結婚初夜の翌日にエルシーが初めて自分の名前を呼んでくれたときのことだ。

一度手に入れてしまえば、もう放せるわけがない。エルシーは困惑していただろうが、どうしても彼女から手を放せず、彼女を抱きしめ続けていた後のことだ。

前日に、ブレイクと呼べと言ったのに、相変わらず騎士様、と呼びかけたエルシーに懇願したのだ。

(マクドネルのことは名前で呼んでいたのに)

『昨日言っただろう、ブレイクだ』

エルシーは一瞬躊躇いつつも、素直に彼の名前を口にしてくれたが、その後の質問はブレイクの心を抉った。

『……ブレイク様は……その、結婚相手が私でも本当に良かったんでしょうか……』

今思えば、エルシーが言わんとしていたのは、ブレイクの結婚した相手がエルシーで良かったのか、という質問であった。しかし彼は初夜への罪悪感から、すっかりエルシーが自分との婚姻を反故にしたいのだと思いこんでいたから、それから口下手ではあるものの、彼なりに一生懸命に言葉を繋げた。

『今更か？　覚えているよな、神父の前で誓いをあげたのは。俺たちはもう正式は夫婦だ』

『それに初夜も済んだと思うが』

『何が心配だ？　俺は婚姻の誓いを破ることはない。他に女は作らない、家には毎日帰ってくる。酒は飲まないし、賭博もしない。手に職もあるし、稼いだ金も家にいれる。妻であるお前にみじめな暮らしを決してさせない夫になることを約束する——それでは足りないか』


（ああ……何もかもが足りない。過去の俺は本当に愚かだ）

夢の中で必死にエルシーに言い募る、過去の自分をぶちのめしてやりたい。この男は——過去の自分だが——何もわかっていないから、そうされても仕方ないだろう。

この言葉はすべてブレイクが幸せだと思うことを一方的に言い募っているだけある。これではエルシーには何も大切なことは伝わっていない。しかし阿呆で石頭の彼はこのとき、自分がエルシーに与えられるものはこれしかないと信じきっていたのである。


エルシーと過ごした月日が彼を変えていた。

今ならわかる、エルシーが欲しかったのは、彼の心であり、愛だけであったということを。一方通行の愛ではなく、二人で一緒に幸せになるために同じ方向に向かって歩いていこう、と手を取ってほしかったのだ。彼女はただ、それだけを望んでいたのだった。

ゆっくりと夢の世界から覚醒した。

腕の中にはぐっすりと眠り込んでいる愛しいエルシーがいて、辺りには芳しい百合の香りが漂っている。

そっと彼女を抱き寄せると、微睡んでいるエルシーが微笑みながら彼にすり寄り、美しいため息をひとつついた。

夢で見たあの日から何年も経ったかのようだ、とブレイクは柔らかい身体を抱きしめながら思った。言葉足らずなブレイクを理解しようと歩み寄ってくれた聡明で心優しいエルシー。彼女が振り向いてくれたお陰で、今のブレイクの幸せがある。

（エルシーに……俺がしてやれること。そうだ……故郷の街に行ったら……）

彼は暗闇の中、最愛の番のために自分ができることは何かと考え続けていた。

✧エピローグ✧ 元聖女候補は、彼女の守護騎士と生きる

「エルシー、行こう」

彼女の前では今では珍しくない微笑(ほほえ)みを浮かべて、ブレイクがエルシーを馬車にエスコートした。

彼らはこれから旅に出るのである。

最初の目的地はエルシーの実家がある山の麓(ふもと)の街だ。ブレイクが調べてくれて、姉は結婚をして実家の近くに夫と家を構えていることがわかった。

ブレイクとエルシーの家は、アルバートに任せてしばらくは管理してもらうが、旅先でもし移り住みたい場所があればブレイクはそこで定住してもいいとエルシーに言っている。でもそれはまだ誰にもわからない不確かな未来の話だ。

「お姉さんを訪ねるの、楽しみだろう?」

「うん。それにブレイク様に私の故郷を案内できるのが本当に楽しみ」

姉は最初は驚くだろうが、エルシーとブレイクを歓迎してくれるだろう。両親に会うつもりは微塵(みじん)もないが、やはりロッティには夫となった人を紹介したかった。ロッティは庶民(しょみん)だから貴族のような対応はできないけれど、心の温かい人だからブレイクに無礼なことは絶対にしないとエルシーは思っている。

エルシーの返答にブレイクは嬉しそうに微笑み、彼女を抱き寄せる。ブレイクがいつでもこうやって体温を分けたがるのは、もちろんエルシーへの愛情ゆえなのだが、幼少期からずっと一人で生きてきたことも関係しているのかな、とエルシーは感じている。そしてエルシーも誰かに抱きしめられることが極端に少ない人生を過ごしてきたから、こうやってブレイクと触れ合えるのが何よりも嬉しい。

フェリシティ王女付きの騎士団が解散することになり、彼の進退をどうするかをエルシーと相談したが、そのときには彼の決意はすでに固まっていた。

『エルシーと国中を旅して、広い視野を得たい』

幼い頃からどうやって生き延びるかを考えてきた人生だった、とブレイクは続けた。

人のぬくもりも知らず、必要とせず、ただ一人でどうやって生きるかだけを考えていたから、人との距離感もわからないし、考えも偏っているのではないか。だから旅をして色々な知識を得て、見聞を広めたいのだ、と。

エルシーからすると、ブレイクは幼い頃から彼の面倒を見ていた執事やメイド長にもそれとはわからないかもしれないが可愛がられているし、兄であるルーカスもブレイクのことを頼りにしているようだ。アイザック騎士団長はもちろん、フェリシティ王女もブレイクのことを気にかけてくれていたから、彼は決して自分で言うような偏狭な人物ではないと感じている。ただブレイクの心が周囲に対して開かれていなかっただけだろう。しかしそれを誰が責められるだろうか。

そしてエルシーは喜んでブレイクの希みを叶えたいと思った。

《彼が》何かをしたい、と望むことがとても大切だと感じている。

「エルシー、お前こそ何か希みはないか？　この旅行だって俺の願いで、お前はそれに付き合ってくれているだけじゃないか」

エルシーは微笑んだ。

「いいえ、私だってブレイク様と旅行に出られるなんて夢のようよ。ご存じの通り、私も子供の頃から自由のない生活だったから、とっても楽しみにしてるの」

「そうか」

ほっとしたようにブレイクが頷くのに、エルシーは、でも、と続けた。

「でも？　なんだ、願いがあるなら何でも言え。俺が叶えられることはすべて叶えよう」

ブレイクがそう言ってくれるのは嬉しかったし彼女の騎士が約束を違えることがないのは重々承知しているのだが、果たしてエルシーがこれから告げることを歓迎してくれるだろうか。そう思いながらも、エルシーは口を開く。

「時々……本当に時々でいいのだけれど、……グレイを抱いて寝たい」

その言葉を聞いた瞬間の、誰よりも愛しいブレイクの顔をエルシーは一生忘れないだろう。

ブレイクは近衛騎士を辞めたが、エルシーの守護騎士となった。彼女の、彼女だけの守護騎士は、彼女だけを求め、溺愛して彼の腕の中に永遠に囚えてしまった。

けれどエルシーの希みは彼女の守護騎士と共に生きることだから――これ以上何を望むべくもな

いのである。

数日後、エルシーの故郷の街に到着した。

王宮のある王都より北に位置するこの街は、山の麓ということもあって、気温が少し低く、また標高の関係で空気も若干薄い。

街外れの宿屋に部屋を取り、そこからエルシーの姉の家までは徒歩で向かう。ブレイクが調べた姉の現住所をエルシーが確認すると、姉の住む家はどうやら街の中心部に位置するらしい。

せっかくだから彼に街を案内しながら向かいたいと妻が弾んだ声で言うのにブレイクが反対するわけがない。

二人でそぞろ歩けば、もちろん王都とは比べ物にはならないがそれなりの規模の、活気のある街である。

ここに住んでいた頃のエルシーは、祖母と暮らしていた五歳まではともかく、それからは両親に忌み嫌われたオッドアイを隠すため前髪を伸ばし、子供らしい思い出は多くはない。けれど彼女が久しぶりの故郷への訪問を心から楽しめているのは隣にブレイクがいるからだ。

「あんた、髪型全然違うけど、エルシー？　エルシーじゃないか？」

街のメインストリートを歩いていると、肉屋の店先にいた恰幅のいい中年の女性がエルシーに声をかけた。

「アンジーさん！」

「あんた、聖女候補になって召し上げられたって聞いてたけど、なんだい、貴族のお嬢ちゃんみたいな小綺麗な格好しちまって。しかもこんなに可愛らしい顔をあの前髪の下に隠していたとはねえ」

そこでアンジーがエルシーの後ろに控えているブレイクを見上げて、訝しげな顔をした。エルシーは慌てて彼を紹介する。

「おばさん、この方が、私の——旦那様なの」

女性がわかりやすく驚愕の表情を浮かべた。

「だんなだって!? 私の可愛いエルシーが結婚したのかい!? 《聖女》様にはどこぞの貴族のお嬢様がなられたっていうのは客から聞いたんだけども」

「そうなの、私ではなかったのよ。それで聖女候補のときに私を警護してくださっていた騎士の方が彼なの」

アンジーはエルシーの説明を聞くとすぐに嬉しそうに笑い、エプロンで手を拭くなり、彼女を抱きしめた。アンジーはエルシーの格好を見て、ブレイクがただの一介の騎士ではなく貴族であると気づいただろうが、そのことには一言も触れなかった。

「おめでとう! エルシーが幸せそうで何よりだ」

「うん、私、とっても幸せよ。でも……その……お父さんとお母さんには、言わないでね」

「ああ、ジョージとデボラには、エルシーのことは一言たりとも漏らさないから安心おし!」

アンジーの腕の中で、エルシーはブレイクに視線を送った。

「ブレイク様、おばさんには、ここに住んでいる時分にとても良くしていただいたの」

「ブレイクと申します。妻が世話になったようで感謝します」

丁寧にブレイクがそう言うと、肉屋の女性は豪快に笑い飛ばした。

「なに、大したことないさ。エルシーは本当に気立てが良い子だからね。この子は幸せになるべきなんだ。だからどうかよくしてやってくださいよ」

「はい」

迷いを感じさせないブレイクの返事を聞くとアンジーは満足したように、にこりと気持ちよく笑った。腕の中にいるエルシーを見下ろして彼女は尋ねた。

「それで今から、ロッティのところにでも寄るのかい？」

「うん」

「そうか……とっても喜ぶだろうね。あの子はお前がいなくなってからずっと落ち込んでいたから」

女性はそう言ってエルシーを放すと、店頭に置いてあった牛肉の塊をつかみ、包み紙に包んでエルシーに寄越した。

「これを持っておいき。私からの結婚祝いだよ」


ロッティの家に向かう道すがら、エルシーはブレイクに、肉屋のおばさんは両親の目を盗んで、時々ご飯をわけ与えてくれたのよ、という説明をした。エルシーの境遇に同情して、そうやって親切にしてくれる人もいたことに彼女は改めて感謝していた。

「神殿にいたときと同じだな」

穏やかに彼女の話を聞いていたブレイクがそう言った。

「神殿でも使用人はもちろんだが、騎士たちですらお前に心を開いていた。エルシーが聡明で、公平だからこそだ。皆がお前のことを好きになるから嫉妬してしまうな」

エルシーが頬をほんのり赤く染めた。

「ブレイク様はいつも私のことを褒めすぎだと思うの」

「まさか。俺はもっと褒めたいが語彙が足りなくて、もどかしい思いをしている」

「こ、これ以上褒められたら、私恥ずかしくて、ブレイク様の顔を見られないかも」

今度こそ真っ赤に顔を染めたエルシーを見下ろして、ブレイクが明るく笑った。

「顔を見てもらえないのは困る。では現状維持で満足しておくか」

手を繋ごうと、彼から差し出された温かい手をエルシーは握って、歩き始めた。


玄関を開けた瞬間、懐かしい姉がそこにいて、エルシーの瞳はそれだけで潤んだ。ロッティはもちろんエルシーの本当の顔を知っている数少ない人物だから、すぐに妹だと認めた。

「エ、エル！」

エルシーを勢いよくハグしたロッティの歓迎ぶりは凄まじかった。ロッティは妹を抱きしめたまま、今度は滂沱の涙を流して大泣きに泣いている。

「エルにはもう会えないかと思ってた……」

「お姉ちゃん……」

エルシーの涙混じりの声とロッティの泣き声が玄関に響いていたが、奥からよちよちと幼児が伝い歩きをしてきて、ばふっとロッティの足にすがり付いたことで涙は笑顔に変わった。ロッティはあっという間に母の顔に戻り、自分の涙を拭くと幼児を抱き上げた。

「ごめんなさい、私ったら玄関で取り乱しちゃって」

幼児の乱入によって、予期していなかった妹との衝撃の再会がもたらしたであろう動揺が少し収まったのか、冷静さを取り戻したロッティがエルシーとブレイクにとりあえず中に入るように身振りで示した。

「どうぞ家の中へ、エル。それから——貴方は……エルの？」

「お姉ちゃん、この人が私の夫よ」

照れながらもエルシーがそう言うと、ロッティが物言いたげに眉を上げたが、続けてエルシーが姪の名前を尋ねたので、ロッティはとりあえず今はブレイクについて質問をするのはやめたようだ。

「エルフリーデって名付けたのよ。愛称はエル」

「お姉ちゃん……」

「ふふ、二人とも『エル』ね」

エルフリーデは妖精という意味を持っていて、金色の髪と蒼色の綺麗な瞳と、ふっくらしたほっぺを持つこの女児にはぴったりの名前だ。

平民であるロッティが構えている家はこぢんまりしていた。ロッティは廊下のつきあたりにある居心地が良さそうなリビングルームに案内して、二人をソファに座らせた。

「えーと、とりあえずまずはお茶でも淹れてくるわね？」

「うん、ありがとう」

「エルを見ていてくれる？」

「もちろん」

エルシーは慣れた手つきで幼児を受け取った。エルフリーデは見知らぬ女性であるエルシーに抱かれても機嫌よくふくふく笑っていた。

エルシーは自分の膝の上に対面する形で乗せたエルフリーデの顔を覗き込むと、嬉しそうに微笑む。

「見て！　この子こんなに笑ってるわ。なんて可愛らしいんでしょう！　ね、ブレイク様？」

「そうだな」

相槌を打つブレイクの瞳も優しい。

ロッティはすぐにお茶のセットをお盆に載せて持ってくると、妹夫婦の目の前のローテーブルにがちゃがちゃと音を立てて食器を並べ始めた。エルフリーデを抱きながらエルシーがちらりと姉の不作法を詫びるかのようにブレイクに視線を送ったが、彼は気にするなと言わんばかりにそっと首を横に振った。

ロッティはお茶の準備を終えると、エルフリーデをエルシーから受け取り、床にそのまま座った。女児は喜んで母の腕に抱かれたから、ロッティが普段から良い母親であることはすぐに見て取れる。ロッティはエルフリーデがローテーブルに並べられている陶器に触らないように目を配りながらも、質問を始めた。

「それでこちらがエルの旦那様？　すごい男前だね」

その一言でエルシーが真っ赤になった。

「うん……。ブレイク様って仰るの。神殿でね、私をずっと警護してくださってたの」

「ブレイク＝ジョンソンと申します」

背筋を伸ばしたブレイクがファミリーネームも併せて名乗ると、ロッティは息を呑んだ。

「名字があるってことは、貴族、の方、ですか？」

「生まれは。でも俺は嫡男ではありませんし、騎士をしていました。それもこの前辞めましたが」

「そうですか」

「でもエルシーを食わせるのに困るようなことはありません。俺の命を賭けても絶対に幸せにします」

「え、ええ」

ブレイクの意気込みに若干ロッティが気圧されながらも頷く。エルシーは思わず口を挟んだ。

「ブレイク様はいつもそうやって言ってくださるけど、私はどれだけ貧しい暮らしでも大丈夫なのよ」

「駄目だ。お前にはもう何ひとつ苦労なんてさせるつもりはないからな」

「私は金銭的に豊かな暮らしは必要ないのよ」

「わかってる、心をお前に尽くすのはそもそも当たり前すぎて、改めて誓う必要もないくらいだ」

いつもながら真っ直ぐなブレイクの言葉にエルシーはぽっと頬を染める。すると黙って二人のやり取りを聞いていたロッティが、ふふっと笑った。

「本当に相思相愛なのね、良くわかったわ。——エル、幸せなのね？」

エルシーは躊躇いなく肯定する。

「ええ。ブレイク様と一緒にいられて、私……幸せなの」

二人の顔を嬉しそうに眺めていたロッティが満足げに頷いた。

「お姉ちゃん、旅先から手紙書いてもいい？」

「うん、簡単な言葉で書いてくれたら読めるわよ。難しすぎてわからなかったらアンドレに聞くし」

ロッティの夫は、エルシーがまだ実家にいた当時から付き合っていた人だった。彼は平民ではあるが、役所勤めをしている関係で文字が読める。

「お姉ちゃんがアンドレさんと結婚してるなんて思わなかった。最後別れる別れないの、喧嘩していたから。アンドレさんと結婚してるって知ってたら、神殿から手紙を書いたのに」

「あなた、知ってるでしょう、アンドレが私のことを放せないのよ。それに、喧嘩だったら今もしてるわよ」

「お姉ちゃんたちらしいね」

ロッティの腕の中でエルフリーデがこっくりこっくりと船を漕ぎ出したので、夕方でもあるし、そろそろお暇することにした。肉屋のアンジーに貰った牛肉はロッティにあげることにすると、貰えないわと慌てられたが、どうか家族で食べてほしいとエルシーが再度お願いすると、最終的に喜んで受け取ってもらえた。

「エル、お父さんとお母さんには絶対に言わないから、またいつでも来てね」

「うん、ありがとう」

玄関まで見送ってくれたロッティがエルフリーデを抱っこしたまま、エルシーをまとめてハグした。うたた寝中のエルフリーデが二人に挟まれ、嫌がって可愛らしくむずがったので、姉妹は声をあげて笑った。

姉の家を出ても尚（なお）、エルシーには朗（ほが）らかな笑顔が浮かんだままであった。

「ああ、ここへ帰ってこられて良かった」

「そうだな――お姉さん、素敵な方だな」

頷きながらエルシーはブレイクに手を差し伸べると、彼はすぐに手を繋いでくれた。

「うん、お姉ちゃんがいたから、生きのびられた」

「ああ」

「ブレイク様のことを紹介できて、良かった。お姉ちゃんもブレイク様のことを認めてくれたし。それに、エルフリーデは信じられないほど可愛かったわ」

「そうだな、あの子も可愛かった」

エルシーは故郷の街に帰ってきて改めて気づいたことをブレイクに聞いてもらいたくなった。

「ここに戻ってきて、お姉ちゃんとおばあちゃんもそうだけど、肉屋のおばさんや、他にも色々な人が私を支えてくれていたってことに改めて気づいたの。あの頃は必死すぎて気づかなかった。ね、ブレイク様、人間って自分一人で生きてると思っていても、本当は誰かに生かされているものなのね」

ブレイクが同意を示すように、ぎゅっと繋いでいる手に力をこめた。

「ああ、その通りだな。お前といると、俺も今まで見落としていた色々なことに気づかされる。俺だって孤独だと思っていたが、そうではないんだろう」

それはきっと、彼の周りにいてくれたアイザックや、アルバートたちのことだろうか。エルシーは彼の言葉を聞いて、ブレイクが一人きりじゃなくてよかった、と彼らに心の中で感謝した。


それから街外れにある共同墓地へと二人は足を運んだ。

地方によって弔い方は違うがエルシーの地元では街外れに共同墓地があり、大きめな石に名前と生年月日だけを刻んだものを墓石としていた。だだっぴろい敷地に無数の石が並べられていて、エルシーは彼女の祖母の墓の前で足を止めた。

商店街の花屋で買い求めた祖母が好きだった薔薇の花束をエルシーは抱えている。墓に供えるにはいささか派手な印象があるが、エルシーの祖母が生前好んでいた花を捧げたいと思った。

ロッティが時々墓参りしていると言っていたから、彼女が手をいれてくれているのだろう、周りからは雑草が抜かれ、墓石も綺麗な状態に保たれていた。

「おばあちゃん、エルだよ」

エルシーは座り込むと、祖母の名前が刻まれた石を撫でながら優しく呟き、花をそっと横に置いた。

「私ね、結婚したんだよ。びっくりだよね？　旦那様、ブレイク様っていうんだよ」

ブレイクが左胸の上に右手を置き、エルシーの隣にすっと片膝をついた。この国で、騎士が主君に忠誠を誓うときにする正式な礼である。エルシーは鋭く息を飲んだ。

「お初にお目にかかります、ブレイク＝ジョンソンと申します」

彼の視線は目の前の墓石をひたと見据えていた。

「俺は……俺は人間としても騎士としてもまだまだですが、エルシーに出会えて初めて生きていて良かったと思えました。俺より彼女にふさわしい男はいるかもしれないが、幸運にも彼女は俺の手を取ってくれた。これからずっと永遠に彼女と生きていきたいのです。どうか天上から俺たちを見守っていてくれませんか」

彼はそう言うと、目を瞑って、エルシーの祖母に黙禱を捧げた。近衛騎士を辞めた段階で、ブレードソードとサーベルは返納したが、護身のためレイピアだけは常に帯剣している。

ブレイクはそのレイピアを腰から抜くと、この国の近衛騎士が王に忠誠を誓うように目の前に両手で掲げた。

「この剣に誓います」

「ブレイク様……」

ブレイクがエルシーに視線をうつしたとき、さあっと彼らの間を風が吹いて、彼が常日頃愛でてくれるオッドアイの瞳が現れた。ブレイクは彼女の前にもレイピアを両手で掲げ、頭を下げた。

「エルシー＝ジョンソン……俺は君だけを一生愛することをこの剣に誓う」

ブレイクはレイピアを鞘に戻すとエルシーの顔を見つめた。彼女の両の瞳は潤み、頬は薄紅色になって、信じられないと言わんばかりに唇が少し震えている。

「お前の夫は、ちょっと重いくらいお前を溺愛するし、執着するだろう。時には鬱陶しいと思うことがあるかもしれない。そのことに関しては先に謝っておく。お前が嫌がることはしないと誓うが、お前の夫は妻が好きすぎるから、譲るのは難しいこともあるかもしれない。だが、エルシーならば俺を見捨てないだろうと信じている。一生ずっと俺の側にいてくれないか」

口下手で、人のことを信じることができなかったブレイクの心からの誓いの言葉だった。

彼は嘘をつかない。

彼が口にするのは本当に願っていることだけ。

感極まったエルシーはそのまま彼女の騎士の腕の中に飛び込んだ。

「一生側にいさせてください……！」

彼の腕の中で顔を上げたエルシーの両の瞳からは今にも涙が零れそうだ。

「今まで何回も伝えてくださってるのに、ここまでしてくださるブレイク様が大好き。おばあちゃんも喜んでると思う」

エルシーはブレイクが祖母の墓の前で誓ったことの意味をよく理解していた。ブレイクはぎゅっと彼女を抱きしめると、こつんと額に額をあてた。

「俺もお前を愛している」

二人は祖母の墓の前で永遠を誓い、そのまま口づけを交わした。

◇◇◇

それから一年近く、ブレイクとエルシーは国中を回った。

北から南まで。

山から海まで。

見るものすべてが物珍しく、何もかもが貴重な体験で、若い二人はその時間を大いに楽しんだ。

もちろん、ブレイクは行く先々でエルシーに贅沢をさせようと何くれとなく世話を焼こうとするのだが、エルシーはやんわりとそれを断る。夫の気持ちは嬉しかったが、彼女にとってはそんなことよりもブレイクと二人で楽しむことの方が重要だったからだ。

エルシーは海岸に落ちている美しい貝殻であったり、二人で色々な話をしながら登った小高い丘で見つけた綺麗な色の石であったりを旅の思い出として大切に保管している。

またレストランで堅苦しく給仕される高級料理よりその土地土地で庶民が楽しんでいる屋台の味に価値を見出した。実際屋台で食べるその土地ならではの味はとても美味しいし、思い出と共に鮮やかな記憶として残る。

エルシーはそんな自分の振る舞いがいかにも庶民的で、貴族という自覚が足りないかと恥じてしまうときもあるが、夫であるブレイクが一緒に楽しんでくれるのでとても嬉しかった。


充実した旅行中、エルシーは以前より摂る食事が増えてゆき、ブレイクと心穏やかに暮らす日々のなかで、止まりがちだった月のものが規則的に来るようになってきた。月のものが来ている間はブレイクはグレイとなって彼女の隣で眠ってくれる。

月のものが規則的に来るようになったのと同時に痩せっぽっちだった彼女の身体も、少しずつ丸みを帯び、女性らしく変化し始めた。

そして、二人の愛が深まるにつれ、お互いを求める思いは強くなり、毎夜の行為も濃厚さを増し

ていく。二人はお互いに深く没頭しているのだ。

ある朝、馬車に乗り込んだときに、何かに気づいたブレイクが心配げにエルシーに尋ねた。

「エルシー、お前、体調でも悪いか？」

「体調？　ううん、元気よ。ただ、ちょっと眠いかも」

「そうか。昨夜も遅くまでしすぎたからな」

ブレイクが真面目な顔つきのまま、そんな不埒（ふらち）なことを言うと、エルシーは顔を赤く染めて、もう、と彼の腹を肘で軽くつついた。この一年で、二人はいつの間にかこうやって自然とじゃれ合うくらいになっていたのである。もちろん彼女をからかっただけのブレイクは笑って、彼女の肘を優しく摑（つか）み——それからふと表情を改めた。

「……最近月のものはきてるか？」

「月のもの？　えっと……確かこの前は……」

言いかけ、しかしすぐにエルシーは唐突（とうとつ）に黙った。ブレイクの言わんとしていることにすぐに気づいたのだ。そのまま彼のことをさっと見上げたエルシーの瞳は美しく煌（きら）めいていた。

「ここしばらくきてないわ、ブレイク様……」

「エルシー……」

感極まった様子のブレイクはそのまま彼女を大切な宝物のように抱きしめた。

ブレイクがその日、エルシーに王都の自宅に戻ることを提案すると彼女は同意した。

その数日後、彼らは国の外れの小さな街の西側に広がっている森の中にいた。こんな森の中に、どうしてか小さいながらも立派な一軒家が建っているのである。ブレイクとエルシーが旅の終わりに訪ねようと思っていた場所で、ここには最近王都から流れてきた、名もなき若い夫婦が住み着いている。

その家への訪問を旅の最後として、彼らは王都へと帰っていった。

アルバートが管理していてくれた家に戻ると、ブレイクが帰ってきたということを知った王宮からまた近衛騎士として働かないかという誘いがあった。

しかし彼は一生分の賃金は既に稼いでいたし、身重の妻との暮らしを尊重したいからと丁重に断った。それでも再三請われ続け、結局、時々騎士たちの剣の稽古などに顔を出しに行くことにした。

最終的にエルシーがそうしたらいいと背中を押したのだ。

ブレイクが身体を動かしたり、剣技を磨くことを今でも大好きなのを彼女は理解していた。王宮への出入りが復活すると、近衛騎士団の雇われ師範という立場となったブレイクはブレードソードとサーベルを帯剣することをふたたび許されるようになった。けれどブレイクはエルシーに誓いを捧げたレイピアこそが一番重要な剣だと大切にしている。

「ブレイク様、聞いてくださる?」

どれだけ忙しくても、夜、二人は私室のアルコーブに並んで腰かけてその日一日にあったことをお互いに報告し合う。この静かな時間を心穏やかに夫婦で過ごせることをエルシーはとても幸福に感じている。

「どうした」

「今日ね、テア様のお屋敷に伺ってきたでしょう？」

「ああ、そうだったな。俺も仕事がなかったら行きたかった」

「また今度我が家にもお誘いしましょう？　それで……すごいの、テア様もご懐妊されてた！　ほとんど同じ時期に出産することになりそうよ」

「それはめでたいな」

「うん、とっても心強いわ」

エルシーは微笑みながら最近少しだけ膨らんできたお腹を優しくさすった。

その横顔は聖女のように優しく慈愛に満ちたものであり、いつだってブレイクの心を捉えて離さない。彼は自分も手を伸ばして、彼女の手の上から一緒に二人の子供がいる場所にあてた。

◇◇◇

（聖女、ね）

王宮に出入りするようになったブレイクは、《聖女》の噂を騎士たちがするのを小耳に挟んでいる。エリザベッタは、会うことができる人が限られているため実際はどうやって過ごしているのかはわからないが、どうやらまだ生きているらしい。せいぜい長生きして、国のために尽くしてくれたらそれでいい。

ブレイクはどのような《聖女》が《守護神》に選ばれるのかを知ったときから、エリザベッタが《聖女》になるだろうと考えていた。だからこそ彼女が選ばれたときにはさして驚きもしなかったし、エルシー以外の人間には基本的に興味がないため、エリザベッタがどうなろうが正直どうでもいいと思っていた。こんな冷淡な自分を知ったらエルシーは幻滅するだろうか。


彼が気にしているのは、いつだってエルシーのことだけだ。

彼は出会ったときからずっと同じように今もエルシーを見守っている。エルシーが喜んでいれば、エルシーが喜んでいることを彼も喜ぶ。エルシーが悲しんでいれば、悲しい心を抱えたエルシーのために彼も悲しむ。彼にとってエルシーが美しい容姿をしていることや、誰よりも心が清いこと、不幸の証だとされるオッドアイであったりすることは些末なことである。

エルシーがエルシーである限り、彼は求め続ける。


彼女の祖母の墓の前で剣を捧げた気持ちには嘘偽りは一切ない。彼はエルシーを溺愛し、凄まじく執着もしているが、彼女が嫌がることは何ひとつしたくないと思っている。いや、万が一彼女が泣いて嫌がったとしても、自分から逃がしてあげることは決してできないが。

（俺は本当に極端で……欠陥人間だよな）

自覚はある。

けれど、エルシーはこんな自分を愛していると受け入れてくれたのだから……彼女はブレイクにとって《聖女》に他ならないのである。

「エルシー、愛している」

今日も芳醇(ほうじゅん)な百合(ゆり)の香りを漂(ただよ)わせている、自分を満たしてくれる最愛の妻を抱きしめながら、ブレイクはゆっくりと微笑んだ。

◆特別短編◆「湖と、おいしいお菓子」

「すごいわ……これが海ではないなんて」

目の前に広がる景色にエルシーは息を呑んだ。

ここは、グランド王国の中程に位置する町である。王都と比べてしまうとさすがに華やかさには欠けるが、中部の第一都市として知られている。

町にはレンガ造りの建物が立ち並び、そこへの商人の出入りが激しいため街全体に活気がある。

また、何よりこの町には、グランド王国一大きいドルトン湖が中心にあり、国を跨いで流れる二本の大きな川を繋ぐ役目を果たしている。

それぞれの川の上流から運んできた貨物を、湖を利用してこの町で下ろし、さらにこの町から陸路で他所に運ぶこともあり、それに伴い整備された陸路が各所へ繋がっており、物流の要として古くから栄えている町なのだ。

エルシーとブレイクは、そのドルトン湖を見るために旅の途中でこの町に立ち寄った。

想像はしていたが、まさかここまで大きいとは……、とエルシーは目の前の光景に夢中である。

三方を山に囲まれているドルトン湖は、湖と呼ぶのを躊躇(ためら)うほど広大で、向こう岸は到底見えない。

「本当だな……だが、俺も本物の海は見たことがない。次の目的地は海にするか」

隣に立って、手すりから身を乗り出すようにしてドルトン湖を見るエルシーに目を細めながらブレイクが返事をした。

「海に行けたら素敵ね──わ、見て、ブレイク様！　あの方、服のまま湖に入っているわ、落ちてしまったのかしら……？」

彼女が指を指す湖の上には小さな手漕(てこ)ぎボートが何隻(せき)も浮かんでおり、さらにそのボートのすぐ近くを泳ぐ人の姿がある。


季節は初夏。

湖畔の砂浜には水浴びや日光浴をしにきている人たちが数多くおり、よく見るとその人たちの多くは服のまま湖に飛び込んでいた。

「この辺りの人々は服を着たままで泳ぐんじゃないのか。それに、服じゃなかったら裸で泳ぐしかないぞ？」

「はだか!?」

エルシーは、ぱっとブレイクを見上げて、彼がからかうような笑みを浮かべているのに気づいた。彼の子供のような笑顔に、エルシーは思わず笑い声をあげた。

「もう、冗談を言わないで……！」

「はは、悪い悪い。あまりにもエルシーが真剣に心配しているものだから。さすがにこれだけ人が多いところで裸で泳ぐ人はいないだろうな。それに多分泳いでいる者が着ているのは、薄手の服や、下着とか……ほら、あの男性は下着姿だし」

「ああ、なるほど」

そんな風に二人は語り合いながら、湖岸沿いをゆっくり歩き始めた。石畳(いしだたみ)の道は、賑(にぎ)やかな人の通りと共に、たくさんの露店(ろてん)が並んでいるので、見ているだけで楽しいのだ。エルシーはブレイクの手を握って散策しながら、とても幸せだった。

(あ、なんだろう、とても甘い匂い)

ふわっと魅力的な匂いが辺りに漂(ただよ)い、エルシーは一つの店に目を止めた。その露店のテーブルには白いテーブルクロスが敷かれ、エルシーの手のひらよりは少し小ぶりな、色とりどりのお菓子が並べられていた。

「食べるか？」

エルシーのことには常に敏感なブレイクが、彼女の視線の先を追って尋(たず)ねる。

同時に彼は彼女の手を引っ張って小さな店に向かっていた。

「主人、二つもらおうか」

とにかくエルシーを甘やかしたいブレイクは、こうして彼女に聞かずに買うことが多い。エルシーが遠慮することをよく知っているからだ。

「はい。どのお味がいいですか？」

これはクッキーのような生地に、アーモンドクリームが挟まっている、その店独自の菓子だという。普通のクッキーとは違い、材料は卵白と砂糖をメインに使うのが特徴なのだと店の主人が自慢げに教えてくれた。元は川の上流の町からやってきた商人が売っていたもので、それを彼が独自の製法で改良したお菓子で、この店はまだできたばかりなのだと言う。

オーソドックスなものはクッキーのような色合いだが、苺（いちご）が混ぜ込んであるものはピンク、ブルーベリーが入っているものは少し青みがかっている。

エルシーが苺を好きなことを知っているブレイクは、プレーンのものと苺味の二種類を買い求めた。

「せっかくだし、ここで食べよう」

ブレイクがエルシーの手を引き、湖がよく見えるベンチに誘った。ブレイクに渡された包みをあけて、エルシーは苺味を一口頬張った。

「……美味（おい）しい！」

さっくりとした口触（くちざわ）りは、初めての食感だった。クッキーより軽い食感でいくらでも食べられそうだ。間に挟んであるアーモンドクリームも、しっとりとしていて、相性は抜群である。

　エルシーがブレイクにも勧めると、彼はプレーンを一口かじった。

「うん、美味い。なるほどな……、これなら甘いものが苦手な人でも美味しく食べられそうだ」

「本当ね。アルバートさんやジェニファーさんにも食べさせてあげたいな」

　エルシーがもう一口食べながら呟く。

　彼女は旅先で美味しいものに出逢うと、王都で帰りを待っていてくれる人たちのことに必ず思いを馳せてしまう。ブレイクが一緒にいるから寂しいわけでもないし、もちろん里心がついているというわけではないが、どうしても思い浮かぶのだ。

　エルシーは自分のその変化をとても嬉しいものとして捉えていた。自分には帰る場所があるのだと思わせてくれるからだ。

（楽しい旅の中で、帰る場所があるから嬉しいなんて思うのはおかしいかもしれないけれど）

「そうだな。さっき店の主人が作り方を教えてくれたから、戻ったら料理長に伝えて、再現してもらおう」

　そう応じてくれるブレイクの言葉にも、これからずっと彼と同じ場所に帰れるのだ、と思え、エルシーの心は喜びで満たされるのである。

「すごく、嬉しい」

　エルシーがにっこり笑うと、ブレイクは可愛くてしょうがない、と言わんばかりに彼女を引き寄せて、その額にキスを落とした。

王都に戻ってから、ブレイクは料理長にそのお菓子を作ってもらった。

何度かの試作品を経て、あの湖のほとりで二人が食べたお菓子とほとんど同じものが焼き上がった。

そして、屋敷では真っ先に使用人たちに振る舞われ、皆大喜びしてくれたのだった。

ブレイクはこのお菓子をエルシーがにこにこしながら食べるのを見るのが殊(こと)の外(ほか)好きで、お茶受けのお菓子として定番にしてほしいと料理長にこっそり告げた。

また、エルシーがテアとのお茶会に持っていくと大喜びされた。

材料と作り方を教えると、テアが料理長に作ってもらいそれをまた他のお茶会に持っていき……と評判が評判を呼び、やがて王都の貴族のみならず、庶民たちの間でも知らぬものはいないほど大流行のお菓子となった。

そしてあっという間に、あの湖の小さな店の商品が王室に献上(けんじょう)されるまでになったのだった。

◆特別短編◆「ブレイクの誕生日」

エルシーはその日もゆっくりと夢の世界から覚醒した。

そして、いつものように彼女の騎士が寄り添って寝ているのを肌で感じていた。いつもがっしりとした腕が自分のお腹に回されて、温かい身体が側にあると本当に安心できる。エルシーはエルシーとほぼ同時に目が覚めるブレイクが珍しく今日はまだ寝息を立てている。エルシーは瞳をあけて、まるで作りもののように整っている夫の寝顔をしばらく見つめていた。


涼やかではあるがどこか鋭い印象を与える瞳が閉じられ、長い睫毛が伏せられていると、印象は驚くほど柔らかくなる。高い鼻梁はまるでよく出来た彫刻のようだが、普段引き締められている口元が今は柔らかく結ばれていて、なんだか可愛らしく感じる。

エルシー以外は見ることのない、ブレイク＝ジョンソンの顔だ。


「……エルシー？」

ゆっくりとまぶたが開き、自分の指輪と同じ、オニキスのような瞳がこちらを見つめるとエルシーは微笑んだ。この言葉を、誰より早くブレイクに伝えられることが彼女はとてつもなく嬉しかった。

「お誕生日おめでとうございます、ブレイク様」

今日はブレイクの誕生日だ。

虚をつかれたように目を瞬いたブレイクが、しばらくして口元を緩めた。

「ありがとう、エルシー。他でもないお前に祝ってもらえるとこんなに嬉しいとはな」

衣擦れの音を立ててブレイクがエルシーを抱き寄せて、朝の挨拶代わりのキスをする。

「んっ……」

ひげが生え始めたブレイクの頬に手を置いて、エルシーはそれを受け入れた。

最初は軽い触れ合いだったはずなのに、すぐに熱を帯びる。ちゅっちゅと音を立てて夢中になってキスを交わしていたエルシーは他にも言うべきことがあったのを思い出し、自分から唇を離した。

途端にブレイクが大好物の食べ物を取り上げられたように眉間に皺を寄せた。

「ね、今日は、ブレイク様の、好きなこと、しましょ？」

エルシーの言葉に、ブレイクは彼女が大好きな、唇の右端だけをくっとあげる笑みをした。

「お前を味わうこと以上に好きなことはないな」

ブレイクはそう言うなり、さっと姿勢を変えてエルシーを組み敷いた。

「ブレイク様ったら――」

顔を真っ赤に染めたエルシーを見下ろすブレイクの瞳はとてつもなく甘くて優しい。

彼は彼女の両手に自分のそれを絡めると、もう一度その瑞々しい唇を味わうべくエルシーに覆いかぶさった。

「エルシー、愛している……」

「私もブレイク様を愛しています……」

それからしばらく二人が寝室から出ることはなかった。

予定より随分遅くなったが、今日はブレイクも休みなのでまったく問題はない。

「ブレイク様、せっかくのお誕生日なのですもの、どこかに出かけましょう」

朝食の後エルシーがそう水を向けると、彼は少しだけ何かを考えるそぶりを見せてすぐに頷いた。

「そうだな、じゃあ俺がしたいことをしようか――エルシーはちゃんと全部についてきてくれ」

もちろん、とエルシーは頷いた。

半刻後、エルシーはドレスショップにて、途方に暮れていた。

彼女はどんどん積み上げられていくドレスの山に、泣きそうな視線を向けている。

「このデイドレスは奥様の美しい菫色の瞳によく似合うと思いますわ。素材も触っていただければわかるのですが、滑らかで、風通しの良い素材で仕立てられておりますので夏でも心地よいかと」

「そうだな。じゃあそれも貰おうか」

マダムが持っているライトブルーのドレスは、値段を確かめるまでもなく、かなり高価そうだった。

先程からエルシーの意志はほぼ無視され、ブレイクとドレスショップのマダムばかりが会話している。

「ブレイク様、もうドレスはいらないわ——今日は私の誕生日ではないのよ」

「駄目だ。今日は俺の誕生日だから、俺がしたいことをすると言ったではないか——お前は普段俺に何も買わせてくれないから、これが俺のしたいことなんだ」

確かにエルシーの誕生日には、ブレイクは彼女の気持ちを尊重して、薔薇の花を一輪贈ってくれただけだった。エルシーにしてみたら、ブレイクと共に過ごせるだけで十分すぎるほど幸せな誕生日だったので、とても満足していたというのに——。

「ま、また新しいのを選んで……、これ以上何もいりません！」

エルシーにしては強い口調でそう断ると、ブレイクが肩を竦め、マダムに向かって言った。

「妻が怒るからドレスはここまでにしておく——では合わせる小物を見せてもらおうか」

「ブレイク、さまっ！」

それからエルシーがなんと言おうともブレイクは聞かず、結局彼女のヘアアクセサリーや、ショールなどをいくつも選んでいった。

ドレスショップのマダムは、とにかく可愛い妻を甘やかしたくて仕方ない夫と、その夫になんとかして思いとどまってもらおうとしている妻の様子を微笑ましそうに見ていた。

最終的にブレイクが、自分の誕生日なのだから好きなようにする、と押しきり、ドレスも小物も全部買ってしまったのである。


その後、ブレイクはエルシーと前から行ってみたかった、と王都の中心部にある女性が喜びそうなティーサロンへと向かった。そしてその近くにある公園に行って二人で散歩した後、エルシーの大好きな本屋に寄った。

本屋では、ブレイクはエルシーが好みそうな本を何冊も探しては彼女に差し出す。

「ブレイク様、何度も言っているけれど、今日は私の誕生日ではないの……」

「だから、わかっている。俺は俺のしたいことをしているだけだ。あ、これはお前の好きな作家の最新刊ではないか。新しい物語みたいだぞ。まだ持ってないだろう？」

自分の好きな作家の本ほど本好きに刺さるものはない。エルシーがぐっと言葉を飲み込んで、素直にブレイクから本を受け取ると、彼は心底楽しそうに、くくっと笑った。

彼のいたずらっ子のようなその表情を見ていたら、いつの間にかエルシーにも自然と笑みが浮かんでいたのである。

夕刻すぎに屋敷に戻ると、執事のアルバートがいつものように玄関で丁重に出迎えてくれた。

「おかえりなさいませ――ブレイク様、準備は全て整っております」

「よし、では私室に運んでくれ」

「承知いたしました」

「……？」

きょとんと二人を見ているエルシーに、ブレイクが頷いた。

「今日は俺の誕生日だから、美味いものをたくさん食べよう」

いつものように私室のテーブルに向かい合って座る。あっという間に使用人たちの手によってテーブルの上に並べられたご馳走を前にエルシーは目を丸くした。

温かい湯気を立てるポタージュスープにミートローフ、グリーンサラダに、盛りだくさんのフルーツ。

どれもこれも彼女の大好物ばかりだったからである。その上で、誕生日らしくたくさんのスイーツが並んだ。クッキーにプチ・シューや、ビスキュイ、ナッツのヌガー、マジパン、色とりどりのひし形のパイなどもある。料理長が、今王都ではスポンジケーキが流行っているといい、小さめのサイズではあるがそれも用意されていた。

あまりのことにぽかんとテーブルの上を眺めるばかりのエルシーの反応に、ブレイクが破顔した。

「ああ、もう――お前は本当に可愛い」

「……いえ、でも、これでは、あまりにも」

これでは本当にブレイクの誕生日ではなく、エルシーの誕生日だ。くつくつと笑っていたブレイクは滅多にないことだが、笑いすぎて目尻に涙をためている。

「これがいいんだ。使用人たちは、お前が笑ってくれるメニューを一生懸命考えてくれたんだ。わかるだろう？　俺が一番喜ぶのは、エルシーが幸せそうな顔を見せてくれることだからな」

「ブレイク様……」

「そもそも使用人たちもみんなお前が好きだからな。お前が好きなものばかりを準備できると、喜んでいたらしいぞ」

彼の表情はどこまでも優しい。

「だから俺のためだと思って、美味しく食べてくれ」

「――はい」

ブレイクの愛情にエルシーは胸がいっぱいになり、無作法だとはわかっていても席を立ち、彼の腕の中に飛び込んでいった。

いつものように彼女の守護騎士は危なげなくエルシーを抱きとめてくれた。

「大好き、ブレイク様」

「俺もだ――ああ、いいな」

彼女をぎゅっと抱きしめると、ブレイクが少し掠れた声で呟く。

「俺の誕生日に、お前を抱きしめる以上の幸せがあるはずがない」

エルシーと同じく、今まで家族から祝ってもらったことなどない彼の本音だった。

彼女はさっと顔をあげて、間近にあるブレイクの顔を見上げた。

朝は彼の寝顔を見て、本当に可愛らしい、自分だけの宝物だと思ったものだった。だが、オニキスのような瞳に彼女への愛情を惜しみなく浮かべてくれているブレイク＝ジョンソンの顔もまた――エルシーだけのものなのである。

「お誕生日おめでとうございます、ブレイク様。貴方がここにいてくれて、嬉しい」

エルシーがちょんと彼の唇をついばむようにキスをすると、普段は恥ずかしがり屋の彼女からの接触に、彼の瞳が驚きで丸くなった。

「ありがとう、エルシー。俺は幸せものだ」

ブレイクが彼女の唇を覆う。朝と同じく、すぐにキスは深くなっていく。キスの合間に、ブレイクがエルシーの額に自分の額を押し付けた。彼の美しい黒い瞳にはすっかり情欲の炎が灯っている。

「少しだけ、食べ始めるのが遅くなってもいいか？　せっかくの料理が冷めてしまうが……俺はお前が欲しい」

「……うん」

エルシーが小さく囁くと、ブレイクはもう一度だけ軽いキスを落とし、彼女をお姫様のように抱き上げると、ベッドへと向かったのだった。

あとがき

皆さまはじめまして、またはこんにちは、椎名さえらです。

この度は『元聖女候補は、守護騎士に溺愛されて囚われる』をお手に取ってくださり、本当にありがとうございます。


この小説は、「ものすごくまっすぐな溺愛を書きたい！」という思いを込めて、プロットを作って書き始めたものです。

自分でも壮大なテーマを掲げたな、と思いつつ、ものすごくまっすぐな溺愛とは何か、と自問自答した結果生まれたキャラクターがブレイクです。ブレイクは、エルシーのことがとにかく好きな人。

番だから云々、と言っていますが、番じゃなくてもエルシーのことを溺愛していたに違いありません。

ウェブサイトで連載していた時には、とにかくブレイクへの応援の言葉をたくさん頂き、そのお陰で書き続けられたと思っています。

対してエルシーは、外見のせいで無知な両親から冷たい仕打ちを受けていましたが、持ち前の聡明さで人生に一生懸命に向き合っています。

聖女候補にならなかったら、年頃になったらきっとロッティの旦那さんが、オッドアイを気にしない大らかな人を紹介してくれたんじゃないかな。良い奥さんになって幸せに暮らしたと思います。こんなことを書くとブレイクに怒られますね。もちろんエルシーはブレイクと出会えて、とっても幸せです。

ちなみにこの話は、子供の遠征試合で、片道六時間の試合会場に向かう車内で思い浮かび、到着したホテルで慌ててプロットを書いた思い出があります。

脳内でまずブレイクが生まれ、エルシーが生まれ……お陰で退屈としかいいようがない移動時間がとても充実したものになりました。

書き下ろし短編も二編書かせていただけることになりました。本編に比べるとのんびりとした日常を描くことができたと思うので、皆様にも仲の良い二人のやり取りを見守っていただけたら嬉しいです。

イラストはなんと氷堂れん先生に描いていただけることに！

こんな幸せなことがあるのでしょうか……あまりの幸運に、今も震えています。既にラフ画を見させていただいたのですが、あまりにも端整なブレイクと可愛らしいエルシーで、そうか、君たちはこんな顔だったのか……と、しばらくうっとりとしていました。

では、最後に「今から部屋にこもるから！」と言い置いて消える私の好きなようにさせてくれる家族、いつでも優しく私を導いてくださる編集者さま、それから何よりも応援してくださっている読者の方々に心から感謝を申し上げます。

皆さまに少しでもブレイクとエルシーのお話を楽しんでいただけますように。

椎名さえら

本書は「ムーンライトノベルズ」(https://mnlt.syosetu.com/top/top/)に
掲載していたものを加筆・改稿したものです。
この作品はフィクションです。実在の人物・団体・事件などにはいっさい関係ありません。

●ファンレターの宛先
〒102-8177　東京都千代田区富士見2-13-3　eロマンスロイヤル編集部

元聖女候補は、守護騎士に溺愛されて囚われる

著／椎名さえら
イラスト／氷堂れん

2021年4月30日　初刷発行

発行者　青柳昌行
発行　株式会社KADOKAWA
〒102-8177　東京都千代田区富士見2-13-3
(ナビダイヤル) 0570-002-301
デザイン　モンマ蚕（ムシカゴグラフィクス）
印刷・製本　凸版印刷株式会社

●お問い合わせ
https://www.kadokawa.co.jp/（「お問い合わせ」へお進みください）
※内容によっては、お答えできない場合があります。
※サポートは日本国内のみとさせていただきます。
※Japanese text only

ISBN978-4-04-736610-7　C0093　©Sheena Saera 2021　Printed in Japan
定価はカバーに表示してあります。

eR eロマンス ロイヤル 好評発売中

可愛かった弟は、いつのまにか執着系シンデレラ(♂)でした⁉

シンデレラな義弟と逃げられない私

日車メレ　イラスト／吉崎ヤスミ　四六判

ローザには血の繋がらない弟・グレンがいる。両親の死後、ローザは働きながらグレンを支えてきたが、今や優秀な軍人となり、その功績から“シンデレラ”と呼ばれている。もはや姉弟という関係を続けるには限界が……。弟の負担になることを厭い、また自分の気持ちから逃げるため黙って姿を消すローザだが、追いかけてきたグレンにあっさり捕まり――ついに一線を越えてしまう!!

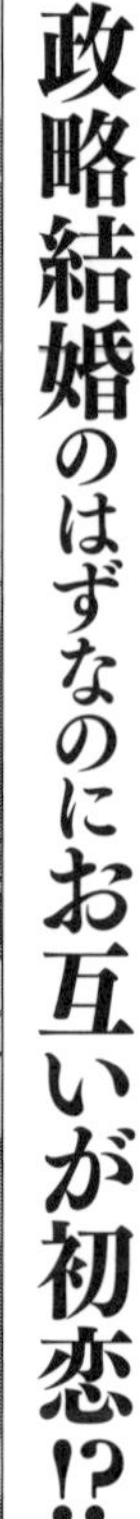

政略結婚のはずだけど、実は愛されているらしい

逢矢沙希　イラスト／駒城ミチヲ　四六判

侯爵家の娘ディアーヌは、突然の王命により敵対している侯爵家の息子・イグニスと結婚することとなる。渋々婚姻を受け入れるディアーヌだが、夫婦として生活を送る中で実は冷酷に見えていたイグニスが誰よりも自分を想ってくれていることに気づく。ディアーヌがイグニスと情熱的な夜を過ごし徐々に夫婦となっていく一方、ディアーヌの従兄のダミアンは歪んだ愛情を募らせていく——。

eR eロマンス ロイヤル 好評発売中

社畜アラサー女子、異世界で冷酷非情な王の浴場係となる!?

二度目の異世界で、愛しの王子が冷酷非情な王になりまして!

小手万里　イラスト／DUO BRAND.　四六判

社畜アラサーの翠は、夢の中で金髪碧眼の美女・ミーシャとなり美しき王子と逢瀬を重ね次第に惹かれていったが、夢を見なくなったことにより、二度と会えなくなってしまう。時が経ち、再び異世界へ転移した翠は、十年後、冷酷非情な王となった彼に再会する。しかし少年と間違われ小姓として王宮で働くことになり、王の浴場係として侍るうち、勢いで抱かれてしまうのだが――。